TAXI

Lea Ruckpaul, 1987 in Ost-Berlin geboren, war nach ihrem Studium an der Hochschule für Musik und Theater »Felix Mendelssohn Bartholdy« an verschiedenen Theatern als Schauspielerin tätig. Seit 2023 ist sie Ensemblemitglied des Residenztheaters München. Ihre ersten Texte entstanden für das Theater. Ihr Debüt »My Private Jesus« wurde 2023 am Düsseldorfer Schauspielhaus uraufgeführt und zum Heidelberger Stückemarkt eingeladen. »Bye Bye Lolita« ist ihr erster Roman.

Lea Ruckpaul
Bye Bye Lolita

© Verlag Voland & Quist GmbH, Berlin und Dresden 2024

Lektorat: Helge Pfannenschmidt
Korrektorat: Arne Seidel, Karina Fenner
Umschlaggestaltung und Layout: Guerillagrafik
Satz: Fred Uhde
Druck und Bindung: BALTO print, Litauen

ISBN 978-3-86391-422-6

www.voland-quist.de

Lea Ruckpaul

Bye Bye Lolita

TAXI

Ich wage es nicht, weit hinauszuschwimmen. Ich fürchte die Tiefe.

Morgens ist das Meer glatt und klar. Noch hat das Salzwasser den Badenden nicht die Sonnenmilch von den Körpern geleckt. Ich bin allein. Die Sonne ist gerade erst aufgegangen. Ich setze die Schwimmbrille auf, so, dass sie sich über meinen Augen festsaugt, dann wate ich hinein, schwimme los. So dicht wie möglich am Strand entlang. Wenn meine Knie über den Sand schrammen, muss ich notgedrungen ein bisschen weiter hinaus, in die Tiefe. Es ist mir ein Rätsel, dass manche Menschen einfach vom Strand aus Richtung Horizont schwimmen, dorthin, wo nichts zu sehen ist als die Krümmung der Erde.

Ich schwimme die Bucht auf und ab. Ich bin ausdauernd. Ich schlucke beinahe kein Salzwasser mehr. Ich bin seit drei Wochen hier. Morgens schwimme ich, ansonsten liege ich im Schatten und starre oder lese. Dann zehn Minuten nackt in der Sonne liegen, in einer routinierten Abfolge verschiedener Posen. Das garantiert gleichmäßige Bräune am ganzen Körper. Ist mir gerade unheimlich wichtig. Ich genieße den wachsenden Kontrast, wenn ich am Abend auf dem weißen Laken liege. Ich esse viel und regelmäßig. Ich bin immer hungrig. Manchmal bin ich stolz auf den kleinen Speck am Po, den ich bekomme. Manchmal habe ich Panik. Veränderungspanik.

Heute stürmt es. Die Wellen bäumen sich auf und rasen ans Ufer. Ich stehe barfuß im Sand. Die Schwimmbrille auf meinem Kopf zieht mir an den Haaren. Ich frage mich, was mir mehr Angst macht: im aufgewühlten Meer zu ersaufen oder eine Routine zu brechen. Eine Welle nach der anderen umspült meine Knöchel, langsam arbeitet das Meer meine Füße in den Sand ein. Ich habe Gänsehaut, die wehtut, weil es so kühl ist. Ich drücke mir die Brille auf die Augen. Ein wenig zu fest. Sie saugt mir unangenehm an den Augäpfeln. Bis Knietiefe können meine Beine der Kraft des Wassers standhalten, dann muss ich schwimmen. Ich habe keine Wahl. Ich kämpfe mich tiefer ins Wasser hinein, oder ist es das Wasser, das mich zieht? Hinter den Wellenkamm muss ich. Dorthin, wo die Wellen noch nicht brechen.

Endlich die ersten Züge parallel zum Strand. Ich schwimme Brust, immer. In dem Moment, als ich auftauche, um nach Luft zu schnappen, erwischt mich die Welle und ich huste, spucke Salzwasser. Ich strample. Ich verliere Kraft. Dann atme ich tief ein, tauche unter und schwimme einige Züge unter Wasser. In der Tiefe ist es still, kein Wind, nicht das Tosen des Wassers, einfach Stille. Das Meer greift meinen Körper und hebt ihn empor. Ich lasse mich mitnehmen, tauche auf. Luft. Und wieder zurück unter die Oberfläche. Keine Zweifel, kein ängstliches Rudern mit den Armen, wie eine Idiotin, die gleich ertrinken wird, kein Gedanke. Ich fühle auch nichts. Ich bin einfach da und das Meer bestimmt, wann ich atmen darf. Ich habe keine andere Wahl als radikale Hingabe. Ich tue, was getan werden muss: mich der Kraft hingeben, der ich ausgeliefert bin.

ERSTER TEIL

Fick dich, du dummes, hässliches Leben. Fick dich. Fick dich.

Ich bin nicht tot. Ich bin durch alle Zeiten gereist. Ich bin alle Frauen geworden und doch keine andere. Ich will keine Zuwendung und ich will keine Wiedergutmachung. Ich will Autonomie. Ich werde mich mit ganz vielen Körpern verbinden. Wir könnten ein vielköpfiges Monster sein, ein öffentliches, ein gefürchtetes, eines, das erschreckend ist in seiner Lebendigkeit. Es schnüffelt das Leben ab wie ein gieriger Hund.

Ich habe lange zu allem geschwiegen. Es hat mir nicht geholfen. Gras wächst nicht auf unfruchtbarem Boden. Aus der Asche aber kann etwas Neues entstehen. Phönix und so. Wir sind ein ziemlich trauriger, gewalttätiger Haufen, vielleicht sollten wir mal in Erwägung ziehen, darüber zu sprechen.

Meine letzte Begegnung mit Humbert Humbert liegt einundzwanzig Jahre zurück. Jahre, in denen ich versucht habe, Dolores zu sein. Aber ich kann Lolita nicht abschütteln. Andere Menschen haben eine chronische Krankheit, mit der sie sich ein Leben lang abmühen, ich habe Humbert Humbert. Zu den Symptomen zählen Erbrechen, Depressionen, Taubheitsgefühle, Vergesslichkeit, Veränderung der Persönlichkeit. Aber jetzt schreibe ich ihn aus mir heraus. Ich schreibe so lange, bis er sich endgültig verpisst hat. Das kann dauern. Ich schreibe in sein Tagebuch. Einen Taschenkalender, dessen kunstlederner Einband schon porös und grau ist, weil ich ihn durch mein Leben schleppe. Wie einen kostbaren Besitz habe ich den Kalender in meiner

Schreibtischschublade eingeschlossen und doch besitze ich ihn nicht. Ich werde von ihm besessen. Ich bin zu feige, darin zu lesen. Humberts Aufzeichnungen: Kürzel, dann elegante Schwünge einer hart erarbeiteten Handschrift. All das ist winzig. Kaum zu entziffern mit bloßem Auge. Heute Morgen aber habe ich in einem Anfall von Übermut – es ist der erste Frühlingstag und ich hatte eine Line gezogen, die mich kurz unbesiegbar machte – eine Lupe gekauft, wie sie alte Leute benutzen, um Kreuzworträtsel zu lösen. Gelesen habe ich immer noch keine Zeile. Aber ich schreibe. Da sind eine Menge leerer Seiten übrig. Von hinten beginnend, schreibe ich mich an ihn heran. Ich verspreche mir selbst, dass ich den Mut haben werde, seine Notizen zu lesen, wenn sich unsere Aufzeichnungen treffen.

Ich mag nicht länger schweigen, weil dann immer nur die eine Wahrheit in der Welt ist. Die Wahrheit derer, die sich sicher sind, dass sie recht haben. Ich kann keine schlüssigen Erklärungen, keine stimmige Geschichte liefern. Ich bin in meiner Erinnerung unterwegs. Unfähig zu Ordnung und Report. Inkompetent. Ich schäme mich. Es mag daran liegen, dass ich ein Kind war, als wir uns begegneten, und er erwachsen. Es mag daran liegen, dass ich tief verletzt bin, dass ich verrückt geworden bin darüber und dass man Verrückten nicht glaubt. Oder daran, dass man jene für verrückt erklärt, denen man nicht glauben will.

Ich schreibe, ohne daran zu denken, dass es auf dieser Welt jemanden gibt, der lesen kann. Das befreit mich vom Verstanden-werden-Wollen. Ich formuliere ein Wort nach dem anderen und dann lasse ich sie los.

Beim Schreiben kann ich die Dosis des Schmerzes regeln. Vorsichtig öffne ich Wunden, sodass Eiter abfließen kann, raus mit der Soße. Das Leben hingegen, das macht einfach immer weiter. Ich finde Worte für mich. Da habe ich Macht. Ich warte nicht mehr, bis andere mich bezeichnen.

Ich bin nicht das mit den Beinen baumelnde Mädchen, nicht eure geile heimliche Bumsphantasie! Sorgt dafür, dass eure Erregung unentdeckt bleibt, während ihr lest, was ich schreibe. Ich bin nicht die Schlampe, die jeder ficken kann, weil ihr eindringende Schwänze gleichgültig geworden sind. Ich bin nicht das missbrauchte Kind. Nicht das Kind, das eine Liebesbeziehung mit einem Erwachsenen hatte, nicht das junge Ding, dass es zu weit getrieben hat und dann eben leider die Rechnung bekommt, für das Bezirzen des Mannes, der nicht anders kann wegen seiner vielen Erektionen, ich bin nicht das arme Opfer eines sexuellen Missbrauchs, ich bin des Mitleids nicht wert – ich bin die, die euch das Messer zwischen die Rippen rammt und euch dabei in die Augen sieht.

Das Messer zwischen den Rippen. Der Schmerz, der für euch unvorstellbar ist, bis ihr ihn fühlt, so wie jeder Schmerz unvorstellbar bleibt, bis man ihn fühlt, würde euch lebendig machen. Ihr wäret so sehr eins mit eurem Körper wie noch nie, und bald darauf überhaupt nichts anderes mehr als ein Körper.

Scheiß drauf!

Ich beginne von vorn. Einen Stein nach dem anderen, einen Balken, einen Dachziegel. Natürlich wäre es leichter, die Bruchbude, die ich geworden bin, einfach in die Luft zu jagen. Aber ich will versuchen, sie abzutragen, restlos und ohne Rücksicht.

Solange wir unser Ich aus der Vergangenheit heraus konstruieren, müssen sich unsere Geschichten mit uns entwickeln. Die Wahrheit über unsere Vergangenheit ist abhängig von unserem Selbstbild. Ich widerspreche mir also so viel ich will! Es gibt keine Dolores Haze, achtunddreißig Jahre alt, alleinstehend, kinderlos. Lolita – die gibt es auch nicht. Wir sind im Werden, denn wir leben noch.

*

»Aha! Hahaha«, lachte sie.

Hatte sie tatsächlich etwas begriffen, »Aha«, und es dann für amüsant befunden in dem Sekundenbruchteil, in dem sie einatmete? Oder war das in Wahrheit ein verständnisloses Lachen, das ihre Dummheit tarnen sollte? Ein Lachen, das tatsächlich dumm war, weil es dumm ist, gefallen zu wollen. Vermutlich lachte sie für ihn. Lachte ein »Aha. Hahaha« mit dem Subtext »Du bist so wunderbar. Wunderbar und geistreich«. Ein defensives Gelächter, das sich auf den Rücken rollt und den Bauch zeigt. Eine Zurschaustellung akzeptierter Unterlegenheit.

Ein Lachen, das meine Mutter immer verwendete, in der Anwesenheit von Männern. Ein Lachen, mit dem sie sich Milde erkaufte, so sexy, wie Naivität nur sein kann. Das kostet Mühe, den Mann nur mit ein wenig ausgestoßener Luft in Höhen zu heben, in denen er das prustende Frauengeschöpf kaum noch sieht und seinen Spott, seine Wut oder beides auf etwas anderes richten muss. Vielleicht hatte Humbert Humbert aber auch einfach einen guten Witz gemacht. »Aha! Hahahaha«, schon wieder, und ich erinnere mich genau, wie sie aussah, meine Mutter, wenn sie einen Mann anlachte, wie sie die Kupferhaare nach hinten warf und ganz leicht die Schultern kreisen ließ. Hübsch war sie, meine Mutter. In meinen Augen sogar unheimlich schön. Ich wollte gern ihr Haar berühren und mich an die weiche Haut ihrer Oberarme schmiegen; unendlich weich.

Ich blättere zurück, betrachte meine eigene unregelmäßige Handschrift. Wie die Spur eines flüchtenden Tieres im Schnee rennt sie, ohne die Zeilen einhalten zu können, über das Papier.

Ich weiß noch, wie ich ihn zum ersten Mal richtig laut lachen sah. Sein Gesicht riss auf, für einen kurzen Augenblick konnte er nichts festhalten. Seine Züge waren tatsächlich schön, wenn er lachte. Selten tat er das. Humbert Humbert. Manchmal legte sich die Haut um seine Augenwinkel in winzige Falten, dann war er charmant. Ich frage mich, wer war Humbert Humbert? Und wie groß der Abgrund zwischen ihm und dem Menschen, der er sein wollte?

»Seraphim« nannte er mich lachend. »Was heißt denn das?«, wollte ich wissen. »Engel«, hat er gelacht. Dieses

Lachen war ein Ungeheuer. Es irritierte mich. Mir brannte die Nase, die ich mir oft, auch heute noch, reibe, wenn ich unsicher bin. »Warum lachst du?«, fragte ich. »*Wenn Gott wüsste, welch ein Unterschied besteht zwischen diesem engelhaften Körperchen und seinem roten, glühenden, wütenden, geilen Inneren, würde er auch schmunzeln*«, antwortete er und griff nach meinem Fuß, den er mich immer in seinen Schoß zu legen bat, nahm meinen großen Zeh zwischen Daumen und Zeigefinger und rüttelte daran.

Er nannte es seine *Besonderheit* oder *Nymphettentum*.
Im Bann der Nymphette.

Aus seinem Tagebuch fällt ein zusammengefalteter Zettel. Das dünne Pergamentpapier kracht, als ich es auseinanderfalte. Es zeigt eine Art Diagramm. Vielfarbige Pfeile, Linien aus Strichen und Punkten laufen über das Papier. In der Mitte der Pfeile ein Kreuz mit der Aufschrift »Mrs H.«, des Weiteren Silhouetten von Frauen und am rechten unteren Rand des Diagramms verschiedene Namen von Leuten, die ich aus meiner Kindheit in Ramsdale kenne. Ich betrachte das Diagramm lange, begreife nichts. Dann lege ich es zwischen die ersten beiden Seiten des Taschenkalenders.

Der letzte Kern war ein Treffer. Es hatte mehr Pflaumen gebraucht, als ich in zwei Händen halten konnte, weshalb ich sie mir nach Vorbild des Kängurus in meinem Badetuch vor den Bauch gebunden hatte. Endlich war es mir gelungen, meinen ungelenken zwölfjährigen Körper mit einer tiefen Einatmung so in Spannung zu bringen, dass ich einen Pflaumenkern aus meinem Mund mit voller Kraft abfeuern konnte. Er landete in der Obstschale. Pling. Da lag er. Ich war zufrieden. Ich nahm mein Buch und zog mich in den Garten zurück, weil es an der Tür klingelte. Wenig später muss ich Humbert Humbert zum ersten Mal gesehen haben, allerdings kann ich mich nicht daran erinnern. Mieter kamen und gingen. Sie bezogen mein Zimmer. Ich musste dann meine Kleider, Spielzeuge und Comics in einer Truhe verstauen, denn meine Mutter, in deren Zimmer ich schlief, wenn vermietet war, hatte mir unmissverständlich klargemacht: »Ich ertrage deinen Kram nicht, Lo!«

Ich war auf die Mieter folglich nicht gut zu sprechen. Aber denen war das scheißegal, ohnehin. Ich verbarg mich hinter meiner unendlich schicken Sonnenbrille mit den herzförmigen Gläsern und kam nur hervor, wenn die Welt mich dazu zwang.

Der Sommer war lang und heiß, und der einzige Ort, wo man es aushalten konnte, war der Garten. Ich hatte keine Shorts. Ich schwitzte schrecklich in meiner Jeans. Meine Truhe war vollgestopft mit Röckchen, Söckchen und Blusen, die mir seit Beginn des Sommers wie Artefakte eines lang vergangenen Zeitalters vorkamen. Ich fühlte mich ihnen, wenn nicht körperlich, dann wenigstens charakterlich entwachsen. Um meine Garderobe der sommerlichen Hitze und meiner neu gewonnenen Reife anzupassen, bat ich Louise, unsere Hausangestellte, um ihre große Schere. »Für Bastelarbeiten«, log ich ihr ins Gesicht, »bringe sie gleich zurück.« Dann schnitt ich meiner Bluejeans kurzerhand die Beine ab und rammte die Schere in den Rasen, wo ich sie stecken ließ. Anschließend zupfte ich so viele weiße Fädchen aus dem Jeansstoff, wie zur Coolness nötig waren.

Als meine Mutter mehr Geld zur Verfügung gehabt hatte, verwendete sie viel Zeit darauf, mich auszustaffieren. Ich war ihr liebstes Hobby. Allerdings keines, für das man sich leidenschaftlich interessiert, sondern eines, dem man nachgeht, um Teil von etwas zu sein. Auch dem Tennisclub war meine Mutter beigetreten; ihrer Abneigung gegen das Tennisspielen zum Trotz. Outfit und Aura einer Profispielerin, den Schläger lässig über die Schulter geworfen, ließ sie sich auf dem Weg zum Court so lange von attraktiven Members des Clubs in Gespräche verwickeln, bis sich das Training nicht mehr lohnte und man sofort zum sexy Teil des Clublebens überging: dem gemeinsamen Drink. Hier wurde sie stets eingeladen. So lohnte sich die monatliche Clubgebühr, sie machte Plus. Ich war eher ein Minusgeschäft: Ich war nicht vorzeigbar, weil meine Mutter sich das nicht leisten konnte.

Ich weiß nicht, was schlimmer war in diesem Sommer: die Hitze oder die Langeweile. Meine Mutter gab mir verschiedene Aufgaben, sie nannte das Erziehung. Auch Hausarbeit blieb mir nicht erspart. Als ich hinaus in den Garten und der Wäscheleine entgegenschlurfte, trug ich den Wäschekorb vor dem Bauch. Ich war ziemlich stolz auf meine superkurze Bluejeans. Ich wusste, die Präsentation meiner neuen Shorts würde Streit provozieren, und ließ mir viel Zeit beim Aufhängen der Laken. Allerdings war meine Mutter in letzter Zeit milde, ja beinahe liebevoll zu mir gewesen. Mir war klar, dass sie das Lässige-Mom-Theater allein unserem neuen Hausgast zuliebe aufführte. Aber beim Anblick der ruinierten Jeans würde sie wenigstens einen kurzen Wutanfall bekommen. So eine kleine Schreierei würde nicht nur die Langeweile vertreiben, so hoffte ich, sondern meine Mutter zudem als Blenderin entlarven. Strafe, Strafe, Strafe dafür, dass sie mein Zimmer den Urlaubern überließ. Klar, sie hatte diese Strafe nicht verdient, da sie aus finanzieller Not vermietete, aber was soll's: Das Leben ist ungerecht.

Als ich mich umdrehte, sah ich, wie der neue Mieter mich fixierte. Er stand am Badezimmerfenster und starrte mich an. Sein Blick durchbohrte meine Haut und drang in meinen Körper ein. Ich wusste nicht einmal, dass Blicke das können, dass sie in uns greifen können, wie Hände, dass sie wirklich all das tun können, was man mit Fingern tun kann, tasten, streicheln und die Nägel ins Fleisch bohren. Sein Blick arbeitete sich durch meine Eingeweide. Verunsichert ließ ich meine Augen über die Beete im Garten, die Fassade des Hauses huschen. Ich tat, als wäre der starrende Mann im Bad mir ebenso gleichgültig wie der Müll auf unserer Veranda. Mein Herz raste, pumpte zu viel Blut durch den Körper, das meinen Hals und den Nacken erhitzte. Ich schämte mich. Damals erfuhr ich zum ersten Mal: Es sind die Blicke der anderen, die uns zu dem machen, was wir sind. Sie geben uns Form, sie verwandeln uns in eine Elfe oder in ein haariges Monster, und einmal verwandelt, gibt es kein Entkommen. Schlägt die Elfe um sich, dann ist sie übermütig in ihrer bezaubernden Zartheit, frisst das Monster aus der Hand und schmiegt sich an, dann ist es verschlagen und voller Hintergedanken.

Es gibt nur zwei Möglichkeiten, den Blicken der anderen nicht ausgeliefert zu sein. Erstens: verschwinden, sich entziehen. Und zweitens: erfüllen. Die Vorurteile der anderen in vollem Umfang erfüllen. Es ist nötig, seine Rolle gut zu spielen, so wie ein Kind spielt: mit Ernsthaftigkeit und Lust, aber ohne jemals zu vergessen, dass es spielt.

Zurück im Haus, schloss sich die eiserne Hand meiner Mutter um meinen Oberarm. Ich war so verstrickt in den Blick dieses Fremden, dass ich sie nicht hatte kommen hören. »Lo!«, schnurrte sie. Ihr Ton war außergewöhnlich liebenswürdig. »Geh raus zu dem neuen Mieter. Er sitzt auf der Veranda.« Ach so: eine Bitte. Ich drehte den Arm aus ihrem Griff. Sie ließ sofort locker. »Versuch herauszufinden, ob er verheiratet ist. In Ordnung?« Ich schüttelte den Kopf. Der Gedanke, in der Nähe dieser Augen zu sein, verursachte mir Unbehagen. »Das kannst du mal für deine Mutter tun«, lächelte sie hartnäckig. »Mum!«, jammerte ich. Sie griff mir an den Hosenbund und betrachtete mit funkelnden Augen die ruinierte Jeans: das eindeutige Angebot für einen Deal.

Was unsere Deals anging, war meine Mutter einigermaßen verlässlich. Man konnte mit ihr auskommen. Meistens genügte es, sie nicht zu stören. Störte ich aber, dann musste ich meine Schuld abarbeiten. »Okay«, seufzte ich, schlich die Treppe hinunter und spähte durch das Wohnzimmerfenster nach draußen. Mit krummem Rücken und eingezogenem Nacken saß Humbert Humbert auf der Veranda. Ich sprang an ihm vorbei die Stufen herunter. Ich riss die noch feuchten

Laken von der Wäscheleine und machte mich, das brennende Gesicht halb hinter Laken verborgen, auf den Rückweg zum Haus.

Humbert Humbert blickte in den Garten, als wäre er ein Ornithologe ohne Fernglas. Je näher ich ihm kam, desto mehr schien sich die Luft um ihn in Honig zu verwandeln. Es kostete Kraft, meine Glieder durch die zähe Masse zu schieben, die ihn umgab. Dann setzte ich mich rechts neben ihn. Er sah mich nicht an. Mir war aber, als wanderten seine Augen aus ihren Höhlen ins Innere seines Kopfes, um sich an seiner rechten Schläfe zu positionieren, von wo aus sie mich unverhohlen anstarrten. Auch die Flunder, das hatte ich in der Schule gelernt, gleicht zunächst einem normalen Fisch. Ihre Veränderung hin zum Plattfisch beginnt mit der Wanderung des Auges, meist auf die rechte Körperseite, und endet mit einem gut getarnten Leben im Schlamm. Ich musste dumm grinsen und schob das Gesicht tiefer in den Berg aus Laken, den ich umarmt hielt. Die Laken kühlten meine Augen und schluckten mein Lachen. Ich hatte keine Ahnung, wie man sich nach dem Familienstand einer Flunder erkundigte, ohne sich zu blamieren.

Je länger die Stille anhielt, desto unsicherer wurde ich. Mit meinen bloßen Zehen hob ich einen Kiesel auf und schleuderte ihn gegen eine Konservendose. Treffer! »Ein zweites Mal schaffst du das nicht«, sagte er trocken. Nicht sein Ton war trocken, der war etwas atemlos und lieb, irgendwie lieb. Sein Mund war trocken. Seine Lippen raschelten wie Blätter im Herbst und er schmatzte beim Reden. Wäre höflich, ihm ein Glas Wasser anzubieten, dachte ich.

Aber er hatte mich herausgefordert. Mit großer Vorsicht und ohne mich zu schneiden, nahm ich eine Glasscherbe zwischen die Zehen und schleuderte sie in Richtung der Dose, die sie mit einem triumphalen »Klong« traf. Er fragte mich etwas, ich antwortete. Er hatte so eine seltsame Stimme, irgendwie flach, und immer noch das Rascheln. »Was ist das?«, wollte er wissen und berührte mit dem Zeigefinger die Narbe unter meinem rechten Auge. »Nix«, entgegnete ich schnippisch und zog den Kopf zurück, bis seine Hand unschlüssig vor meinem Gesicht in der Luft schwebte. Ich wollte die Geschichte dieser Narbe, in der ich eine ziemliche Verliererin war, nicht erzählen, und eine gute Lüge fiel mir in diesem Moment nicht ein.

»Selber schuld«, hatte meine Mutter gesagt, als ich unter dem Auge blutend und stinkwütend nach Hause gekommen war und gebrüllt hatte: »Die Jungs aus der Klasse haben mich verprügelt. Arschlöcher, Arschlöcher, Arschlöcher, dumme!« »Warum?«, fragte meine Mutter. »Was weiß ich«, keifte ich. »Ich hätte wegrennen sollen, da stecke ich sie alle in die Tasche, diese lahmen Säcke.« »Ah«, meine Mutter machte einen spitzen Laut, »da hast du deine Antwort, Lo. Selber schuld. Wenn du schneller läufst als die Jungen, dann fühlen sie sich gedemütigt. Überhaupt ist es besser, nicht immer zu zeigen, was man kann.« »Wieso?« Ich war bis zu diesem Tag davon ausgegangen, dass es gut ist, in etwas die Beste zu sein. »Weil es unsympathisch ist«, erklärte meine Mutter, »und weil das dabei rauskommt.« Sie tupfte mir unerklärlich traurig mit einem feuchten Tuch am verletzten Auge herum.

»Nix, das Sie was angeht«, verdeutlichte ich meine Abwehr gegenüber Humbert. Der ließ seine Hand fallen. Dann entdeckte ich meine Mutter im Rosenbeet. Dort tarnte sie sich als Naturfotografin, während sie es, die Kamera im Anschlag wie eine Klatschreporterin, in Wahrheit auf Humbert-Humbert-Superstar abgesehen hatte. Froh, die beiden einander überlassen zu können, ging ich ins Haus. Die feuchten Laken stopfte ich gleich wieder in den Korb für Schmutzwäsche.

Der Mann wirkte auf meine Mutter wie ein Scheinwerfer, sobald sie sich näherte, leuchtete ihr Gesicht auf, leuchtete jugendlich und fröhlich. Nicht, dass Gram und Frust daraus verschwunden wären, aber sie waren weggeblendet in dieser Scheinwerferlichtbeleuchtung. Es war gut, meine Mutter froh zu sehen, und zugleich machte es mir Angst. Seit mein kleiner Bruder gestorben war, hatte ich sie kaum mehr lachen gehört. Das hysterische Lachen außer Acht gelassen, in das sie sich flüchtete, um nicht herumzubrüllen.

Wenn ich ganz ehrlich sein soll: Ich habe meinen kleinen Bruder weder richtig gekannt noch gemocht. Natürlich darf man über einen Toten nicht ehrlich sprechen und es ist auch verboten, Familienmitglieder nicht zu mögen. Aber er nervte mich. Er war klein und er schrie ständig herum und er schiss in die Windeln, den ganzen Tag, er zog mir an den Haaren und seit er auf der Welt war, lief es zwischen meinen Eltern noch schlechter als sonst.

Auch meinen Vater habe ich nie richtig kennengelernt, da er immerzu »außer Haus« war. Er verbrachte selten Zeit mit uns und wenn, dann mussten wir still sein und in Alarmbereitschaft. Meine Mutter schimpfte über ihn, wenn er sie allein ließ, aber wenn er zu Hause war, wurde es noch schlimmer. Hörte man seinen Wagen die Einfahrt zu unserem Haus in Pisky heraufkommen, winkte meine Mutter hektisch nach Louise, die missgelaunt betonte, dass sie Haus- und nicht Kindermädchen sei, uns aber doch in den oberen Teil des Hauses brachte. Dort zog sie uns Kleidchen und Matrosenanzug an. Dann wurden wir ihm vorgeführt. Meist tätschelte er uns gedankenverloren. Zurück in unserem Zimmer wurden wir eingeschlossen, weil Louise sich um das Essen kümmern musste. »Keine Zeit«, flüsterte sie, während sie meinen Bruder in sein Bettchen legte und mir ein Spielzeug in die Hand drückte, »keine Zeit«. Und »pssst«, machte sie, dann drehte sie den Schlüssel im Schloss und lief die Treppe hinunter in die Küche.

Es gab immer gutes Essen, wenn mein Vater zu Hause war, aber vorher musste ich stundenlang mit meinem kleinen Bruder ausharren und ihn trösten, wenn er greinte, und er greinte ständig. Einmal hielt ich ihm kurz, nur damit er aufhörte und wirklich ohne böse Absicht, Mund und Nase zu. Danach brüllte er so laut, dass meine Mutter ins Zimmer kam und uns noch lauter brüllend aufforderte, die Fresse zu halten.

Ein Telegramm teilte uns schließlich mit, dass Vater auf Dienstreise verstorben war. Seine seltene Anwesenheit verringerte sich auf null. Ich nahm es gleichgültig auf.

Auf der Beerdigung waren lauter Leute, die ich nicht kannte. Ich weinte nicht, obwohl meine in Tränen aufgelöste Mutter mir sehr dazu riet. Ich war noch nie gut im Weinen gewesen. Ich hing an ihrer Hand, hinter uns wurde mein Bruder von Louise getragen, und so folgten wir dem Sarg. Meine Mutter erzählte allen von der großen Liebe, die sie verloren habe, und davon, wie ungerecht das Leben sei: Der Tod nimmt uns die besten Menschen zuerst.

Ich fand das Leben ganz gerecht, schließlich war mein Vater viele, viele Jahre älter als meine Mutter gewesen und ... unhöflich. Als wir am selben Abend gemeinsam auf dem gestreiften Sofa saßen und ein letzter Keil aus Abendsonnenlicht das Kupferhaar meiner Mutter zum Glühen brachte, breitete sich Friede aus. »Ist doch gut, dass er weg ist«, stellte ich fest und kassierte eine Ohrfeige. Das kam überraschend. Ich war mir sicher gewesen, dass meine Mutter und ich in diesem Moment dasselbe gedacht hatten.

Am Abend saß ich in meinem Bett, starrte auf das Muster der Bettdecke und versuchte, an meinen Vater zu denken. Die vielen Beileidsbekundungen und das Brimborium bei der Beerdigung hatten mir klargemacht, dass es gesellschaftlich unzulässig ist, keine Beziehung zu seinem Vater zu haben. Ich dachte an die Pancakes, die Louise mir zum Frühstück versprochen hatte, und beobachtete, wie eine Fliege die Wand hochlief.

Ich klatschte mir mit der flachen Hand auf die Stirn: Ich brauche wenigstens eine Geschichte, dachte ich, eine, die sich gut erzählen lässt, eine, die nur mir gehört. Ich versuchte mich von all den Geschichten inspirieren zu lassen, die meine Mutter mit wässrig liebevollem Blick bei der Beerdigung über meinen Papi erzählt hatte. Die Geschichten waren mir gänzlich unbekannt gewesen, meiner Mutter aber hatten sie trotz ihrer Trauer ein Lächeln entlockt. Wir haben einen Drachen gebaut, dichtete ich. Wir haben ihn so gebaut, wie Papi es von seinem eigenen Vater ... Ach, egal!

Am Morgen nach der Beerdigung trat ich verschlafen ins Wohnzimmer, wo meine Mutter auf dem großen Esstisch stand – wie zur Hölle hatte sie die Kraft aufbringen können, diesen allein vor die Fenster zu schieben – und die schweren Vorhänge von der Gardinenstange löste. »Louise macht Blaubeerpfannkuchen«, rief sie mir zu. »Aber komm, hilf mir kurz.« Zusammen schleppten wir die Stoffbahnen in den Garten, wo sie Staubwolken freisetzten, als wir sie fallen ließen. »Besser!«, stellte sie fest, als wir wieder im Wohnzimmer standen. »Heller!«, bestätigte ich. Am selben Abend verbrannte meine Mutter die Vorhänge zusammen mit einigen anderen Gegenständen im Garten. Es qualmte so sehr, dass sich die Nachbarn beklagten, aber das störte sie nicht. »Bei einem so greifbaren Leiden lassen die Leute dir einiges durchgehen ... «, erklärte sie mir, »das hält dir ziemlich den Rücken frei.« Sechs Monate lang hielt die Fröhlichkeit. Dann bekam mein kleiner Bruder hohes Fieber, das nicht aufhören wollte, und einige Tage später war er tot. Auch sein Tod ließ mich seltsam unberührt. Ich fürchtete mich vor mir selbst, hatte Angst, ein kaltherziger Mensch zu sein. Ich war sehr wütend. Mehrmals am Tag musste ich den Impuls unterdrücken, meine Mutter anzubrüllen. Erhaben und mit geheimnisvollen Schatten unter den Augen wandelte sie durchs Haus, umgeben von einer Aura diffuser Düsternis. Sie verlor ihre ohnehin nicht besonders ausgeprägte Fähigkeit, sich zu freuen. Einzig in ihren Klagen über das Schicksal lag ein heimlich wollüstiger Genuss. Als die Leute in Pisky nicht mehr bereit waren, meiner Mutter für ihre Leidensfähigkeit zu applaudieren, zogen wir nach Ramsdale um. Ich war zehn Jahre alt.

Ich bat meine Mutter, mir von meinem Vater zu erzählen, von dem ich nichts wusste, außer dass er gelegentlich vorbeigekommen war und Angst verbreitet hatte. Schließlich gab es nur zwei Möglichkeiten. Entweder ich bastelte mir einen Vater aus den Phantasien meiner Mutter zusammen oder ich verabschiedete mich davon, einen Vater zu brauchen. Ich entschied mich für Letzteres. Ich wollte keinen Vater, der nichts wäre als der uninteressante Blick meiner Mutter in die Welt. Was ich hörte, war zudem verwirrend: Nachbarn gegenüber beteuerte sie, wie sehr sie es vermisse, so von einem Mann vergöttert zu werden, wie Mr Haze sie vergöttert habe. Gleichzeitig erkannte sie an mir viele seiner schlechtesten Eigenschaften wieder. »Tochter deines Vaters«, schalt sie mich und vertraute mir an, dass mein Vater sie misshandelt und zu ekelhaften Dingen gezwungen habe. Es klang wie ein Vorwurf. Mich traf die Schuld. Das leuchtet ein: Seines Todes wegen war es ihr unmöglich, sich zu rächen oder ihn auch nur anzuklagen, und nach dem Tod meines Bruders war ich das Einzige, was von ihm übrig war.

Seltsam breite, irgendwie weibliche Hüften hatte Humbert Humbert, und einen platten Arsch. Er fand sich gut, das spürte man. Sehr breite Schultern. Die Armspanne einer Zwölfjährigen genügte gerade, um sich an seinen Schulterblättern festzuhalten, wenn man die Arme um seinen Oberkörper schlang. Seine Brust war ein Dschungel von schwarzen Haaren, ein richtiges Polster. Es erschreckte mich fürchterlich, als ich es zum ersten Mal sah. Nicht weil ich es widerlich fand (was der Fall war), sondern weil ich noch nie so viele krause Haare auf einem Körper gesehen hatte. Es kam mir falsch vor, so viele Haare am Körper zu haben und kein Tier zu sein. Seltsame Hände mit riesigen Handtellern und irgendwie langen dünnen Fingern mit viel zu kräftigen Nägeln an ihrem Ende. Ist nicht schön, wenn so jemand in dich hinein fasst. Es schmerzt, weil innen alles weich und verletzlich ist.

Schon wenige Tage nach seiner Ankunft wirkte Humbert Humbert angestrengt. Er schlich durchs Haus und war den ganzen Tag in Gedanken vertieft. Er verhielt sich wie der Hund unseres Nachbarn. Legte ich eine Scheibe Corned Beef auf den Boden und rief »Neeeein«, sobald der sie fressen wollte, versuchte der Hund, mich reinzulegen: Er tat, als interessierte er sich brennend für etwas anderes, einen Grashalm beispielsweise, in Wahrheit aber lauerte er auf einen Moment meiner Unachtsamkeit, um sich das Corned Beef zu schnappen. Natürlich war der Hund im Grunde nicht schlau. Ich durchschaute sein Manöver. Aber es brachte mich so sehr zum Lachen, dass ich immer wieder Essbares im Gras versteckte. In der Rückschau kann ich nicht genau sagen, wer von uns wen ausgetrickst hat. Genauso war es auch mit Humbert Humbert. Angestrengt heftete er den Blick auf meine Mutter, um mich im Auge zu behalten.

Meine Mutter hingegen begaffte den Mann, ohne es zu verbergen. Vom Küchenfenster aus hatte sie die beste Aussicht auf den Garten, dort verbrachte sie nun ihre Tage. Das war verwunderlich: Meine Mutter kochte nicht, sie aß auch nicht. Sie war ein Gespenst oder ein Engel oder beides. Ihre Augen saugten sich an Humbert Humbert fest, während sie ohne Sinn und Verstand mit Töpfen klapperte. Das wirkte sehr fürsorglich. Er saß im Garten im Piazza-Schaukelstuhl, stundenlang, und machte Notizen in seinem schwarzen Buch, jenen Taschenkalender, den er immer bei sich trug, so wie mein erwachsenes Ich ihn heute immer bei sich trägt. Wenn die beiden miteinander sprachen oder sich im Haus begegneten, wurden Mutters Bewegungen ganz »Grand Dame mit Jugendlichkeit«. Mit gesenktem Kinn warf sie ihren Blick in seine Augen. Sie verfolgte ihn mit ihrem gurrenden Lachen und ihrer deplatzierten »Schelmerei«.

Gingen wir in die Mall, musste ich in Hörweite der Umkleidekabine ausharren und die Tirade ihrer Selbstkritik mit anhören, die ihr das eigene Spiegelbild entlockte. Ich fand meine Mutter schön und begriff nicht, warum sie ihre Pobacken in die Hand nahm und an ihnen schüttelte, um mit grimmiger Miene das wenige Fett, das der Langzeitdiät getrotzt hatte, schlackern zu sehen. »Das Fett wird zuletzt auch dich ereilen«, drohte sie mir. Dass es auf der Welt fettausgleichende Gerechtigkeit gab, weil alle irgendwann alt werden, hob ihre Laune. Sie kaufte zwei, von der Größe abgesehen, identische schwarze Badeanzüge.

Zurück zu Hause, bat ich darum, im Bett bleiben und lesen zu dürfen, aber sie zwang mich in den Badeanzug und redete verschwörerisch auf mich ein, bis ich einwilligte, mit ihr in den Garten zu kommen, wo Humbert Humbert Zeitung las. Es schien ihr unmöglich, mit ihm allein zu reden. Ich spekulierte auf die Comic-Beilage seiner Zeitung, die ich auch umgehend einkassierte, und warf mich neben meiner Mutter auf den Bauch. Dann wurde es plötzlich eiskalt mitten in der Hitzewelle. Heute kann ich nicht mehr sagen, was mich dazu brachte, von den Comics aufzusehen, aber ich wandte den Kopf in seine Richtung. Es wirkte, als wütete ein Gewitter hinter seiner Visage. Auf seinen Lippen lag ein entrücktes Lächeln. Hässlich. Mein Blick raste zurück auf meine Comics, aber nicht, ohne zuvor dem Gesicht meiner Mutter zu begegnen. Es war steinern, mit einer steilen Falte zwischen den Augen und einem Mund, der ausspucken will, aber stattdessen zu einem Lächeln gezwungen wird. Sie hasst mich, schoss es mir durch den Kopf. Meine Nackenhaare stellten sich auf und bildeten ein kleines Fell zu meinem Schutz. Ich tat, als würde ich angestrengt lesen, zog die Fersen an mein Gesäß und kreuzte die Füße, steckte den kirschroten Lutscher in meinen Mund, den ich von Louise bekommen hatte, und konzentrierte mich auf seine Süße.

Meine Mutter bestrafte mich mit Missachtung und Ausquartierung. Louise legte mir eine Matratze in die Abstellkammer. Diese sollte während des Aufenthaltes von Humbert Humbert mein Zimmer ersetzen. »Okay, Mum«, sagte ich, »das ist okay für mich.« Ich wusste nicht, wofür ich bestraft wurde. Ich wusste nur, dass ich schuldig war, dass diese Schuld mit Humbert Humbert zu tun hatte. »Du solltest dich schämen«, hatte sie mir zugeflüstert. Sie hätte mich dazu nicht erst auffordern müssen.

Am Nachmittag hatten wir einen Ausflug an den See geplant. Ich saß am Fenster und sah den Himmel schwarz werden. Schon schallte die Stimme meiner Mutter durch das Haus: »Ausflug fällt ins Wasser!« Seit Humbert Humbert bei uns war, hatte meine Mutter sich eine liebevolle Flöte in den Hals gezimmert, sodass ihre Rufe unerträglich süß und verlogen klangen. Was folgte, ist kaum rekonstruierbar: Ich weiß, dass ich in den Flur trat und zu schreien anfing wie ein kleines Kind. Ich machte zwei Fäuste, ballte auch das Gesicht zur Faust und brüllte. Ich kannte damals bereits Schimpfwörter, die so ordinär waren, dass sie einem Erleichterung verschafften, und ich benutzte sie alle. Ich wusste, dass ich meine Mutter bis auf die Knochen blamierte, aber ich konnte nicht aufhören. Um mich explodierten Farben. Ich bekam Ohrensausen von meinem eigenen Geschrei, das meinen Körper auf alle viere warf. »Es regnet, Dolores. Wir können nicht an den See. Steh auf. Dolores.« Sie wisperte in mein Ohr. Sie rang um Fassung. Es dauerte einige Minuten, bis sie erst sich und dann mich wieder in der Gewalt hatte. Sie schleifte mich ins Badezimmer und verriegelte die Tür von außen. Mein Gebrüll hallte von den Fliesen wider. Das brachte mich zur Ruhe.

Ich verschwinde in meinen eigenen Erinnerungen.

Starre das Kind an, das ich war. Ich erkenne mich nicht wieder in diesem Mädchen. Ihre Worte haben keine Wurzeln, obwohl sie Muttersprache sind, ihre Gedanken und ihr Körper sind Teil einer anderen Welt. Es ist harte Arbeit, Empathie für sie zu empfinden.

Meine Mutter lag in einem der Liegestühle und winkte mich zu sich. Sie trällerte meinen Namen durch den Garten wie einen Song. Ich folgte. In den letzten Tagen wirkte sie verändert. Es war nicht ihr männeranwesenheitsbedingter Frohsinn, nicht eine charakterliche Wandlung – es war ihr Äußeres. Doch etwas, das tiefer lag und nicht von ihren verstärkten Schönheitsprozeduren beeinflusst wurde. Vielleicht etwas in der zweiten Haut.

Heute ist meine Mutter eine durch bleiche Erinnerungen konservierte Mumie. Wenn sie in meinen Erzählungen wiederkehrt, ist ihr Erscheinungsbild abhängig von meiner eigenen Verfassung. In diesem Moment im Liegestuhl geschah es zum ersten Mal, dass meine Mutter sich durch meinen Blick auf sie verwandelte. War es mein Erwachsenwerden, das für einen Moment den Schleier bedingungsloser kindlicher Bewunderung lüftete und darunter eine beschädigte Frau zum Vorschein brachte, die nur zufällig meine Mutter war? Eine zerfledderte Person in einer schönen Hülle auf einem Liegestuhl, die plötzlich Hoffnung fühlte. Hoffnung auf ein Glück, das sie sich im Grunde gar nicht zutraute. Hoffnung auf Erlösung. Erlösung von sich selbst.

Oh, sie ist verliebt, dachte die kleine Lo, und die untergehende Sonne tauchte meine Mutter in orange-rotes Licht. Ich setzte mich auf die Lehne des Liegestuhls. Sie strich mir die Haare hinters Ohr, ohne mich darauf aufmerksam zu machen, dass sie ungekämmt von meinem Kopf abstanden, und sie wanderte mit zwei Fingern über meinen Schenkel. Sie kicherte. »Schau«, sagte sie in einem Ton, als wollte sie mir ein Geheimnis offenbaren. Mich mit meiner Mutter zu verschwören, ihr nah zu sein, ist eines der besten Gefühle, die ich in meinem Leben empfunden habe. Ich war sofort bereit, zu schwören, dass ich unser Geheimnis selbst unter Androhung von Folter für mich behalten würde.

Sie legte mir eine Illustrierte in den Schoß und blätterte würdevoll darin, als hielte sie die Seite einer Papyrusrolle in der Hand. Eine Doppelseite mit Werbung zeigte einen Mann mit dunklem Haar. Er saß im Bett, hielt ein Tablett in der Hand und sah verwegen in die Kamera. Das Bild war mit »Der Bezwinger« untertitelt. »Uuuund?«, sagte sie und strahlte mich an. Ich lächelte, weil ich nicht begriff und nichts zu sagen wusste. Gott sei Dank war sie in ihrem Enthusiasmus ganz abgekoppelt von der Außenwelt und meine Begriffsstutzigkeit perlte an ihrer guten Laune ab wie an Teflon. Sie legte einen Finger auf das Gesicht des Mannes und strich darüber. »Sieht aus wie Hammi, stimmt's?« »Hammi?«, fragte ich. »Humbert, Lo, Humbert, wer denn sonst«, entgegnete sie kopfschüttelnd. Wer denn sonst, dachte ich. »Natürlich«, sagte ich mit einer Stimme, in die ich alle Begeisterung legte, die ich zusammenkratzen konnte. Sie lachte. »Gehen wir aus? Eis essen?«, fragte sie und bedeutete mir, mich umzudrehen. Vorsichtig kämmten ihre Finger durch mein zerzaustes Haar, nahmen sich Zeit, Knoten zu lösen. Ich liebte und liebe es, wenn mir jemand an den Haarspitzen zupft. Sie flocht mir einen Zopf und wir gingen los.

Am Abend riss ich vorsichtig das Werbefoto aus der Zeitung und befestigte es über meinem Bett. Ich hoffte, meine Mutter würde es sehen und als Stiefvaterakzeptanz deuten. Ich malte einen Pfeil in Richtung des

Gesichts des Werbungsmannes und beschriftete ihn mit »H. H.« Wenn ich ehrlich war, konnte ich keinerlei Ähnlichkeit zwischen den beiden feststellen. Das mit seinen Initialen beschriftete Foto, würde Humbert Humbert später spotten, sei ein untrüglicher Beweis meiner Schwärmerei für ihn.

Das Patriarchat sitzt im Körper meiner Mami und bräunt sich in ihrer Aufmerksamkeit. Manchmal hievt es den Wohlstandsbauch auf die andere Seite und kratzt sich am Sack. Es fühlt sich ziemlich wohl. Hier ist seine natürliche Umgebung. Hier kann es scheitern und wichsen, ohne kritisiert zu werden. Manchmal meckert es am Irish Stew herum, das meine Mami gekocht hat: zu wenig Salz.

Meine Mutter bemühte sich so sehr um Humbert, dass ich mich darauf gefasst machte, diesen Kerl jetzt öfter sehen zu müssen. Das gefiel mir wenig. Aber meiner zwölfjährigen Erfahrung nach gab es Möglichkeiten, dafür zu sorgen, dass man im Leben bekommt, was man sich wünscht. Erstens: Erpressung. Oder zweitens: Verbündete suchen. Und so schnappte ich mir Humbert Humbert, der durch unsere Wohnung schlich, als wäre er auf Großwildjagd, zog seinen Kopf zu mir herunter, sah, wie sich seine Nasenflügel blähten, weil er an mir schnupperte, und wisperte ihm unter Zuhilfenahme von sehr viel Luft und ein bisschen Spucke ins Ohr: »Es wäre doch gut, wenn Mama morgen mit uns zum See fährt, oder? Helfen Sie mal ein bisschen mit!«

An den Wochenenden im Sommer war der See der Treffpunkt der gesamten Nachbarschaft. Gerüchte und möglichst gleichmäßig gebräunte Körper liefen das Ufer auf und ab. Bademode aus der Shoppingmall wurde gut kaschiert, Bademode aus der teuren Boutique vorgezeigt. Es galt, Einladungen zum BBQ zu ergattern – natürlich nur von den richtigen Leuten. Im letzten Sommer hatte meine Mutter mein Verhalten streng überwacht und ich hatte wenig Spaß gehabt. Jetzt aber war ich frei, denn nun verwendete sie all ihre Aufmerksamkeit darauf, Humbert Humbert wie ein Dressurpony durch die Manege zu führen. »Ich muss dich einer ganz lieben Freundin vorstellen«, flötete sie, wenn die beiden in Hörweite trabten, und sobald sie der lieben Freundin den Rücken zuwandten: »Die fettärschige Kuh hat mich letzte Woche angeschwärzt ...« Ich hielt einige andere Kinder so lange unter Wasser, bis sie Angst bekamen, spielte Wasserball oder saß in einem der großen Bäume, um im Laub verborgen zu beobachten, wie meine Mutter Humbert Humbert die Sporen gab.

Jetzt neigte sich dieser schöne Tag dem Ende zu und meine Mutter bestand darauf, ihn in unserem Garten ausklingen zu lassen. So nannte sie es.

»Kommen Sie! Packen Sie mal mit an.« Humbert Humbert griff die zwei Zipfel unserer Picknickdecke. »Charlotte, Charlotte«, mahnte er mehrmals, ließ sich aber trotzdem von ihr necken, während sie die Decke gemeinsam ausbreiteten. Endlich lag die Picknickdecke zu ihrer Zufriedenheit auf dem Rasen. »Fast romantisch«, lachte sie, als hätte sie einen Witz gemacht, und legte ihre Hand für einen Moment auf Humberts Brust. Humbert Humbert wirkte erschöpft. Mit blitzenden

Augen setzte meine Mutter sich so nah neben ihn, dass es gerade noch als anständig gelten konnte. Ich warf mich zwischen die beiden, in diesen mit Seltsamkeit gefüllten Raum, um an meine Existenz zu erinnern. Das war nötig. Während sie irgendeinen gestelzten Scheißdreck redeten, spielte ich mit meiner Ballerinapuppe.

Ich setzte mir die Puppe aufs Knie und ließ sie an der Unterhaltung der mich umrahmenden Erwachsenen teilnehmen. Die Puppe drehte ihren Kopf dem jeweils Sprechenden zu. Das wurde schnell langweilig: Humbert Humbert monologisierte. Die Puppe rieb sich den überstrapazierten rechten Nackenmuskel. Humbert Humberts Hand schoss nach vorn, schwebte einen Moment über meinem Knie wie ein Raubvogel über dem Kaninchen. Dann stürzte die Hand sich auf meine Puppe, und weil ich nicht gleich locker ließ, entriss er sie mir mit einem Ruck, ohne jedoch seinen Erzählfluss zu unterbrechen. Er hob die Puppe in die Höhe, ließ sie kreisen, gab sie mir zurück. Er tat das mehrmals, in der Art, wie man mit einem Hund spielt. Währenddessen redete er über wer weiß was. Außerdem griff er mir ins Haar und an den Rücken und strich mir übers Schienbein, als wollte er meiner Mutter beweisen, wie sehr er mich mochte und wie putzig er mich fand. Das war ätzend. Von der Seite betrachtete ich meine Mutter, die unglaublich gelangweilt schien von Humbert Humberts Ausführungen, aber sie hielt ihr Lächeln. Je dunkler es wurde, desto öfter betastete er mich. Ich war Wasser und Beton. Beton, der mich unbeweglich machte, und Wasser, das einen Fluchtweg suchte, seinen Händen zu entkommen. Ich wusste, dass es nötig war, meine Mutter von all dem nichts merken zu lassen. Es war beinahe stockdunkel. Ich spielte, wie ich noch nie gespielt hatte, gab meiner Puppe eine schrille Stimme. »Es ist so eng hier«, piepste sie. Sie hatten mich in die Zange genommen. Humbert Humbert mit seinen widerlichen Fingern, meine Mutter mit ihrer spöttischen Missachtung. »Und jetzt wünschen sich alle, dass Lo ins Bett geht«, sagte sie, griff meine Puppe und schleuderte sie in die Dunkelheit.

Obwohl ihr abfälliger Ton mich verletzte, war ich froh, dem Garten zu entkommen. Ich lief die Treppe hinauf. Sie saßen noch eine Weile dort unten auf der Picknickdecke. Durch die geöffneten Fenster konnte ich sie reden hören, während ich in meiner Kammer lag und versuchte, Comics zu lesen.

Seit dem Vorfall im Badeanzug war meine Mutter distanziert und redete verächtlich über mich: Einige Tage zuvor beim Essen, Humbert hatte darüber sinniert, sich irgendeinen bescheuerten Schnurrbart wachsen zu lassen, hatte sie gesagt: »*Tun Sie es lieber nicht, sonst schnappt ein gewisser jemand noch ganz und gar über.*« Sie zupfte an meinem Ohr und ließ ihren manikürten Zeigefinger kurz auf meiner Nase ruhen. Ich musste sofort den Tisch verlassen. Ich schrie die Wut in mein Kopfkissen.

Ich hörte Humbert Humbert ins Bett gehen, hörte seine plumpen Schritte auf der Treppe, hörte meine Mutter in der Küche herumräumen, wunderte mich, weil sie ja sonst nie in der Küche räumte. Dann stand sie in der

Tür, nahm mich am Arm, zog mich aus dem Bett. Ich wehrte mich, aber nur vorsichtig. Dieser Gesichtsausdruck war mir neu, obwohl ich sie immer genau beobachtete. In ihrer Nähe musste ich jederzeit wachsam sein. Es war nahezu unmöglich herauszufinden, wie ich es ihr Recht machen konnte. Aber man musste es versuchen. Immerhin hatte ich von allen Menschen auf der Welt wohl die meiste Übung darin.

Sie schob mich ins Badezimmer, setzte mich auf den geschlossenen Toilettendeckel, ließ Wasser in die Wanne ein und prüfte besonders sorgfältig die Temperatur. Dann zog sie mich aus, so wie sie mich als Kleinkind ausgezogen hatte. Sie war sehr vorsichtig und zärtlich. Mein »Ich will nicht baden, Mama« überhörte sie ganz und gar. Sie war weich und beinahe heiter. Sie kämmte mir das Haar. Sie hob mich in die Wanne. Dann wusch sie mich. Sorgfältig, akribisch fast, tat sie das. »Ich bin schon sauber«, sagte ich und versuchte ein Lachen. Sie lächelte mich an. Sie seifte mich ab. Obwohl sie die Ärmel hochgekrempelt hatte, wurde ihre Bluse tropfnass. Sie wusch mich unter den Armen und dann griff sie in meinen Schritt. Seifte meine Vulva ein und meine Pobacken. Sehr lange. Sehr routiniert. Sie spülte mich mit klarem Wasser ab, dann hob sie mich aus der Wanne und reichte mir ein Handtuch. »Gute Nacht«, sagte sie und verließ das Badezimmer. Ich stopfte mir sehr viel Handtuch in den Mund und zitterte.

Als wir in noch in Pisky lebten, spielten meine Mutter und ich ein Spiel: Sie tat, als wäre sie unfähig, unsere großen Betttücher und Laken zu falten, und benötigte dazu meine Hilfe. Flatterte die Wäsche seit einigen Stunden draußen auf der Spinne, erwartete ich schon sehnsüchtig ihr Rufen. Ich sprang aufs Bett, packte die zwei Enden des Lakens und ließ mich von ihr immer und immer wieder durch einen kurzen Ruck zu Fall bringen, ich schlug dann auf dem Bett auf und wurde durch die Sprungfedern in die Höhe geschleudert. Manchmal packte sie mich auch in das Bettlaken und warf mich über ihre Schulter oder drehte und schaukelte mich darin. Wir kämpften so lange, bis wir zu schwach waren, die Arme zu heben, dann stopften wir das Laken ungefaltet in den Schrank. Wir lagen gemeinsam auf dem Bett, ich zupfte ihr am Haar und sie erzählte mir Geschichten. Seltsame, unausgegorene Geschichten, und immer dieselben, weil ich das so wollte. Wenn sie die Erzählung veränderte, schimpfte ich und sie lachte.

Dann wieder verschwand meine Mutter ohne Entschuldigung, Erklärung oder wenigstens Vorwand für einige Tage. Zumindest sorgte sie dafür, dass wir nicht verhungerten. Dafür gab es Louise.

Während Humbert Humbert bei uns wohnte, kam meine Mutter manchmal nachts in meine Kammer und rüttelte mich wach. Sie nahm mich mit in ihr Bett, dort schmiegte meine Mutter sich an mich. Der glatte Satinstoff ihres Negligés war warm und schmeichelte meiner Haut. So etwas hatte sie früher nie getragen. Ich denke, sie wollte sichergehen, dass sie eine gute Figur machte, wenn Humbert Humbert sie nachts auf der Treppe zu Gesicht bekam. Sie wisperte und klagte und bat mich, ihr die Haare zu kraulen. Sie war dann wie ein Kätzchen. Ich wickelte meine Arme um ihren Kopf, ich hörte sie seufzen und sie erzählte mir von Humbert Humbert – wobei ich zugeben muss, dass ich den Mann ihrer Erzählungen nicht mit dem Mann zusammenbringen konnte, der mir tagtäglich im Haus begegnete. Ich lag gern bei ihr. Ich war ihr Trost. Ich war ihre Beschützerin. Ich drehte ihr Locken mit dem bloßen Finger. In einer dieser Nächte vertraute sie sich mir an: »Lo, Spatz, hast du gesehen: Er schreibt Tagebuch!« Wie sollte ich es nicht bemerkt haben, er tat den ganzen Tag nichts anderes. »So gern«, säuselte sie, »würde ich den Inhalt dieses Büchleins kennen, denn, da ... ich bin mir ganz sicher, Lo, meine Lo«, und sie stupste ihre Nasenspitze an meine, »in seinem Buch steht, ob er mich mag.« Meine nächtlichen Tröstungen hatten jedoch keinerlei Einfluss auf den Tag. Am Tag war sie eine andere.

»Sei lieb! Sei nicht so eine Ziege! Stell dich nicht so an! Halt die Beine zusammen, als Frau muss man die Beine zusammenhalten! Sei doch nicht bockig! Du bist verlogen, verbockt. Soll ich dir den Mund mit Seife auswaschen? Sei doch mal höflich! Tu, was man dir sagt!«, schalt sie mich.

»Dieser unbegreifliche Egoismus«, erzählte sie ihren Freundinnen am Telefon, »und diese Schlampigkeit. Nein, nicht im Sinne von unordentlich ... Von wem sie das wohl hat ... Sie ist nicht auszuhalten.«

Nachlässig hatte er vergessen, die Tür zu schließen. Ich schlich mich an und spähte durch den Spalt. Er saß über den Tisch gebeugt und schrieb. Er schien unheimlich konzentriert. Die Tür knarrte. Ich erschrak. Er blickte nicht einmal auf. Ich war unsicher, ob ich gehen oder bleiben sollte. Wie eine Maus vom Käse wurde ich vom schwarzen Buch, dem dicht beschriebenen, in die Falle gelockt. Ich zierte mich, tat desinteressiert, dann griff ich an. Beugte mich wie zufällig über seine Notizen, er blickte auf, schien nicht sonderlich überrascht von meiner Anwesenheit. Das Blatt war dicht beschrieben: winzige Zeichen in geraden Linien auf dem Papier. Ich konnte nicht einmal erkennen, in welcher Sprache die Worte verfasst waren. Scharf sog er die Luft durch die Nase ein, während meine Augen über das Papier huschten, ihm seine Geheimnisse zu entlocken.

Er legte den Arm um mich, näherte sich. Ich setzte mich auf sein Knie, aber nur mit einem winzigen Teil meines Gewichts. Ein Manöver zur Ablenkung. Ich verfluchte seine Sauklaue, versuchte Sätze zu raten. Unter meinem Hintern vibrierte sein Bein. Er zögerte, er überlegte. Ich tat, als sei ich am Geschriebenen kaum interessiert, kniff aber die Augen zu Schlitzen zusammen, um schärfer zu sehen. Sein Atem roch nach Zigarre und seltsam faulig. Es kam mir vor, als würden alle alten Menschen so riechen, als würde man zunächst innerlich zu Moder werden, bis sich zuletzt die Haut auf die Erde legt wie ein altes, nasses Kleidungsstück. Sie gibt einfach auf, die Haut, und dann wird sie langsam eine Suppe und versickert. Er bebte, sodass mein Körper durchgeschüttelt wurde, dann gellte Louises Stimme durch das Haus: »Mrs Haze, im Keller liegt eine tote Katze!«

Ich sprang auf, als hätte mich sein Knie zwischen den Beinen gebissen, und rannte die zwei Treppen hinunter, ohne innezuhalten, ohne meine Mutter zu grüßen, die soeben ins Haus gekommen war und im Korridor stand. Im Keller angekommen, sah ich die Katze sofort. Ein grauschwarz geschecktes Tier, dem die kleine rosafarbene Zunge seitlich aus dem Maul hing. Ihr Körper war grotesk verdreht, jemand musste sie gequält, ermordet und dann durch das Kellerfenster hineingeworfen haben. Ich kniete mich vor ihr Köpfchen, streichelte mit dem Zeigefinger sanft das Fell, das ihr von den spitzen Ohren abstand, und schob vorsichtig die Zunge zurück in ihr Maul. Dann versteckte ich mich hinter der Tür und lauschte: Louise wuchtete ihren müden Körper die Treppe hinunter, dahinter folgte meine Mutter. Als sie den Kadaver sah, schrie meine Mutter spitz auf. »Ekelhaft«, bestätigte Louise. »Das arme Tier«, sagte meine Mutter und hielt sich die maniükürten Finger unter die Nase. In meinem Versteck roch ich vorsichtig an dem Zeigefinger, mit dem ich ihr Fell berührt hatte, aber keine Spur von Gestank. »Räumen Sie sie weg, Louise, bitte, meine Liebe.« Sie klang alarmiert, dann drehte sie sich um und ich hörte ihre Trippelschritte auf den Stufen. In letzter Zeit legte sie die Schuhe mit den hohen Absätzen auch in der Wohnung nicht ab. Ihre Beine seien kurz und krumm, hatte sie seufzend geurteilt. »Da hat uns der liebe Gott übel mitgespielt«, erklärte sie, unglücklich den Kopf wiegend und meine Beine tätschelnd, an denen ich nie einen Makel bemerkt hatte. Gelegentlich zog sie am Ausschnitt meines Shirts, blickte hinein und analysierte: »Noch nichts zu sehen. Noch ist nicht klar, ob du begünstigt bist.«

Ihre Schritte auf der Treppe hielten inne. »Louise?«, fragte sie ins Halbdunkel hinein. »Ja«, schnaubte Louise zurück, die ganz offensichtlich wenig Lust hatte, den Kadaver zu beseitigen. »Halten Sie es für möglich, dass Dolores dafür verantwortlich ist?«, fragte die Stimme meiner Mutter. Louise gestattete sich zwei, drei Atemzüge, bis sie antwortete: »Nein.« Ich dachte an die große Schere, die ich von ihr geliehen und nie wieder zurückgebracht hatte, und war ihr dankbar. »Sie ist seit Monaten unerträglich jähzornig. Wenn sie weiterhin so böse ist, wird sie mir noch den neuen Mieter vertreiben. Sie scheint sich entweder unschlagbar oder unwiderstehlich zu finden. Ein Vater, der hätte ihr gutgetan. Aber ich war ja allein, mit allem, immerzu allein gelassen.« »Ja, Mrs Haze«, bestätigte Louise, die vorsichtig versuchte, den leblosen Körper der Katze mit dem Fuß auf eine Schaufel zu schieben. »Sie stolziert herum. In einer Art ... Na ja, ich werde es nicht aussprechen.« »Hm«, grunzte Louise, die mit totem Fleisch beschäftigt war. Ich erinnere mich überdeutlich, dass ich in meinem Versteck mit dem Zeigefinger spröde gewordenen Lack von der Tür abblätterte. Ich hatte das Gefühl, mit Blei ausgegossen zu sein.

Über mehrere Jahre hinweg – ungefähr in der Zeit zwischen meinem sechsten und neunten Geburtstag – hatte ich eine Lieblingsbeschäftigung: das Malen. Ich war nicht talentiert, aber Farben in einer bestimmten Reihenfolge auf ein weißes Blatt Papier aufzutragen, gefiel mir, und ich konnte mich stundenlang damit beschäftigen. Um mich mit einem Buntstift in der Hand über das große Blatt

Papier auf dem Schreibtisch beugen zu können, musste ich mir allerdings eine erhöhte Sitzposition verschaffen, also zog ich einen meiner Füße unter mein Gesäß. Dabei fand ich etwas heraus: Wenn ich meinen Unterkörper bewegte und mein Geschlecht an meiner Ferse rieb, stellten sich schöne Gefühle ein. Bald gab es kein Halten mehr. Ich tat es überall. Ich malte und rieb stundenlang. Ich wurde dieses Gefühls nicht müde. Schlief mir das rechte Bein ein, wechselte ich auf das linke. Ich tat es auch in der Öffentlichkeit und empfahl meinen Freundinnen, es ebenfalls auszuprobieren. Eines Abends stellte meine Mutter mich zur Rede. Irgendeine Idiotin hatte gepetzt, wovon ich nicht wusste, dass es illegal war, und unsere Mütter hatten ein Gespräch geführt. Meine Mutter hatte mich nie bei dem erwischt, was sie jetzt »dein unanständiges Hoppeln« nannte. Sie schrie mich nicht an, aber sie schämte sich, als sie davon sprach, dass ich auch vor den Augen anderer »gehoppelt« hatte. Sie verbot mir jegliches »Hoppeln« und machte mir unmissverständlich klar, dass wir in den Augen aller, die davon wussten, unsere gute Reputation für immer eingebüßt hätten.

Eine Strähne löste sich aus ihrem Haarknoten und fiel auf ihr Gesicht. Sie verfing sich in ihren Wimpern und blieb gefangen, sosehr sie diese auch wegzublinzeln versuchte. Die Hand zu heben, um die Strähne hinters Ohr zu stecken, dafür fehlte meiner Mutter jetzt die Kraft. Sie atmete hörbar aus, stützte sich auf dem Küchentisch ab, suchte nach Worten, suchte, weil es für mein Vergehen keine adäquate Beschreibung zu geben schien. Sie litt, weil ich »hoppelte«. Das schmerzte mich. Ich wünschte, sie würde schreien oder mich packen, damit diese Pein verschwinden würde, die ich verursacht hatte. »Da musst du dich nicht wundern«, hauchte sie.

Ich wagte nicht, nachzufragen, worüber ich mich nicht wundern sollte. Mit zittrigen Fingerkuppen betastete sie ihre Schläfen und schlich als gebrochene Frau aus dem Zimmer. Dann legte sie sich angezogen in ihr Bett und bewegte sich nicht mehr. Auch ich rührte mich nicht. Langsam sog die Dämmerung das Licht aus dem Zimmer. Ich löste einen größeren Splitter von unserem alten Tisch und trieb ihn mir unter den Nagel des linken Ringfingers. Mit dem »Hoppeln« hörte ich trotzdem nicht auf. Mit zwölf Jahren hatte ich meine Technik perfektioniert: War ich unbehelligt in meiner Kammer, formte ich durch Drehen aus meinem Kissen eine sehr feste Wurst, die ich, auf dem Rücken liegend, mit den Beinen umklammerte, dann presste ich sie so fest ich konnte zwischen meine Beine und bewegte mich sanft auf und ab, solange, bis sich ein warmes Gefühl in meinem Unterkörper ausbreitete. Ich war sehr fröhlich dabei. Heute weiß ich, dass es kein Orgasmus war, aber ich war auf dem richtigen Weg.

Sicher werden mir in absehbarer Zeit alle Zähne ausgefallen sein. Ich bin fast vierzig Jahre alt. Das ist früh, früh für Zahnlosigkeit. Ich träume oft davon. Beim Zähneputzen geben sie nach und ich muss sie ins Waschbecken spucken, um nicht an ihnen zu ersticken. Beim Lachen spritzen sie mir aus dem Mund, als hätte ich zwanzig Schlaftabletten in den Taschen meiner Wangen gelagert. Ich wache schweißgebadet auf, tausche meine nassen Kleider gegen trockene. Während ich träume, knirsche ich mit den Zähnen. So heftig, dass ich am Morgen kaum den Kiefer öffnen kann. Vor dem Einschlafen schiebe ich mir zum Schutz der Zähne einen Zipfel meiner Bettdecke in den Mund.

Vom Wohnzimmerfenster aus sah ich, wie Humbert Humbert sich mühsam zusammenfaltete, um auf der Rückbank des Wagens meiner Mutter Platz zu nehmen. »Hey! Wohin wollt ihr? Ich fahre mit euch!« Ich konnte die Treppe unseres alten Hauses unheimlich schnell hinunterlaufen. Am Holzgeländer festgeklammert, warf ich den Unterkörper und die Beine durch die Luft um die Kurve. Ich rannte zum Wagen. Meine Mutter hatte den Motor bereits gestartet. Sie wollte mich nicht dabeihaben. Ein Lieferwagen, der die Straße hinter ihr versperrte, verschaffte mir einen Zeitvorteil, und schon riss ich die Tür auf Humberts Seite auf. »Fettarsch zur Seite schieben«, kommandierte ich und quetschte mich hinein. »Lo!«, echauffierte sich meine Mutter und sah Humbert auffordernd an. Sie wünschte sich von ganzem Herzen, ich würde aus ihrem Leben verschwinden, aber wagte nicht, mich eigenhändig aus der Tür zu stoßen. Kaltherzigkeit war Männersache. Mich auszuladen, das sollte Humbert Humbert erledigen, den sie zu ihrem Liebhaber erkoren hatte. Blitzschnell schob ich meine Hand in seine und drückte zu.

Im Wagen entstand eine kurze Stille, in der meine Mutter auf ein Machtwort des Mannes wartete, dessen Hand ich umklammerte, als hinge ich über einem Abgrund. Die Stille blieb ungebrochen. Es war klar, dass ich gewonnen hatte. Schimpfend lenkte sie den Wagen aus der Einfahrt. »Ich ertrage das schwer«, sagte sie zu Humbert Humbert, »sie weiß doch, dass sie nicht erwünscht ist.« Dann schnupperte sie in die Luft: »Sie sollte dringend baden, unsere kleine Lo, nicht wahr?« Er sagte nichts.

Der Garten war wunderschön dekoriert gewesen, die Sonne schien auf eine milde Art, an der langen weißbetuchten Tafel saßen Menschen, die nach Sonntag und Fernsehwerbung aussahen. Das gemeinsame Essen hatte gerade begonnen, da verspürte ich Druck im Unterleib. Ich saß zur Linken meiner Mutter, zu ihrer Rechten saß mein Vater, fremd und mit Übellaune. Meine Mutter strahlte – so hell, dass die Geblendeten die Augen niederschlagen mussten und den düsteren Klotz, der neben ihr saß und am zähen Grillfleisch herumschnitt, nicht bemerkten. Meine Mutter liebte es, »ausgeführt« zu werden, dabei war selbstverständlich sie diejenige, die uns ausführte, wenigstens darin fühlte ich mich mit meinem Vater ein wenig verbunden. »Wenn ich das ausführen darf ...«, sagte sie weltmännisch und redete drauflos. Inmitten von Getümmel, Gesprächen und Sozialspielen fühlte sie sich am wohlsten.

Meine Mutter hatte für jede einzelne Frau an der Tafel herabwürdigende Namen, inspiriert von ihren körperlichen Merkmalen, die sie als unzureichend bis hässlich empfand. Diese wurden jeweils mit einem der Schimpfwörter ergänzt, die man für Frauen im Allgemeinen benutzt: Zicke, Pute, dumme Gans oder (bei Frauen mittleren Alters) Kuh, Schlange, Schlampe, Hure, Rabenmutter,

Glucke, Mannsweib, Tussi, Mauerblümchen, Luder, Bumsnudel, Hexe, Hysterikerin, Matratze ... Die Bedeutung dieser Worte war mir nur teilweise bekannt. Ich war sieben Jahre alt.

Die flachbrüstige Bumsnudel, deren wirklichen Namen ich nicht kannte, sodass ich sie nicht hätte ansprechen können, wenn ich es denn gewollt hätte, nur ÜBER sie sprechen konnte ich, und das auch nur zu Hause ... Flachbrüstige Bumsnudel also war mit meiner Mutter im Gespräch.

Ich tippte ihr mit dem Zeigefinger an die Schulter. »Mama!« »Ja, mein Spatz!?«, lachte sie und wandte sich mir zu, in einer so großen Geste, dass sich der Fokus auf mich verschob und lauter Augenpaare erwartungsvoll auf mir ruhten. Wie hätte ich sagen können, dass ich dringend die Toilette aufsuchen musste? Eben. Gar nicht. Also bat ich verzweifelt um Nachschlag auf einen halb vollen Teller, was ebenfalls ein Affront war, den meine Mutter, bevor sie mir mit ihrem Blick die Fresse polierte, in ein Kompliment verwandelte: »Ihr schmeckt es so gut bei euch! Wahnsinn diese Soße! Nicht wahr, Schatz?« Ich nickte. Ich lächelte. Und die allgemeine Aufmerksamkeit wandte sich wieder interessanteren Dingen zu.

Ich zupfte meiner Mutter am Ärmel. »Was?«, zischte sie. »Ich muss aufs Klo!«, flüsterte ich. »Keinesfalls«, war ihre Antwort. »Ich muss«, insistierte ich, denn mein Darm wand sich durch meinen Unterleib wie eine Schlange. Ich krümmte mich ein wenig. »Halt an. Es wäre unhöflich«, entgegnete sie und schnappte sich einen Gesprächsfetzen, der in der Nähe war, sowie den Arm meines Vaters, um den Kopf eine Sekunde lang an seine Schulter zu legen. Das demonstrierte: Auch nach Jahren der treuen Partnerschaft können wir in Gesellschaft nur unter Aufbietung all unserer guten Erziehung die Hände voneinander lassen. Und: Ich unterstütze meinen Mann rückhaltlos. Erstere Botschaft war für die Männer, letztere für die Frauen bestimmt.

Ich zappelte. Sie bedachte mich mit einem Blick. Ich versuchte stillzuhalten. Ich kniff meinen Po so fest zusammen, wie ich konnte, und erhob mich für eine Sekunde vom Sitz. Die Hand meiner Mutter flitzte auf meinem Oberschenkel und drückte mich auf den Stuhl zurück. Mit diesen Reflexen hätte sie sicher einen Fisch mit bloßer Hand fangen können. Dann schoss mit einem hässlichen Geräusch ein flüssiger, hellbrauner Strahl Kot aus mir hervor, bahnte sich seinen Weg zwischen den Pobacken hindurch, aus der Unterhose hinaus und hinten den Rücken hinauf.

An die Reaktionen von Abscheu, die ich auslöste, erinnere ich mich nur dunkel. Ich sah meine Mutter an und entschuldigte mich. Meine Mutter packte mich am Nacken, zog mich vom Stuhl hoch, führte mich weg, stammelte etwas in Richtung der Nachbarschaft. Das Essen wurde unterbrochen. Mein Stuhl wurde gereinigt. Die Tussi-Hackfresse bat ihre älteren Kinder, den Gästen Getränke zu servieren. Als der Abstand zwischen uns und dem Tisch groß genug war, drehte meine Mutter mich zu sich um. »Wie alt bist du? Du Schwein!« Ihre Höflichkeit war dem Publikum geschuldet. Ihr Mund schnappte nach Luft. Sie war verblüfft. Ich stank. Sie sah mich hasserfüllt an. »Du blamierst mich. Bis auf die Knochen blamierst du mich.«

Meine Mutter war eine erklärte Feindin jeder Art von Körperausscheidungen. Dazu zählten neben Schweiß, Urin, Kotze, Eiter und Kot auch feste oder gasförmige Substanzen wie Popel oder Pupse. Ihr unkontrolliertes Austreten galt als unverzeihliche Schwäche.

Die Hand meiner Mutter lag in meinem Nacken. Eiskalt und weich. Der Geruch von frisch aufgetragenem Nagellack zwickte mir in die Nasenschleimhaut. Mit leichtem Druck der Finger, deren Kälte mir eine Gänsehaut über den Rücken jagte, dirigierte sie mich durch den Garten. Wie ein gut aufgezäumtes, sensibles Pferdchen reagierte ich auch auf den geringsten Druck, bog vor dem Buffettisch links ab, dann zwei Stufen hoch auf die Veranda, die das ganze Haus umsäumte. Drei herausgeputzte Nachbarskinder, die wie ich in die erste Klasse der Elementary School gingen, rannten lachend auf uns zu, meine Mutter löste ihre Hand. Ich blieb sofort stehen, den Blick gesenkt. Das war aus zwei Gründen praktisch. Erstens hatte die große Hand meiner Mutter auf dem nach vorn geneigten Nacken mehr Platz und zweitens musste ich so niemanden anschauen. Doch auch mit gesenkten Augen hörte ich die Kinder tuscheln, kichern und weglaufen. Um das Grüppchen von Frauen aus der Piskyer Nachbarschaft, die in ihren pastellfarbenen Sommerkleidern beieinanderstanden und perlig lachten, ließ sie mich einen riesigen Bogen laufen. Ich trabte los. Flachbrüstige Bumsnudel deutete mit dem Finger auf uns. Meine Mutter lachte, hielt sich die Nase zu, schüttelte dann riesig mit dem Kopf über den ganzen Garten hinweg und schob mich leise knurrend und zähneknirschend viel zu schnell weiter.

Schnell gehen war in meinem momentanen Zustand äußerst unangenehm, weil mir das Röckchen und die Unterhose am Hintern und Rücken klebten, doch rasche Flucht war nötig: Sämtliche Gäste auf der Gartenparty von Tussi-Hackfresse beobachteten uns.

Diese Geschichte ging in die Familienannalen ein und wurde in abgewandelter Form jedem erzählt, der mit meiner Mutter einen netten Abend verbringen wollte. Folgende Details wurden an der Geschichte verändert: »Die kleine Lo hatte eine schlimme Darmkrankheit und später musste sie wochenlang im Krankenhaus behandelt werden. Nicht wahr, Schatz?« Sie blickte mich liebevoll an. Ich nickte dann jedes Mal heftig und machte ein trauriges Gesicht. Auf »Du Arme« sagte ich: »Ja, war hart.« »Aber nicht ihre ... ihr wisst schon«, zwinkerte meine Mutter und machte eine verschmitzte Geste in Richtung meines Hinterns. Dann erzählte meine Mutter, wie lächerlich schockiert diese dummen, feinen Leute gewesen waren: »Wegen so ein bisschen ...« Mit den Händen stellte sie pantomimisch etwas dar, das wohl Kacke sein sollte. Mit ihren roten Lippen ein Wort für das zu formen, was in ihrer Tochter war und manchmal heraus musste, kam nicht infrage. Dann lachte sie und berichtete, wie sie mich aus der Situation gerettet und wir uns auf der Damentoilette über die pikierten Gesichter der anderen amüsiert hatten. Ich sollte dann lachen und bestätigen. Das tat ich. Meine Mutter erzählte diese Geschichte so oft, dass sie irgendwann selber daran glaubte.

Es lag auf der Hand, dass ich sie nicht an das erinnern würde, was wirklich passiert war: Ich hatte mich so gut

es ging gereinigt und mir das nasse Kleid wieder angezogen. Sie hatte mir eine runtergehauen, nachdem sie
sicher war, dass ich sauber genug dafür war, dann hatte sie Louise angerufen und mich nach Hause bringen
lassen, wo ich Kamillentee trinken und im Bett liegen
musste.

*

Er hieß Kenneth. Er wohnte am anderen Ende der Straße.
O-Beine wie ein Cowboy und irgendwie gute Locken, die
er immerzu aus der Stirn streichen musste. Es war der
Tag unseres Umzugs von Pisky nach Ramsdale. Ich saß
auf den Stufen vor unserer Tür und betrachtete argwöhnisch die umliegenden Häuser, als Kenneth plötzlich in
der Nähe unseres Möbelwagens auftauchte. Durch die
geöffnete Heckklappe schaute er ins Wageninnere. Bis auf
ein paar Kisten mit persönlichen Dingen, meine Truhe
und das gestreifte Sofa war der Möbelwagen beinahe leer.
Als unsere Blicke sich zu treffen drohten, wandte Kenneth sich ab, straffte die Schultern und trat mehrmals
fachmännisch gegen den Reifen des Möbelwagens. Der
Reifendruck schien in Ordnung. Kenneth zog die Brau-
en hoch und schlenderte dann um das Auto herum. So
scheiße ist es gar nicht in Ramsdale, sagte ich mir.
    Ich observierte ihn aus der Ferne, wagte aber nicht,
ihn anzusprechen. Er kramte unheimlich gut aussehend
mit seinen Schuhspitzen im Straßenstaub. Endlich hob er
den Kopf und unsere Blicke trafen sich. Mein Herz raste
und ich war ein wenig außer Atem. Irgendwann beschloss
er, mich lange genug aus halb zusammengekniffenen

52

Augen betrachtet zu haben, löste den Blick und schlenderte mit seinem Cowboygang die Straße hinunter.

Mir war vollkommen klar, dass er zu cool war, um sich noch einmal nach mir umzudrehen. Ich glotzte ihm nach, bis er außer Sicht war. Kenneth und ich begegneten uns in regelmäßigen Abständen, doch ich war zu feige, ein Gespräch zu beginnen. Aber ich dachte an ihn. Ich gab ihm einen Platz in meinem Alltag, wenigstens einen fiktiven. Durch geschicktes Ausfragen der anderen Kinder erfuhr ich, dass er zwei Jahre älter war und drei Geschwister hatte, dass er ein Rowdy war und ein Mädchenschwarm. Meine Hoffnung, ihm nahezukommen, schwand. Wenn einer die Wahl hat, wird er nicht mich wählen, das war klar.

Ein Jahr später fuhr er an einem Sonntagmorgen plötzlich mit dem Rad vor, schleuderte das Ramsdale-Journal über unseren Zaun auf die Veranda, trat in die Pedale und war verschwunden. Sein neuer Job löste bei mir eine lange Kette von Phantasien aus. Ich stellte mir vor, wie eine ungeschickt von ihm geworfene Zeitung mich am Kopf traf und er zur Entschuldigung die Hände an mein Gesicht legte. Malte mir aus, wie ich mit einem unwahrscheinlich lässigen Hechtsprung die Zeitung aus der Luft fing, um die Liebesbotschaft zu entschlüsseln, die er jeden Sonntag durch rätselhaftes Einkreisen von Buchstaben auf Seite eins für mich hinterließ; wie er vor unserer Einfahrt mit dem Rad einen Unfall hatte und ich den Krankenwagen rufen und ihn ins Krankenhaus begleiten musste – meine Hand auf seine Brust gelegt, die sich nur langsam heben und senken konnte, so schwer war sein Sturz gewesen, so nah war er dem

Tod. Die heißen, echten Tränen meiner Liebe nässten sein Shirt, bis er davon aufwachte. Solches Zeug stellte ich mir vor.

Natürlich ging dann alles ohne Verletzungen ab. Er klingelte an der Tür, ich öffnete. Wortlos drückte er mir das Ramsdale-Journal in die Hand, grinste breit und lief davon. Irgendwann begannen wir die ersten zaghaften Gespräche. Bedauerlicherweise hatten wir uns nichts zu sagen. Das war mir allerdings gleichgültig, weil er schöne Lippen hatte und ein wenig lispelte. »Ich bin Kenneth«, wie eine sexy Schlange. »Hm ... ja. Cool.« und »Heiß heute, ne?« oder »Was geht?« oder auch nur »Ja ... ja, ja, ja«. Er stand breitbeinig auf dem Rasen, ich hatte meinen Oberkörper lässig aus dem Fenster im Erdgeschoss gehängt. Wir machten »Konversation«.

Plötzlich packte mich Humbert Humbert im Genick, hielt mich fest und schüttelte mich, wie man einen ungehorsamen Hund schüttelt. Ich hatte sein Kommen nicht bemerkt und schrie auf. Kenneths Gesicht verzog sich zu einem spöttischen Grinsen. Ich hielt mich am Fensterrahmen fest und zappelte. Ich brüllte: »Hey! Hände weg!« Humbert Humbert ließ sofort los. Starrte mich entgeistert an. Dann zog er sich zurück, als hätte ich ihn geschlagen. Ich konnte den Anblick seines Gesichts mit den weit aufgerissenen Augen nicht vergessen und schämte mich meiner Grobheit, während ich das Gespräch mit Kenneth wieder aufnahm und so tat, als wäre nichts Außergewöhnliches geschehen.

Sein schwarzer Taschenkalender liegt vor mir. Ich blättere durch Humberts Notizen, ohne sie zu lesen, bis mich die Angst packt. Dann muss ich Augen und Geist auf den vielen leeren Seiten ausruhen, die zwischen seinen Worten und den meinen liegen. Wäre sein Taschenkalender (oder sollte ich UNSER sagen) ein Daumenkino, welche Geschichte würde er erzählen? Wie würde es aussehen, das kleine Mädchen, das er Lolita nannte?

Vor dem Fenster steht ein Baum. Wenn der Wind durch die grün-silbernen Blätter geht, zappeln sie und sehen aus wie ein Schwarm kleiner Fische. Betrachte ich sie lange genug, schlafe ich sofort ein. Ich habe Schlaf nachzuholen. Die Nächte sind lang und dunkel und ich bin hellwach. Nun hoffe ich jeden Tag auf Wind.

Tauchte Humbert Humbert auf, versuchte meine Mutter Französisch zu sprechen. Sie legte den Kopf auf eine Art schief, als hätte sie ein besonders wohlschmeckendes Bonbon im Mund, und atmete seltsames Kauderwelsch aus. Sie zwitscherte Humbert Humbert zu, als spräche sie eine poetische Geheimsprache, welche die schnöde Welt ausschloss. Die schnöde Welt, das war ich. Meine Mutter sah dabei so lächerlich aus, dass ich nicht wusste, ob ich mich kaputtlachen oder beleidigt sein sollte. Ich entschied mich für beides.

Je mehr meine Mutter versuchte, ihn mit einer Bildung und Eleganz zu beeindrucken, die wir nicht hatten, desto ordinärer wurde ich. Ich war ein Schwamm für anzügliche Sprüche und provokante Gesten. Gut vollgesogen wartete ich auf den Moment, in dem ich im Beisein von Humbert Humbert alle Ekelhaftigkeiten auswringen konnte. Es machte mir großen Spaß, meine Mutter auf diese Art vor ihm bloßzustellen, und ich spürte, dass es ihm gefiel, mich so reden zu hören.

Es war Samstag. Ich hatte mit meiner Mutter gestritten. An den Grund kann ich mich nicht mehr erinnern. Es wird wohl eine Banalität gewesen sein, denn wir stritten niemals über Wesentliches. Das Ungeheuer, das in der Raummitte stand, durfte nicht angesprochen werden, wir starrten es nur verstohlen und angstvoll an, ließen uns nichts anmerken und plauderten. Erschreckendes und Schmerzvolles durfte nur anekdotenhaft und aus größtmöglicher Entfernung erzählt werden. Am Ende der großen Schreierei, die meine Mutter und ich im Wohnzimmer austrugen, weigerte ich mich, mit in die Kirche zu gehen. Sie hob die Stimme und legte die Stirn in Falten, um mir zu sagen, dass ich gottlos sei, aber es war uns beiden klar, dass ich den Sieg davontragen würde, denn im Grunde war meine Mutter erleichtert, dass sie mich nicht mitnehmen musste. Ohne mich war Geselligkeit leichter, ohne mich war Eleganz möglich.

Kaum war sie aus der Tür, herrschte pure Langeweile. In dem Wunsch, möglichst viel Unruhe zu stiften, zog ich jenes Kleid an, in das mich meine Mutter zwang, wenn ich ihr braves Töchterchen spielen sollte, ein rosafarbenes Gefängnis aus Tüll. Ich beschloss, das Kleid in ihrer Abwesenheit in der Küche »versehentlich« mit Lebensmitteln so zu verunreinigen, dass ich es nie wieder würde tragen können. Leider fand sich in der Küche nichts als ein Apfel, den ich enttäuscht an mich nahm. Im Wohnzimmer saß Humbert Humbert, als hätte er auf mich gewartet. Er sieht so idiotisch aus, der Favorit meiner Mutter, dachte ich hämisch. In meiner oft trüben Erinnerung sehe ich ihn überdeutlich vor mir, in seinem purpurseidenen Morgenmantel, gepudert, grotesk aufgebläht. Humbert Humbert wirkte immer wie frisch abgeseift und eingecremt, ein alter Pfau, der nicht bemerkt hat, dass ihm die Federn längst ausgegangen waren. Irgendwie tat er mir leid.

Ich warf den Apfel in die Luft, während ich überlegte, wie ich ihn ärgern, wie ich ihn vertreiben könnte aus diesem Haus, ihn, den meine Mutter für immer an sich zu fesseln wünschte. Er griff in die Luft und schnappte mir den Apfel weg, hielt ihn vor meine Nase, dann sah er mich mit einem fremden Ausdruck an. Ich griff nach der Frucht. Er entzog sie meinen Händen, wieder und wieder. »Geben Sie den Apfel her«, hörte ich mich sagen. Er tat es.

Aus Rache entriss ich ihm seine Zeitschrift und schlug sie an der Stelle auf, wo sie immer »Das Bild der Woche« abdrucken. Ich zeigte es ihm. Ich biss in den Apfel und kaute. Auf dem Bild waren ein Mann und eine Statue einer nackten Frau am Strand zu sehen. Meine Mutter hatte mir das Bild gezeigt: »Kunst!«, hatte sie ausdruckslos gesagt. »Wunderschön«, hatte sie so gesagt, dass man es ihr nicht glauben konnte. Wollte ich ihn beeindrucken? Wollte ich die Tochter von Welt sein, so wie meine Mutter die Dame von Welt zu sein vorgab? Keine Ahnung. Er schnappte sich die Zeitschrift. Ich warf mich auf ihn. Ich wollte diesen Kampf nicht verlieren, ich wollte nicht noch einmal demütig bitten müssen. Ich fühlte, wie sein Körper sich unter meinem spannte, wie warm er war, und wie viel stärker. Ich errang die Zeitung und warf sie von mir, triumphierend. Die Art, wie er mich ansah, verwirrte mich. Die Zeitung schien ihm ganz gleichgültig. Ich zog mich in meine Ecke des Sofas zurück. Wartete ab, lauernd.

Das Sofa war ein altes Ding, gestreift wie ein Bonbon mit Sprungfedern. Wenn man deren Schwung für Sprünge nutzt, wird man von Erwachsenen ermahnt. Ich stieß mich vom Boden ab, machte die Sitzfläche zum Trampolin und sah ihn provozierend an, dann warf ich meine schmutzigen Beine, die ungewaschenen, die ich so niemals hätte in die Kirche mitnehmen können, in seinen Schoß.

»Weg mit deinen Dreckfüßen«, hätte meine Mutter gerufen und meine Beine angeekelt von sich geschoben. Humbert hingegen fing an zu plaudern. Ich plauderte mit. Dann sang er einen alten Schlager über ein Mädchen namens »Carmen«. Er war sehr unruhig. Er wand sich unter meinen Beinen. Zunächst sang er eine schöne Melodie, aber dann verzerrte er das Lied von »Carmen« so sehr, dass ich ihn korrigieren musste. Ich lachte. Ich warf den abgenagten Apfel in den Kamin. Humbert war in einem seltsamen Zustand. Dann entdeckte er einen blau-violetten Fleck an meinem Bein. Er griff nach meinem Schenkel. Seine Hand war groß und behaart. »Schau, du hast dich verletzt«, und er schob seine Hand in meinen Schritt, sodass sein Daumen neben meiner Unterhose zum Halten kam.

Ich ekelte mich. Ich ekelte mich vor dieser übergroßen Spinne, vor diesen Fingern, die schwitzten. Sein Daumen tastete den Rand meines Höschens ab.

Ich wagte nicht, mich zu bewegen. »Das macht doch nichts, blauer Fleck, macht nichts«, sagte ich, in der Hoffnung, er würde seine Hand daraufhin aus meinem Schritt entfernen. Er bewegte sich unter mir, er redete unentwegt. Er wand sich und rieb seinen Schritt an meinem Bein, das er umklammert hielt. Sein Schoß war hart und heiß. Er legte den Kopf zurück und schloss die Augen. Ich spürte, wie sich seine Nägel in meine Haut gruben.

Das Telefon klingelte. Ich wollte mich aus seinem Griff herauswinden, aber ich konnte nicht. Ich hoffte, dass es schnell vorbeigehen würde, so wie alles im Leben vorbeigeht, und es ging vorbei. Er ließ mich los. Glücklich sah er aus, nass und klebrig im Schritt seiner Schlafanzughose. Ich sprang auf. Ich ging ans Telefon, das noch immer läutete. Es war meine Mutter. Ich wagte kaum, ihn anzusehen, denn ich konnte sein Verhalten nicht einordnen. Ich schämte mich und glaubte, er habe in die Hose gemacht. Ich telefonierte mechanisch. Die Telefonstimme meiner Mutter schob mich unsanft zurück in die Realität. Kaum wusste ich, was geschehen war. Kaum konnte ich mir vorstellen, dass es geschehen war. Oben ließ er sich ein Bad ein, summend: »Oh meine Carmen, oh kleine Carmen.«

Ich hatte »Oh meine Carmen, oh kleine Carmen« im Ohr wie einen besonders hässlichen Wurm mit Greifarmen, als ich meiner Mutter unter die Augen trat. Sie hatte mich am Telefon angewiesen, zu den Chatfields zu kommen, »aber fix!«. Da war ich. In ihrem Blick lag eine Spur Anerkennung des braven Kleides wegen, das ich nicht hatte ruinieren können. Doch noch bevor ich die Chatfields begrüßen konnte, nahm sie mich am Arm, zog mich in eine Ecke des Flurs, fauchte mich an. Ich senkte den Blick, weil ich fürchtete, sie könnte entdecken, dass irgendeine Art Veränderung in mir vorgegangen war, die ich selber nicht begriff. Mein Herz klopfte.

Nachdem sie ihren Monolog über meinen mangelnden Gehorsam beendet hatte, teilte sie mir mit, dass ich am selben Abend mit den Chatfields ins Kino gehen und dann zwei Wochen früher als geplant ins Sommercamp abreisen würde. Ich weigerte mich. Ich war doch nicht bescheuert. In Humberts Anwesenheit kicherte meine Mutter wie ein kleines Mädchen, war sorgfältig wie eine Hausangestellte, tat fürsorglich wie eine Mama und unternahm alles Erdenkliche, um jung und anziehend zu sein. In meiner Abwesenheit würde sie ihn zu einer Heirat überreden.

Sie blieb hart. Steinhart. »Es ist vernünftiger, vernünftiger, als erwachsenen Männern nachzulaufen und herumzulungern. Es wird dich klüger machen. Und nichts hast du mehr nötig, Dolores Haze, als ein bisschen Grips«, zischte sie. Ich wollte protestieren. Nicht gegen das Sommercamp, nicht gegen die Vernunft, sondern gegen ihren Eindruck, dass ich IHM nachliefe. Aber mir wurde die Zunge schwer. Für das, was geschehen war und wie es sich anfühlte, hatte mir niemand Worte beigebracht. Ich hatte Angst, von ihr beschuldigt zu werden. Außerdem war ich mir wirklich nicht sicher, ob nicht tatsächlich ich es gewesen war, die ihn provoziert hatte, die ihm »nachgelaufen« war.

Und dann wäre es wohl besser, den Mund zu halten, dachte ich.

An den Film, den ich mit den Chatfields gesehen habe, kann ich mich nicht erinnern. Ich war in ein Monster verwandelt, eine Zumutung in der Tarnung eines Mädchens im Tüllkleid. Das Monster saß im Kinosessel und überlegte fieberhaft, wie es das Glück seiner Mutter verhindern konnte. Auf mehrere Wochen Belagerung mit ihrem Frausein wird ein erfolgreicher Sturm auf Humberts Festung folgen und dann wird sie mich für immer loswerden wollen, dachte ich. Seit sie Humbert kennengelernt hatte, war ich, schon zuvor nicht mehr als ein bleicher Schemen, für sie gänzlich unsichtbar geworden. Einzig wenn ich sie quälte, weckte ich noch Gefühle in ihr. Ich war ein Nichts, das weggeschickt werden sollte in ein lebenslanges Sommercamp.

Als ich den Flur betrat, war es schon still in unserem Haus. Ich spähte ins Wohnzimmer, wo ein unaufgeräumter Tisch verriet, dass die beiden bei Kerzenschein beieinandergesessen hatten, wobei nur Humbert gegessen hatte. Meine Mutter hielt strenge Diät. Ich lauschte an der Tür zu seinem Zimmer, kein Laut. Ich hielt das Ohr an das Schlüsselloch ihres stillen Zimmers. Ebenfalls kein Geräusch. Leise trat ich ein. Das Licht brannte, aber meine Mutter schlief. Sie lag auf dem Rücken, die Arme von sich gestreckt und atmete ruhig. Wie eine Großwildjägerin sich gegen den Wind anschleicht, um nicht bemerkt zu werden, näherte ich mich ihrem Gesicht und hielt meine Wange und meine geschlossenen Augen in ihren Atemstrahl. Ich roch Alkohol inmitten der Schwere ihres Parfüms, das sie mehrmals am Tag in die Luft sprühte, um durch den Regen von Dufttropfen zu schreiten wie eine Königin. Ihr Atem kitzelte mein Gesicht.

Unendlich langsam und vorsichtig legte ich mich neben sie, legte meinen Kopf auf ihren ausgestreckten Arm. Leicht bewegt von ihrer sich gleichmäßig hebenden Brust, wünschte ich mir, einzuschlafen. Aber ich hielt mich wach, weil ich nicht ertappt werden durfte. Ich riss die Augen groß auf, damit es die Müdigkeit schwer haben würde, sie zu schließen. Ich sah das Foto meines kleinen Bruders auf ihrem Nachttisch in einem silbernen Rahmen in Form eines Herzens. Ich betrachtete es, bis mir die Augen brannten. Schließlich stand ich so vorsichtig auf, wie ich gekommen war, löschte das Licht und legte mich in mein Bett.

Am nächsten Morgen erwachte ich früh. Es war Sonntag. Ich zog eines der neuen Kleider an, die wir fürs Sommercamp gekauft hatten, und schlich mich durch das noch schlafende Haus bis an die Gartenpforte. Dort wartete ich auf Kenneth. Nahm wortlos die Zeitung entgegen, schleuderte sie achtlos über die eigene Schulter auf die Veranda. Ein guter Wurf. Ich nahm Kenneth bei der Hand. Zunächst stellte er einige Fragen, aber dann schwieg er, erstaunt oder erschrocken. Ich zog ihn in ein nahes Gebüsch, presste meinen Körper an seinen. Er roch nach irgendetwas, das er gegessen hatte. Ketchup? Ich griff ihm zwischen die Beine. Der Stoff seiner Shorts war rau. Er schreckte zurück, offenbar hatte ich ihm wehgetan. Ich rieb meine Hand an seinem Schritt. Ich wusste nicht weiter. Sein Gesicht war schmerzverzerrt. Ich gab auf. Ich ließ ihn los. Er stand einfach nur da und sah mich an. Er überlegte. Wahrscheinlich überlegte er, ob er das nicht wollen müsste, denn er wollte das nicht, dessen bin ich heute sicher. Ich rannte ins Haus. In den folgenden Stunden wartete er an der Gartenpforte auf mich. Schweigend. Ich sah ihn vom Fenster aus, war todtraurig und wusste nicht warum. Ich sprach nie wieder ein Wort mit ihm.

Im Badezimmer überraschte ich meine Mutter bei der Morgentoilette, weil ich wusste, dass das Schminken ihr gute Laune machte. Auf ihr Wohlwollen war ich schließlich angewiesen. Ausgerechnet heute aber schien sie gereizt. Ich bat sie, nicht ins Sommercamp fahren zu müssen. Sie hielt dagegen. »Hammi« – vielleicht sagte sie auch »Hummi« oder »mein Humbi«, wer weiß – »und ich sind da einer Meinung: Du fährst sofort«, sagte sie. »Ihr wollt mich bloß los sein«, kreischte ich. Sie wischte meine Worte mit einer Handbewegung aus dem Raum. »Ich muss dir leider auch sagen, dass ich die hübsche Unterwäsche, die ich dir vorgestern wegen deines ganzen Gebettels, gegen das ich mich so schwer wehren kann, gekauft habe, zurückgeben werde. Ich fahre später in die Stadt.« Es war, als hätte sie mir ins Gesicht geschlagen. Sie triumphierte. Sie machte mir deutlich, dass sie mich in jeder Hinsicht in der Hand hatte. »Für was hältst du dich«, spottete sie, »*ein Starlet? Ich halte dich für ein verzogenes, entschieden reizloses Gör.*« Während sie das sagte, betrachteten wir beide ihr wütendes Ich im Spiegel. Ich begann zu weinen. Nicht ein wenig, sondern so, wie ich schon lange nicht mehr geweint hatte, und ich konnte mich nicht beruhigen, auch wenn meine Mutter mich mehrmals dazu aufforderte, ja mir sogar mehrere Klapse gab – auf die Wangen und den Hinterkopf –, ich kauerte mich zu einer Kugel zusammen und war unerreichbar. Ich schämte mich für meine Tränen und diese Scham ließ mich ein weiteres Mal laut aufschluchzen, wofür ich mich erneut schämte und so fort. Ich war gefangen in einem Perpetuum Mobile der hässlichen Gefühle. Meine Mutter ging hinunter auf die Veranda, wo Humbert Humbert saß. Dumpf drangen ihre Stimmen zu mir hinauf.

Ich schnappte mir meinen für das Sommercamp gepackten Reisekoffer und schleppte ihn wütend ins Wohnzimmer. Plötzlich stand Humbert Humbert in der Tür. Ich suchte Deckung im Koffer. Wut und Trauer hatten mein Gesicht massakriert: aufgequollen, gerötete Augen wie eine Kröte, angeschwollene Nase, Flecken. Meinen Schmerz über seinen Sieg sollte er mir nicht vom Gesicht ablesen können. Er schien bester Laune zu sein und legte seine Spinnenhand auf meinen Po. »Fieser Verräter«, zischte ich zwischen zusammengebissenen Zähnen und schlug mit einem Bügel, der im Koffer lag, in seine Richtung. Traf ihn auch, was mir allerdings weniger Genugtuung bereitete, als ich gehofft hatte. Er zog sich zurück.

In der Küche zeigte mir Louise mit strahlendem Lächeln einen Brief. Sie sollte ihn überbringen, sobald meine Mutter und ich am nächsten Morgen das Haus verlassen würden. »Von deiner lieben Mutti an deinen neuen Papi«, sagte sie verschwörerisch. Ich drehte mich um, zeigte ihr den Mittelfinger und verschwand. Über den Inhalt des »geheimen« Briefes hatte ich ebenso wenig Zweifel wie Louise.

Bei der Abreise am nächsten Morgen war ich schweig- und folgsam. Der Motor des Wagens lief bereits, da kam der Plan zu mir, über den ich im Kino vergeblich gebrü- tet hatte. Ich sprang aus dem Wagen und stürmte an Louise vorbei ins Haus. Sie hatte schon mit ihrem me- chanischen Abschiedswinken begonnen und ließ nun verblüfft die Hand sinken. Ich lief die Treppe hinauf, so schnell ich konnte, nahm mehrere Stufen zugleich, verfolgt von Mutters wütendem Brüllen. Ich stürmte in sein Zimmer. Humbert Humbert stand am Fenster, drehte sich verdutzt zu mir um. Ich küsste ihn. Presste meine Lippen kurz auf seine. Einige seiner Barthaare drangen in meine Nase ein und stachen mich. Ich konn- te es während der ganzen Fahrt ins Sommercamp noch fühlen. Er schob seine Hände über meinen Rücken. Ich schaute ihn an. Ich wartete. Ich hoffte, er würde mich an der Hand nehmen und mich davor retten, ins Camp geschickt zu werden.

»Beeil dich«, brüllte meine Mutter von der Einfahrt herauf. Humbert Humbert sagte nichts, tat nichts. »Dolores!«, von unten. Ich gab auf. Ich drehte mich um, ging nach unten, stieg ins Auto. Ich hatte verloren.

Meine Mutter würgte den Motor ab, sie schrie vor Zorn. »Dolores, was dauert das so lange?« Dann lenk- te sie den Wagen rückwärts aus der Einfahrt. Auf der Straße schon war ihre Wut verraucht. Sie liebte das Autofahren. Sobald sie das Lenkrad in der Hand hielt, wurde sie versöhnlich. »Was hast du denn noch ge- macht, Lo?«, fragte sie heiter, um eine Unterhaltung in Gang zu bringen, aber ohne echtes Interesse. »Ich habe deinen Humbert Humbert auf den Mund geküsst.

Es war ekelhaft«, sagte ich natürlich nicht. Ich hatte überhaupt nicht vor, ihr zu antworten. Ich wollte schweigen. Ich musste nachdenken. »Hm?«, machte sie und zwickte mich neckisch in die Seite. »Lo?« Ich sah aus dem Fenster. »Was ist denn jetzt?«

Sie war hartnäckig. Fragte sie tatsächlich den Familienhund, den sie am Rastplatz angebunden zurücklassen wollte, nach seinem Befinden? Meine Mutter zu ignorieren war gefährlich, selbst wenn sie gut gelaunt im Auto saß. Einen kräftigen Tritt gegen das Schienbein verzieh sie leichter als Ignoranz. Das war die schlimmste Strafe für sie. Eine Strafe, die sie selbst unheimlich gut anzuwenden wusste. Einmal hatte sie mehrere Wochen lang kein Wort mit mir gesprochen. An den Grund kann ich mich nicht erinnern. »Was hat sie denn, das Starlet?«, fragte sie spitz und setzte den Blinker. Meine Verweigerung machte sie misstrauisch. »Zeig mir deine Taschen!«, forderte sie. Offenbar glaubte sie, ich hätte etwas Unerlaubtes mitgenommen. Wortlos zog ich die leeren Taschen aus den Shorts und begann zu weinen. Das Wasser in meinen Augen machte die vorbeiziehende Landschaft unscharf.

»Was bist du denn so zickig?«, wollte sie wissen. Ihr Ton war, obwohl ein wenig schroff, noch immer heiter. Sie kniff mich in die Flanke, diesmal war es schwer zu sagen, ob es wehtun sollte oder nicht. Dann sah sie meine Tränen und seufzte. »Dolores! Es wird sehr schön sein im Camp. Da bin ich mir sicher. Du solltest dich freuen, dass ich so einen Luxus überhaupt bezahle. Für dich. Für dein – du weißt schon – Erwachsenwerden gibt es nichts Besseres.« Ich nickte und heulte, ich wollte, dass sie die Fresse hielt.

»Lo«, säuselte sie, »es kommen gute Zeiten für dich. Vom Camp kommst du geradewegs in ein sehr gutes, auch strenges, aber vor allem angesehenes Internat ...« – Internat, formte ich tonlos mit den Lippen – »... wo sie dir eine Menge beibringen werden. Ich wollte es dir eigentlich erst später sagen, es sollte eine Überraschung sein. Auch im Beardsley College habe ich für die Folgejahre ...« – Folgejahre!! – »... einen Platz für dich bekommen«, fuhr sie fort. »War nicht leicht. Da musste ich ordentlich flirten! Ist das nicht wunderbar? Du hast wirklich wenig Grund zu weinen. Es wird eine sehr gute Zeit für dich werden. Gute Voraussetzungen für deine Zukunft sind das ... alles.« Und dann legte sie mir kurz die Hand auf die Schulter. Mein ganzer Körper war angezündet. Von der Schulter her breitete sich die Hitze aus wie ein Flächenbrand. Ich hatte längst damit gerechnet, aber jetzt, da das Urteil gesprochen war, da mir klar wurde, dass ich niemanden mehr haben durfte, traf es mich trotzdem mit vollem Punch.

Ich erinnere mich, eines Tages, wir waren gerade nach Ramsdale gezogen, da stieß ich beim Kramen in den Schubladen meiner Mutter auf ein Buch mit dem Titel »Die Entwicklung meines Kindes – ein Ratgeber«. Der Autor forderte die Leserin dazu auf, an jedem Geburtstag des sich entwickelnden Kindes einen Fragebogen auszufüllen. Unter »Die Persönlichkeit deines Kindes« war eine Liste mit verschiedensten Eigenschaften abgedruckt und meine Mutter hatte, nachdem sie in ihrer Grundschulklaue »Dolores« über den

Fragebogen geschrieben hatte, folgende Charakter-eigenschaften angekreuzt: aggressiv, dickköpfig, kritisch, laut, misstrauisch, negativistisch, reizbar, träge, ungeduldig, wissbegierig. Ich las mir alle Eigenschaften, die auf mich zutrafen, mehrmals durch, auch laut. Der Fragebogen enthielt auch Charakterzüge wie »liebevoll, zuvorkommend, humorvoll«, diese waren von meiner Mutter nicht angekreuzt worden. Ich saß auf ihrem Bett und lernte auswendig: aggressiv, dickköpfig, kritisch ... Ich war schockiert, dass meine Mutter mich in meiner ganzen Schlechtigkeit erkannt hatte, obwohl ich doch immer versucht hatte, folgsam und liebend zu erscheinen.

»Keine Reaktion?«, fragte sie irritiert und trommelte auf das Lenkrad. »Ich muss zugeben, ich habe schon Freude erwartet, wenigstens Dankbarkeit«, sie hielt inne, gab mir Raum, mich dankbar zu zeigen. Ich schwieg. »Bei allem, was ich für dich tue, was ich geopfert habe für dich, von Dankbarkeit keine Spur. Damit muss ich mich wohl abfinden. Das ist wohl der Lauf der Welt, dass die Töchter scheiße sind zu ihren Müttern. Aber ich bin geduldig. Ich werde warten. Du wirst erwachsen. Du wirst Mutter sein. Dann wirst du mich begreifen. Das bleibt nämlich keiner Frau erspart, dass ihre Liebe, ihre ganze Sorgfalt einen Dreck wert ist. Dein Bruder – das war ein anderer Charakter. Überhaupt ist es ja für Mütter leichter, Söhne zu haben. Da erspart man sich den Hass und die Konkurrenz.« Sie war in einen Plauderton verfallen. Wenn es darum ging, die Welt zu verplappern, war meine Mutter eine Meisterin. »Ich kann nichts dafür, dass er weg ist«, buchstabierte ich. »Lo, Schatz. Natürlich ist es nicht deine Schuld, sein Tod war niemandes Schuld und doch ist es eben schwer – wie ich schon oft gesagt habe – schwer, niemanden verantwortlich machen zu können dafür, dass mit dem eigenen Sohn auch ein Stück des eigenen Herzens gestorben ist.«

Ich musste erbrechen. Es kam schnell, stark und unaufhaltbar. Ich öffnete den Mund und ein harter Strahl spritzte auf die Windschutzscheibe der Beifahrerseite. Meine Mutter schrie. Wir mussten an einer Tankstelle halten und den Wagen reinigen lassen. Wir standen daneben und sahen zu. Plötzlich griff meine Mutter nach meinem Kinn, drehte meinen Kopf zu sich und schnupperte in meinen von der Überraschung geweiteten Mund. Sie wollte wohl prüfen, ob ich Alkohol getrunken hatte, aber ihr wehte nur Kotzegeruch entgegen. Sie kaufte mir eine Cola und sich selbst einen Kaffee, dann setzen wir unsere Fahrt fort. Wegen des Gestanks mussten wir die Fenster öffnen. Der laute Fahrtwind verhinderte weitere Monologe meiner Mutter. Sie ging davon aus, dass sich das schlechte Gewissen von ganz allein durch meinen Körper arbeiten würde. Das tat es aber nicht. Ich musste nachdenken und hatte wirklich keine Zeit für ein schlechtes Gewissen.

Sie stellte den Motor ab, klappte die Sonnenblende herunter, um sich im Spiegel zu betrachten, befand sich für gut abgepudert, ordnete ihr Kupferhaar, dann wandte sie sich mir zu. Sie lächelte, ihre Gesichtszüge wurden weich und werbend sagte sie zu mir: »Lo, Liebes. Jetzt geht es los. Jetzt beginnt ein neuer Lebensabschnitt für dich.« Ungeachtet der realen Situation führte sie den Abschied von ihrer Tochter auf, den sie sich vorgenommen hatte. Ich konnte es spüren. Mit ihren kühlen Fingern betastete sie zärtlich meine Brauen und Schläfen. »Benimm dich da drinnen«, feixte sie. Dann stieg sie aus, griff mein Gepäck und legte einen Auftritt à la Charlotte Haze hin. Na super! In den nächsten Tagen würde ich immer wieder auf meine tolle und schöne Mutter angesprochen werden.

Das Gelände des Camps wirkte einladend: ein Haupthaus, umringt von Hütten, in denen wir Mädchen untergebracht waren. Ich wurde angewiesen, mein Gepäck in die Hütte »Mickey Mouse« zu bringen. Drinnen war es kühl und roch nach Reinigungsmitteln. Ein einfaches Zimmer, nur möbliert mit vier Doppelstockbetten, einem Tisch mit vier Stühlen und einem Waschbecken. Künstlerisch minderbegabte Erzieherinnen hatten die Wände mit Zeichnungen von Mickey Mouse verziert. Traurig, wenn man sich Mühe gibt und dann doch nur das dabei rauskommt, dachte ich und musste grinsen.

Eines der unteren Betten schien nicht belegt. Ich stellte den Koffer darauf und setzte mich. Die alte Wolldecke, die ordentlich gefaltet auf dem Bett lag, kratzte an der Unterseite meiner Schenkel. Ich wollte weinen, aber ich konnte nicht. Um trotzdem den Druck in meiner Brust und im Hals loszuwerden, streckte ich die Zunge heraus und begann zu hecheln. »Was machst du?«, fragte es von oben. Ich hatte nicht bemerkt, dass da noch jemand im Zimmer war. »Ich habe Halsweh«, sagte der Kopf über einem dicken Schal, der von oben auf mich herunterblickte. »Fick dich«, sagte ich und zeige den Mittelfinger. »Fick dich. Fick dich. Fick dich richtig hart.«

Dann ging ich hinaus, um meine Mutter zu verabschieden. In Anwesenheit der Campleiterin schloss sie mich weinend in die Arme, bevor sie machte, dass sie wegkam.

Kurz nach ihrer Abfahrt wurde ich ans Telefon gerufen. Mein Vater wolle mich sprechen. »Mein Vater ist ›Krr‹«, knurrte ich und schnitt mir mit dem Daumen die Kehle durch. Aber dann lief ich doch los, weil ich neugierig war. Der kleine Hund, der auf dem Gelände des Camps lebte, folgte mir. Ich hatte mich interessant gemacht, indem ich ihn fütterte. Ich nahm den Hörer ab.

Humbert Humbert am anderen Ende. Der Hund biss mir in die Socke. Ich lachte. »Wie bitte?«, fragte ich, denn ich hatte Humbert mit halber Aufmerksamkeit etwas sagen hören. »Ich werde deine Mutter heiraten. Sie hat mir einen Brief geschrieben«, wiederholte er. Das überraschte mich nicht. Der Hund zerrte an meiner Socke. »Na, supergut«, sagte ich, weil ich nicht wusste, was man in einem solchen Augenblick zu sagen hat. In einem Augenblick, in dem einem klar wird, dass das eigene Leben richtig verkackt ist. »Und die Hochzeit? Wann macht ihr die?« Der Hund hatte mir die Socke ausgezogen. Ich bat Humbert zu warten und kämpfte dem Hund den Stoff aus dem Maul. Die Vorstellung, mit einem gezwungenen Grinsen meiner Mutter die Schleppe zu halten, fand ich zum Kotzen. »Ich amüsiere mich sicher extrem ...«, sagte ich noch ins Telefon, um ihm zu zeigen, dass mir diese Nachricht nichts anhaben konnte. Dann legte ich auf. Ich griff nach dem Hund, der sich erst wehrte, dann aber kapitulierte und sich streicheln ließ. Während meine Finger ihn hinter den Schlappohren kratzten, wurde mir klar, was ich tun musste. Meine letzte Chance stand mir glasklar vor Augen. Wenige Tage später wurde mir per Brief von meiner Mutter mitgeteilt, dass ihre Eheschließung ohne meine Anwesenheit stattgefunden hatte. Na herzlichen Glückwunsch.

Als klar war, dass man die heftigen Wutanfälle, die ich als Kind hatte, weder mit Schimpfen noch mit dem Androhen von Strafen in den Griff kriegen konnte, hatte mich meine Mutter zum Sport geschickt. Das hatte ihr der Schulpsychologe geraten, zu dem ich nach dem Tod meines Bruders regelmäßig gehen musste. Das sportliche Ziel war es, mich so sehr zu erschöpfen, dass mir die Kraft fürs Toben und Brüllen fehlte. Das funktionierte gut: Die Anfälle wurden seltener. Aber wenn sie kamen, dann heftig. Und weil ich durch mein Training sehr kräftig geworden war und auch ein ordentliches Lungenvolumen entwickelt hatte, war ich gar nicht mehr zu bändigen.

Ich hatte Angst, im Camp Ärger zu machen und meiner Mutter und ihrem Hummi-Hammi-Humpi so zusätzliche Argumente für die Abschiebung in ein Internat zu liefern. Darum schrieb ich meinen Namen in alle Listen aller Sportkurse, die im Camp angeboten wurden. Und so lerne ich Barbara kennen. Bemerkt hatte ich sie schon am ersten Tag beim gemeinsamen Abendessen. Die Tischordnung war bei den Mahlzeiten das Wichtigste. Als ich den Speisesaal betrat, wusste ich sofort: Um den Sommer zu überleben, musste ich mich am richtigen Tisch platzieren. Es gab den Tisch der herrschenden Mädchen, den Tisch der Verliererinnen und die zwei Tische derer, die Aufstieg erhofften und Abstieg fürchteten.

Der Zufall meinte es gut mit mir und ich landete, noch bevor ich das soziale Gesamtgefüge in Gänze begriffen hatte, beim Fußvolk und nicht in der Gosse. Hätte ich mich zufällig neben Emily mit ihrer behämmerten Zahnspange oder die schüchterne Bessy gesetzt, wäre ich nie wieder herausgekommen aus der Verliererkiste. Auch das Halswehmädchen saß am Verliererinnentisch, stellte ich erleichtert fest.

Wie alle um mich herum behielt ich den Tisch der Herrscherinnen im Blick, kaute vorsichtig mein Abendessen und versuchte diesen Ort zu begreifen. Barbara saß genau in meinem Blickfeld. Sie trug einen hellblonden, dünnen Strich als Pferdeschwanz, hatte leuchtend blaue Augen unter unsichtbaren Brauen und gab den Ton an. Ich fragte mich, was ihr diese Vormachtstellung verschaffte. Vielleicht ihre Stärke? Barbara war einige Jahre älter als die meisten, untersetzt und muskelbepackt wie ein kleiner Ringer. Sie hätte es locker mit Jungs aufnehmen können, wenn es im Camp welche gegeben hätte.

Nach dem Abendessen schwärmten alle aus, um die letzten Stunden des Tages zu nutzen. Ich durchstreifte das Gelände, hielt Ausschau nach dem Hund und nach irgendeinem Mädchen, mit dem ich mich unterhalten konnte – egal wie langweilig sie sein würde, mir war alles recht. Ich blieb allein und ging bald zurück ins Zimmer.

Eines der oberen Betten wurde von Pam bewohnt. Pam gehört zum Herrscherinnentisch, und da sie unter meinen Zimmergenossinnen das einzige Mädchen dieses Ranges war, hörte alles auf ihr Kommando. Pam unterbrach meinen Weg durch das Zimmer hin zu meinem Bett, indem sie mir ihren Fuß auf den Kopf setzte. »Ey«, zischte ich, griff mir ihren Fuß und zog heftig daran. Fast wäre sie vom Hochbett gestürzt. Ich hatte ziemlich zugepackt und Pam war ein Leichtgewicht. Ihr Mäuschengesicht zuckte. »Was glaubt die, wer sie ist?«, kreischte Pam. Die zwei Mädchen, die als Leibgarde oben neben ihr auf dem Bett saßen, wussten darauf keine Antwort und so antwortete ich selbst: »Ich bin Dolores. Nennt mich Lo.« Es tat mir ein bisschen leid, dass ich so aggressiv reagiert hatte, natürlich nicht für Pam, sondern für mich selbst. Es war klar, dass ich Ärger kriegen würde. »Dich habe ich nicht gefragt«, ätzte sie. Ich legte mich in mein Bett, zog mir die Decke über die Schultern und tat, als würde ich schlafen, während sie über mich herzogen, bis ihnen nichts mehr einfiel und sie andere Mädchen ins Visier nahmen.

Am nächsten Morgen war Schwimmschule. Im Badeanzug und mit Handtuch über der Schulter liefen wir auf den See zu. Offensichtlich hatte Pam beim Frühstück über mich ausgepackt, denn Barbara fixierte mich argwöhnisch. Verstohlen betrachtete ich ihre muskelbepackten Beine. Ich war eine gute Schwimmerin, aber ich wusste: Mit ihr mithalten würde schwer werden.

Das Ziel war die Weideninsel. Die meisten Mädchen gingen vorsichtig ins Wasser, um sich an die Temperatur zu gewöhnen und den schlammigen Untergrund zu prüfen. Ich machte einen Kopfsprung und zog los. Als ich aus der grünen, trüben Brühe auftauchte, sah ich Barbara einige Meter von mir entfernt. Sie hatte eine gute Technik und war schnell. Ich stieß meinen Oberkörper ins Wasser und machte mich lang. Es dauerte, bis ich meinen Rhythmus fand, und ich schluckte eine Menge Teichwasser. Trotzdem ließ ich nicht nach. Die Weideninsel schien zum Greifen nah, aber so sehr ich mich auch abmühte, die Entfernung verringerte sich nicht. Meine Muskeln brannten. Ich war es gewohnt, meinem Körper gegenüber erbarmungslos zu sein: Ich hielt das Tempo. Das Herz pochte mir in den Ohren. Es rauschte. Endlich hörte mein Denken auf. Ich war frei. Schlammiger Boden unter meinen Füßen, dann Erde zwischen meinen Fingern. Ich zog mich ans Ufer.

Barbara saß im Gras. Ihr Atem hatte sich schon beruhigt, aber auf ihrer Haut glänzten noch Wassertropfen. Ich keuchte. Sie grinste. »Seit fünf Jahren«, sagte sie und kratzte sich mit dem Daumen am Bauch, »hat das keine geschafft außer mir.« Ich drehte mich um und sah die anderen Mädchen weit weg am gegenüberliegenden Seeufer planschen. »Barbara«, stellte sie sich vor und gab mir die Hand. »Dolores«, entgegnete ich.

Beim Abendessen winkte Barbara mich zu sich an den Tisch. Pam, die gegenübersaß, erbleichte und bearbeitete die Unterlippe mit ihren kleinen Nagezähnen. Innerlich triumphierte ich, äußerlich war ich gelassen. Ich setzte mich, hielt mich aber aus dem Tischgespräch heraus. Auch Barbara war wenig gesprächig. Sie gab Anweisungen und nahm Informationen entgegen. Ich genoss Barbaras Nähe, die Macht, die von ihr ausging, und ich genoss es, dass alle rätselten, wie – verdammt noch mal – ich so schnell ihren Respekt erworben hatte. Die Mädchen behandelten mich jetzt zuvorkommend. Ich war eine Generalin, der die Soldatinnen gehorchten, weil sie ein ranghöheres Abzeichen trug.

Den Rest des Abends verbrachte ich in Barbaras Zimmer. Hörte zu, wie die anderen Mädchen übereinander, über die Betreuerinnen und die eigenen Eltern redeten. Dabei verdrehten sie die Augen, als wäre die Welt außerhalb dieses Zimmers eine unendliche Zumutung. Bald, so dachte ich mir, würden auch sie, ohne es zu merken, Teil dieser Zumutung werden und ihre Töchter würden die Augen verdrehen. Aber bevor die Erkenntnis dieser großen, kreisförmigen Sinnlosigkeit so richtig bei mir einschlagen konnte, redeten sie über Sex. Ich hatte davon gehört. Alle redeten ständig darüber, aber machten trotzdem ein Geheimnis darum. Es musste folglich eine extrem wichtige Sache sein. Ich hatte keine Ahnung, aber ich nickte viel und schaute wissend, während erklärt wurde, was man wann tun muss. Falls es in einigen Jahren bei mir dazu kommen sollte, dachte ich, bin ich vorbereitet.

Von meiner Mutter hatte ich durch Belehrung und Belauschen ihrer Telefonate einiges gelernt.

Erstens: »Es tun« heißt, der Mann steckt sein Ding in die Frau. Irgendwo untenrum, schloss ich aus ihrer Handbewegung.

Zweitens: Das alles darf man nur mit sich machen lassen, wenn man verheiratet ist.

Drittens: Man muss sich nicht sorgen, wenn es unangenehm ist. Das ist normal. Der Mann bekommt meist sehr schnell einen Höhepunkt und muss immerzu einhalten, damit er ihn nicht zu früh bekommt, aber das macht er nur, wenn er die Frau wirklich liebt. Und die Frau liebt er meist nur, wenn er »es« nicht mit ihr tun darf, oder besser gesagt, er liebt sie nur, BIS er »es« mit ihr getan hat. Die Frau liebt den Mann meist erst, NACHDEM sie »es« getan haben, was natürlich nicht so gut zusammenpasst. Darum ist es sinnvoll, als Frau immer leicht erreg- und verführbar zu erscheinen, aber nicht zu sein. Man ist dann gleichzeitig das Würstchen an der Angel und der Angler und so hält man den Mann immer bei der Stange. Das Würstchenspiel funktioniert sowohl in der Liebe als auch bei der Arbeit oder im Supermarkt oder wenn man will, dass einem der Wagen in der Werkstatt besonders schnell repariert wird.

Viertens: Man darf nicht schwanger werden.

Auch von meinen neuen Freundinnen lernte ich an diesem Abend viel Neues.

Erstens: »Sex haben« und »es tun« ist dasselbe.

Zweitens: Wenn man darüber redet, dann kichert man.

Drittens: Man muss als Frau immer so tun, als wolle man es, darf sich aber nicht dazu hergeben. Das wurde mir an einem Beispiel anschaulich erläutert: Die tragische Geschichte (Entehrung, Schwangerschaft, gesellschaftliche Ächtung, Tod) von Hazel Smith, die es erlaubt hatte, dass Donald Scott es in der Garage seines Onkels mit ihr machte. Das erschütterte mich. Das klang irgendwie abscheulich: »es in der Garage mit ihr machte«. Ich fragte mich insgeheim, ob es noch etwas anderes gab als das Reinstecken, etwas noch Schrecklicheres.

Viertens: Sex ist verrucht und gut für den Teint. Sex machen nur die Älteren.

Fünftens: Wenn man ihn hat, wird gelästert, und wenn man ihn nicht hat: auch.

Sechstens: Sex ist doch mehr als nur das Reinstecken. Was genau, konnte ich allerdings nicht herausfinden. Mist.

Siebtens: Wenn er ihn nicht hochkriegt, ist er entweder ein Loser oder sie ist zu hässlich.

Achtens: Es geht auch zwischen zwei Frauen oder zwei Männern oder mit mehr als zwei Menschen. Irre. Die Miranda-Zwillinge, die immer alles miteinander teilten und im selben Bett schliefen, hatten es auch miteinander gemacht. Sex mit Familienmitgliedern nennt man Inzest und es ist streng verboten. Letzteres hielt ich, offen gesagt, für Unfug.

Alles sehr irritierend, aber das Geheimnis um Sex war für mich jetzt insgesamt doch weniger gruselig, weil ich endlich Worte dafür hatte, stellte ich erleichtert fest.

Die Stimmung in Barbaras Zimmer war aufgekratzt. Die Mädchen überboten sich gegenseitig. Dann erzählte ich, um auch etwas beizutragen, die Geschichte, wie ich Kenneth begrabbelt hatte. »Und dann ist er erst weggelaufen«, prustete ich, »der Feigling, und dann konnte ich ihn gar nicht mehr loswerden.« Niemand reagierte. »Stundenlang, jeden Tag stand er vor unserem Haus und wollte rein. Ein ganzes Jahr lang«, log ich. »Er war wohl geil«, setzte ich hinzu. Eine Vokabel, die risikoreich war, weil ich sie eben erst gelernt hatte und sie sich in meinem Mund anfühlte wie ein zähes Stück Fleisch. Endlich erntete ich das ersehnte Kichern.

Mir war nicht wohl dabei, Kenneth so darzustellen. Außerdem hatte ich offensichtlich eine Grenze überschritten – man erzählte nicht von seinen eigenen sexuellen Erlebnissen, sondern mutmaßte nur über die der anderen. Aber immerhin hatte ich Stoff zum Lachen über einen von diesen »dummen, schwanzgesteuerten Jungen« (Zitat Pam) geliefert. Das mochten sie. Barbara beteiligte sich nicht an der Unterhaltung, obwohl ich das Gefühl hatte, dass all die Geschichten im Grunde ihr erzählt wurden. Sie war eine Königin, umgeben von unbegabten Hofnärrinnen. Manchmal lächelte sie ein wenig auf uns herab und strich sich über die muskulösen Unterarme, die aus ihrem kleinmädchenhaften, verblichen-rosafarbenen Nachthemd herausschauten.

Die meisten Mädchen kannten sich ziemlich gut, da sie jedes Jahr von ihren Eltern in das Camp gebracht wurden. Barbara verbrachte schon den fünften Sommer in Folge dort und genoss einige Privilegien. Am nächsten Morgen schickte sie die vor Neid leichenblasse Pam mit der zernagten Unterlippe, um mir zu sagen, ich solle zum Bootshaus kommen. Das Bootshaus war in Wahrheit ein heruntergewirtschafteter Schuppen, zu dem nur Barbara den Schlüssel hatte. Er war vollgestopft mit Gartengeräten, kaputten Spielzeugen, in denen Spinnen ihre Nester bauten, und einem Kanu, das Barbara gehörte. Sie sei die Einzige, sagte sie, die so etwas hier haben dürfte, weil ihre Mum mit der Campleiterin befreundet sei. Wir luden das Kanu auf unsere Schultern und stapften los. Das Ding war schwer und selbst Barbara ächzte. Ich hatte überhaupt keine Lust, es durch den Wald bis zum See zu schleppen, außerdem verpasste ich einen meiner Sportkurse, aber ich konnte Barbara nicht enttäuschen. Ich musste alles daran setzen, die unsichtbare Plakette zu behalten, die mir durch ihr Wohlwollen anhaftete.

Völlig verschwitzt und mit schmerzenden Schultern ließen wir das Kanu zu Wasser und verbrachten den Rest des Tages damit, träge zu paddeln oder uns treiben zu lassen und die Füße in den See zu halten. »Das sind ja alles noch kleine Mädchen«, informierte mich Barbara. Ich stimmte grinsend zu. Viel mehr sagten wir uns nicht. Ich mochte sie. Ich fand sie schön. Immer wenn sich ein Schweißfilm auf ihrer Oberlippe gebildet hatte, warf sie sich Wasser ins Gesicht. Als es Nachmittag wurde, paddelten wir ans Ufer. Das Kanu auf meinen von der Sonne verbrannten Schultern wieder ins Bootshaus zu tragen, tat schrecklich weh und der Spiegel im Gemeinschaftsbad zeigte mir ein knallrotes Gesicht. Noch die ganze Nacht wütete die Sonne in meiner Haut, aber für eine Freundin wie Barbara war ich bereit, das auszuhalten. Am nächsten Morgen zwitscherte mir Pam garstig ins Ohr, dass ich wieder am Bootshaus erwartet würde. Diesmal nahm ich meinen Sonnenhut und ein Handtuch mit, das ich zwischen Schulter und Kanu legen wollte.

»Das ist Charlie«, stellte Barbara den Jungen vor, der neben ihr stand. Ich sah auf den ersten Blick, dass Charlie die Art von Junge war, der mit Zwillen auf Vögel schießt und seine gelben Popel überallhin schmiert. Charlie war der Sohn der Campleiterin und darum »autorisiert«, sich auf dem Gelände aufzuhalten, wo doch eigentlich Jungen verboten waren. »Er hilft uns tragen«, erklärte Barbara. Ich war erleichtert. Wir luden das Kanu auf und gingen los. Charlie lief vorn. Er kenne eine Abkürzung, erklärte er, und wir schlugen uns durch ein Dickicht. »Leg ab«, kommandierte Barbara und wir ließen das Kanu auf den Boden gleiten. »Du wartest hier und hältst Wache«, sagte sie und verschwand mit Charlie hinter einem Gebüsch, das sie nur notdürftig verdeckte, sodass ich sehen konnte, wie sie Sex hatten. Zumindest waren ihre Unterkörper nackt und sie hielten sich aneinander fest und ließen ihre Körper gegeneinander zucken. Viel mehr konnte ich nicht erkennen. Wache, wache, wache, flüsterte ich mir zu und spähte angstvoll zwischen den Bäumen hindurch, hielt mich am Ast eines kleinen Baumes fest und genierte mich.

Sie kamen zurück, wir luden das Kanu auf und trugen es zum See. Charlie verpisste sich und wir verbrachten den Tag auf dem Wasser. Wir vermieden, über ihre »Tätigkeiten mit Charlie« zu sprechen, stattdessen erzählte mir Barbara von ihren ätzenden Brüdern und ich beschwerte mich über den dummen Mann, den meine Mutter geheiratet hatte. Wir versicherten uns gegenseitig, dass unser Hass gerechtfertigt war. Wir bemitleideten uns nicht. So vergingen die nächsten Tage. Jeden Tag stand ich Wache, während Barbara und Charlie es im Dickicht trieben, dann badeten wir im See und ließen uns mit dem Kanu treiben.

Die Sonne hatte meine Haut so gebräunt, dass mein nackter Körper aussah, als trüge er einen weißen Badeanzug. Wenn man jeden Tag dasselbe macht, dann verschwimmen die Tage ineinander, dann werden Wochen zu einem einzigen Tag und ein einziger Tag wird zur Ewigkeit. Zumindest fühlt es sich so an. Nur zwei Ereignisse unterbrachen die Routine.

Ich bekam ein Paket mit Süßigkeiten. Eine Karte lag bei: »Für die süße Lolita.« Die Worte waren nicht in der Grundschulhandschrift meiner Mutter, sondern in ziemlich kleinen Druckbuchstaben geschrieben. Dieses Paket machte mir Hoffnung. Sie dachten an mich. Sie hatten Süßigkeiten für mich gekauft und sie zur Post gebracht. Ich verfasste einen Dankesbrief, um meine Höflichkeit und Familienzugehörigkeit unter Beweis zu stellen: Liebe Mummy, lieber Hummy ... Das Leben im Camp ist in Ordnung. Wir machen viel Sport. Ich langweile mich nicht, glaube ich, obwohl ich mich sehr schnell langweile. Bevor ich den Brief in den Briefkasten steckte, flüsterte ich ihm zu, er solle machen, dass ich nach Hause zurückkehren darf.

Eines Morgens auf dem Weg zum See, wir hatten gerade das Kanu abgelegt, ergriff Barbara meine Hand und zog mich Richtung Dickicht. »Der Charlie will es auch mal mit dir ausprobieren.« Ich blieb sofort stehen. Ich weigerte mich. »Komm schon«, sagte sie, »sei kein Feigling.« Ich dachte an das, was meine Mutter mir beigebracht hatte, und sagte: »Ich kann es leider nicht mit Charlie treiben, weil wir nicht verheiratet sind.« Barbara lachte mich aus und winkte ab: »Müsst ihr nicht.« Ich dachte an Charlies gelbe Popel und seine kleinen, dicken, ungeschickten Finger, ich ekelte mich. »Komm«, sagte Barbara, »es ist ganz leicht. Ich zeig es dir.« »Was is'?«, rief Charlie uns aus dem Dickicht entgegen. »Sie hat Schiss«, brüllte Barbara zurück, so laut, dass ich fürchtete, jemand könnte uns hören. »Nee«, log ich, »ich hab keinen Schiss.« Barbara hob die Brauen und prüfte mein Gesicht mit ihren Aquamarinaugen, dann spottete sie: »Oh doch, du hast Schiss! Oder glaubst du, deine Muschi ist was Besseres?« Ich wusste nicht, was ich darauf sagen sollte. Ich hatte darüber noch nie nachgedacht. Sie zog mich am Arm und ich ging mit ihr. Ich wollte nicht, dass sie dachte, ich hielte mich für etwas Besseres.

Charlie hatte einen kleinen Schwabbelbauch, unter dem ein winziger Pimmel in die Luft ragte. Es tat weh. Es war demütigend. »Kann sein, dass es blutet«, informierte mich Barbara. Es blutete nicht. Den Rest des Tages verbrachten wir auf dem See. Ich versuchte die Welt und was ich von ihr gehört hatte, mit mir in Verbindung zu bringen. »War geil, ne?!«, sagte Barbara. »Ja«, bestätigte ich. Ich fand Charlie widerlich. Er war weder schön noch klug noch lustig, aber er hatte irgendwo ziemlich viele Kondome geklaut oder gefunden.

Gut, das war also Sex, dachte ich.

Ich hätte Barbara gern gefragt, warum sie Sex hatte, aber ich fürchtete, sie zu beleidigen.

Eben von einem Waldspaziergang zurückgekehrt, wurde ich zur Campleiterin gerufen. Charlies Mutter gelang es, Freundlichkeit und Kinderliebe auszustrahlen, obwohl sie abgekämpft und frustriert wirkte. Ich erwartete das Schlimmste. Bestimmt hatte sie herausgefunden, dass wir es mit ihrem Sohn trieben, und meine Mutter informiert. Und die hatte mich direkt in einem Erziehungsheim angemeldet, in dem ich den Rest meiner Kindheit verbringen würde.

Charlies Mum wirkte künstlich ruhig und ein wenig betulich. Sie setzte mich auf einen Stuhl, hockte sich davor, strich die roten Haare aus ihrer Stirn und heftete ihre braunen Augen auf mich: »Dein Vater holt dich ab. Deine Mutter ist im Krankenhaus. Es ist nichts Ernstes, du musst dir keine Sorgen machen. Bitte pack deine Sachen.« Sie legte mir zwei warme Hände auf die Schultern und erforschte mein Gesicht, um herauszufinden, wie diese Nachricht auf mich wirkte. Sie suchte meinen Körper ab nach einem Schmerz, den sie würde lindern können. Das setzte mich schrecklich unter Druck, weil ich überlegte, welche Reaktion wohl in dieser Situation angemessen und erwartbar wäre. Es fiel mir gar nichts ein. Ich runzelte ein wenig die Stirn, blinzelte mit den Augen, als würde ich Tränen wegblinzeln, und dann durfte ich gehen.

Ich packte meine Sachen und war erfüllt von einem diffusen Gefühl der Dankbarkeit. Irgendein höheres Wesen hatte dafür gesorgt, dass ich noch eine Chance bekam. Eine Chance noch, nicht weggeschickt zu werden. Ich beschloss, mich Humbert Humbert unentbehrlich zu machen. Wie ein Symbiont wollte ich sein, der, wenn er auch lästig ist, doch geduldet wird, weil er lebenswichtig ist für das Gedeihen. Eine Flechte wollte ich sein, ein Darmbakterium oder ein Madenhacker.

Humbert Humbert war braungebrannt. Er hatte um die Hüften zugelegt und war dadurch sehr unförmig geworden. Das runzlige Gesicht ist nur zwischen den Falten gebräunt, fantasierte ich, wenn man seine Stirn glatt zieht, werden lauter weiße Linien sichtbar, die vor dem Sonnenlicht versteckt waren. Das amüsierte mich. Wir standen einen Moment sprachlos voreinander. Erst legte er mir die behaarte Hand auf den Kopf, dann trug er mein Gepäck zum Wagen. Ich legte die Arme um Charlies Mum, die mich für einen Moment mit ihrem Tröstekörper zu absorbieren schien. Ich zappelte. Ich wollte nicht getröstet werden. Ihr Trost öffnete eine Kammer in meinem Körperinneren und drohte ein Gefühl hinauszulassen, mit dem ich nicht hätte umgehen können. »Sagen Sie ›Tschüss‹ zu Barbara«, bat ich und rannte Humbert Humbert nach, der meinen Koffer bereits im Wagen verstaute.

Ich warf mich auf den Beifahrersitz und kurbelte das Fenster herunter, denn im Wagen war es stickig. »Wo fahren wir hin?« »Wir holen deine Mutter aus dem Krankenhaus ab«, murmelte er. Er hatte den Kopf gesenkt, den Körper zusammengeklappt, und fummelte unter dem Lenkrad herum. »Es ist eine Spezialklinik. Es wird eine Weile dauern«, fuhr er fort. »Und Mama? Wie geht es ihr?«, wollte ich wissen. »Die Ärzte wissen noch nichts Genaues. *Etwas Gastrointestinales*«, war seine Antwort. »*Was garstig Infernalisches?*«, fragte ich fröhlich. Er tauchte auf und lachte. Ich war nicht mutig, aber mein Vorhaben machte Mut nötig. Ich lümmelte mich auf den Sitz in der Hoffnung, die äußere Gelassenheit meines Körpers würde mich auch innerlich entspannen:

Ich ließ den ganzen Körper hängen und wurde auch prompt von ihm ermahnt, nicht so zu nuscheln.

Zweiter Teil

Über irgendetwas müssen wir uns unterhalten haben, während er den Wagen durch den Wald steuerte. Ich kann mich nicht erinnern. »*Ist es okay, wenn ich Papi zu dir sage?*«, fragte ich irgendwann. Die Zeit bis zu seiner Antwort wurde mir zu einer Ewigkeit. »*Aber ja*«, antwortete er. »*Wann hast du dich denn in meine Mami verknallt?*«, fragte ich. Er antwortete ausweichend. Geistige Verwandtschaft blablabla. »*Kack!*«, sagte ich. Ohne es zu wollen, wurde ich immer garstiger. Sosehr ich mich auch bemühte, alles, was aus meinem Mund kam, war schnippisch, obwohl ich mir das sicher nicht leisten konnte. Die Krankheit meiner Mutter war vielleicht die letzte Chance, mein Schicksal zu ändern. Sie kam wie gerufen, vielleicht hatte ich sie insgeheim herbeigesehnt. Schlechtes Gewissen!

»Kühe«, versuchte er die Unterhaltung in Gang zu bringen, »auf der Wiese.« Zu meinem Erschrecken sagte ich: »*Ich glaube, ich muss kotzen, wenn ich je wieder eine Kuh zu sehen kriege.*« Ich war in einem merkwürdigen Zustand, in dem Aufregung und Verunsicherung in Leichtsinn umschlagen, in einen Wagemut, der all jene erfüllt, die nichts mehr zu erwarten haben: Als er sagte, er habe mich vermisst, entgegnete ich: »*Ich dich nicht, (...) aber das macht nichts, weil du ja doch aufgehört hast, dich für mich zu interessieren.*« Und weil ich seine Reaktion ebenso fürchtete wie ersehnte, setzte ich ohne Pause hinzu: »*Du fährst viel schneller als Mami, junger Mann.*« »*Wie kommst du darauf, dass ich aufgehört habe, mich für dich zu interessieren, Lo?*« »*Na, du hast mir doch keinen Kuss gegeben, oder?*« Er bremste scharf ab, sodass der Gurt nach meinem beschleunigten Körper schnappte. Wortlos lenkte er den Wagen von der Fahrbahn auf den Seitenstreifen und weiter mitten ins Gras. Die unebene Wiese schüttelte uns durch. Dann kam der Wagen zum Stehen. Einen Moment saßen wir in schmerzhafter Stille. Er war so groß. Ich musste an ihm hochkrabbeln, mich recken und meinen ganzen Oberkörper auf ihn legen. Dann küsste ich ihn. In Ermangelung von Erfahrung drückte ich meinen Mund sehr stark auf seinen, sodass unsere Schneidezähne aneinander schürften. Ich machte es, wie ich es im Kino gesehen hatte. Er bebte. Es war ein modriger Kuss, seltsam kühl. Ich war froh, dass mein Pfefferminzkaugummi die Sache ein wenig aufpeppte. Ich erinnere mich sehr genau, wie ich staunte, dass ein bloßes Berühren der Lippen so viel bei ihm auslösen konnte: beschleunigter Atem, sich winden, schwitzen, knurren. Das ist ja leicht. Im Grunde wird es ganz leicht, sagte ich mir. Es war, als hätte jemand eine andere Beleuchtung angeknipst. Alle Lichter waren auf mich gerichtet. Zum ersten Mal in meinem Leben hatte ich die volle Aufmerksamkeit eines Menschen.

Ich war es, die ihn geküsst hat. Als ich mich daran erinnere, schlagen Meereswellen über mir zusammen. Der Sauerstoff geht mir aus – egal, ich atme im Bewusstsein meines Untergangs bereitwillig Wasser und sinke sinke sinke.

Wir wurden gestört von jemandem, der nach einer blauen Limousine fragte, die er zu verfolgen schien. Ich war froh, das Küssen hinter mir zu haben. Ich glaubte, damit wäre die Sache geritzt. Außerdem wusste ich nicht weiter. Ich wusste auch nichts zu sagen. Ich schimpfte Humbert Humbert in der Art aus, wie meine Mutter Männer ausschimpfte, die zu schnell fuhren: in einem Lehrerinnenton mit einem Schuss Sexyness, der das zu schnelle Fahren eindeutig als attraktiv und sexuell erregend markiert. Wie ich es von ihr kannte, schnurrte ich: »Du fährst ja wie ein straffälliger Verrückter!«

Ich fragte mich, ob der Kuss genügen würde, um ihn davon zu überzeugen, mich nicht wegzuschicken, und wählte, nach einigem Grübeln, die offensive Strategie: *»Was meinst du, würde Mama nicht ziemlich toben, wenn sie herausbekäme, dass wir ein Liebespaar sind?«* Er bekam einen Schreck: *»Um Gottes willen, Lo, so etwas dürfen wir nicht sagen.«* Und ich war mir nicht sicher, ob es eine Bitte oder eine Drohung war. Wir hatten also ein Geheimnis. Ein Geheimnis macht uns zu Komplizen, dachte ich zufrieden. Dann fiel mir ein, dass in den Gangsterfilmen erst die Zeugen und dann die Komplizen plattgemacht werden: *»Aber ein Liebespaar sind wir doch, oder?«* Er antwortete ausweichend, wollte über das Camp plaudern. Ich alberte herum, zog ihn auf, war zweideutig und staunte, welche Macht ich plötzlich über ihn hatte. Ich plapperte Dinge nach, die ich aufgeschnappt hatte, in Magazinen, in Filmen. Wenn ich unsicher wurde, griff ich auf das zurück, was meine Mutter in dieser Situation gesagt oder getan hätte. Tätschelte sein Knie, erwähnte das, was ich für dreckige Gedanken, Worte und Taten hielt, und sah, wie sich sein Körper verstohlen aufbäumte. Zum Schluss verlangte ich, er solle an einer Candybar halten, die auf unserer Route lag, und verschlang unglaubliche Mengen Eiscreme, ohne dass er mich ermahnte oder in irgendeiner anderen Weise versuchte, mich zur Mäßigung zu erziehen.

Er sah mich an, die ganze Zeit, und behütete mich argwöhnisch vor den Blicken des Kellners. Zurück am Auto, legte er mir plötzlich die Hand auf den Arm, zog mich an sich und küsste mich auf die Schulter. »Hör auf«, platzte ich heraus. Es war mir nicht klar gewesen, dass ich die Küsserei jetzt öfter würde machen müssen. Ich ekelte mich, besann mich aber, ihm das besser nicht zu zeigen, und säuselte Sätze, in die ich das Wort Lüstling einbaute. Er zog sich zurück und als wir wieder auf der Straße waren, bat er um Entschuldigung. »Ich habe dich nur angefasst, weil ich dich gern habe«, stellte er klar. Mir war nicht gut. Vielleicht hatte ich zu viel Eis gegessen. Ich wusste nicht, was ich sagen sollte, und antwortete vorsichtshalber, dass auch ich ihn gern hätte, obwohl ich lieber eine Fontäne halbverdauter Eiscreme aus dem Fenster gespien hätte.

Eine gefühlte Ewigkeit fuhren wir kreuz und quer auf der Suche nach einem bestimmten Hotel durch eine gesichtslose Stadt namens Briceland. Es regnete die ganze Zeit, ein ekelhafter, leichter Sprühregen. Eine riesige Schlange tropfender Kinder mit ihren Großeltern unter Schirmen an der Kinokasse: »Können wir den Film nach dem Abendessen sehen?!«, bettelte ich. Er reagierte ausweichend.

Manchmal wünsche ich mir, ich hätte als Kind ein Innenleben erhalten. Sie hätten mir irgendetwas geben müssen – einen Glauben an etwas, vielleicht. Aber ich bin leer, und alles Äußere kann in mich einströmen, bis es mir an den Körperöffnungen in Form von Kotze, Rotze, Ohrenschmalz, Tränen, Kacke, Fluor vaginalis oder Menstruation wieder rauskommt. Oh, dann bin ich hässlich für die Welt.

Ich bin scheiße im Erinnern, aber an den Hund in der Lobby des Hotels »Die Verzauberten Jäger« erinnere ich mich genau. Während Humbert Humbert über das Zimmer diskutierte, hockte ich mich zu dem kleinen, gepunkteten Tier mit den wolligen Schlappohren und bot ihm meine Handfläche, die es sogleich beschnupperte. Während ich dem Hund, der sich mit so viel Hingabe an mich schmiegte, dass ich das Gleichgewicht verlor und mich auf den alten Teppich setzen musste, die Ohren kraulte, begann seine Besitzerin ein Gespräch mit mir. Der Hund legte den Kopf schief und leckte an meinen Unterarmen. »Dolores«, antwortete ich auf ihre Frage nach meinem Namen. »Freut mich, dich kennenzulernen«, sagte sie, »bist du mit deinem Papa unterwegs?« »Mein Papa ist tot«, entgegnete ich trocken. »Oh«, machte die Frau, »das tut mir leid.« »Mein Bruder ist auch tot«, setzte ich die Aufzählung aggressiv fort. »Meine Mutter auch. Tanten und Onkel auch. Alle abgekratzt. Ins Gras gebissen.« Ich verabschiedete mich von dem Hund und verpisste mich.

Verschiedene Spiegel warfen unser Bild zurück, als wir unser Hotelzimmer betraten. Ich stand vorn, sah irgendwie unförmig aus, zu dünn und die Glieder zu lang. Humbert Humbert hinter mir hätte wie ein Einbrecher gewirkt, wäre da nicht in seinem Rücken der mit unserem Gepäck beladene Page gewesen. Humbert zahlte, der Page ging und die Tür fiel hinter ihm ins Schloss.

In der Mitte des Zimmers stand ein Doppelbett. Ich fürchtete mich. Es war eine diffuse Furcht vor etwas, dessen Gestalt, dessen Hässlichkeit und dessen Grad an Bosheit ich zu diesem Zeitpunkt noch nicht kannte. *»Schlafen wir etwa in einem Zimmer?«*, fragte ich und meine eigene Stimme kam mir fremd vor. Sie schien nicht aus meinem Inneren zu kommen, sondern irgendwo an meiner Außenhaut gebildet worden zu sein, denn in ihr lag keine Spur von Angst. Ich hatte noch niemals in meinem ganzen Leben mit einem Mann in einem Zimmer, geschweige denn in einem Bett geschlafen. »Bist du bescheuert?«, fuhr ich fort und meine verzweifelte Suche nach Argumenten, die ein Schlafen im gemeinsamen Bett verhindern könnten, förderte nur Folgendes zutage: *»Weil, mein Liiieber, wenn die liiiebe Mama es herauskriegt, lässt sie sich von dir scheiden und erwürgt mich.«* Immer wenn ich mit ihm sprach, benutzte ich eine gespreizte Ausdrucksweise, in der ich die Vokale dehnte und die Konsonanten schmierte. Ich wusste gar nicht, woher das kam. Früher hatte ich es immer witzig gefunden, wenn meine Mutter ihre Stimme am Telefon in eine piepsige Höhe verstellt und ein wenig gesäuselt hatte. Seit ich darauf achte, habe ich unheimlich viele Frauen mit einer zum Kotzen lächerlichen Kinderstimme sprechen hören, egal ob sie wissen wollten, ob das Hotelzimmer noch frei ist oder ob sie mal den Chef sprechen können.

Humbert Humbert setzte sich aufs Bett. Mein Mutterargument schien ihn nicht sonderlich zu beeindrucken, aber er hielt mir doch einen Vortrag:

»Pass auf, Lo. Lass uns das ein für alle Mal klarstellen. Im rein praktischen Sinne bin ich dein Vater. Ich bin voller Zärtlichkeit für dich. In Abwesenheit deiner Mutter bin ich für dein Wohlergehen verantwortlich. Wir sind nicht reich, und solange wir unterwegs sind, werden wir gezwungen sein ...«, er stockte, stotterte irgendwie herum und seine Nasenlöcher blähten sich mächtig auf und dominierten sein Gesicht, *»... werden wir ziemlich eng miteinander zu tun haben. Zwei Menschen, die ein Zimmer teilen, geraten unweigerlich in eine Art von ...«* Er zögerte.

»Das Wort lautet Inzest«, entgegnete meine abgebrühte Außenhülle. Innen war Schwindel angesagt und Kopflosigkeit. Aus dem darauffolgenden Schweigen flüchtete ich: »Badezimmer!«, war meine Erklärung. Ich war so aufgeregt, dass ich mich zunächst in der Tür irrte. Von der Kleiderkammer aus ging ich dann mit aufgesetztem Gekicher endlich ins Bad und sperrte die Tür ab. Der Schlüssel klackte im Schloss. Ich setzte mich auf den geschlossenen Toilettendeckel und starrte die Tür an. Imaginierte das Zimmer dahinter, das Doppelbett, auf dem er saß, seinen roten Kopf, den leichten Film von Schweiß, der auf seiner Haut lag, die Bäche von Schweiß, die sein hellblaues Hemd unter den Achseln dunkelblau gefärbt hatten. Ich hörte ihn aufstehen, rascheln, den Koffer

öffnen. Ich betätigte die Spülung, wusch mir Gesicht und Hände mit kaltem Wasser und versank für einen Moment in der Flauschigkeit des Handtuchs.

Bevor ich die Tür aufsperrte und das Hotelzimmer wieder betrat, atmete ich tief ein, hielt die Luft an und wappnete mich, wie jemand, der in einen dunklen, feuchten Keller hinabsteigen muss. Ich ging auf ihn zu, umarmte ihn kurz, froh, dass er das Hemd gewechselt hatte, und murmelte etwas von »Küsserei lassen« und »Abendessen«. Er schwieg und deutete auf den geöffneten Koffer, der auf dem Bett lag, darin ein Haufen achtlos zusammengefalteter Kleider, alle noch etikettiert. Bunt. Kleider für Mädchen, wunderschön.

Ich sehe meine Mutter und mich vor dem Spiegel in ihrem Schlafzimmer in Ramsdale stehen. Sehe ihre feste, runde Form in dem altrosafarbenen Kleid, das sie trägt. »Stäbchen sind darin. Stäbchen!«, sagt sie. »Die braucht man für die Form, hier: Taille. Fast keine Frau hat eine perfekte Taille.« Sie braucht das nicht, dachte ich, meine Mutter, die schönste Frau der Welt. Ich wünschte mir ihre Grazie, ihre weiche, leicht gebräunte Haut, ihr elastisches Kupferhaar, das, wenn sie es aus der Stirn strich, sofort in einer perfekt geformten Locke wieder zurückwippte. Wenn ich groß bin, will ich genauso aussehen, dachte ich und betrachtete meinen eckigen, kleinen Körper mit den störrischen Locken, die vom Kopf wegstanden, sah unglücklich auf meine Beine, die unter dem Kleid, das meine Mutter mir aus demselben altrosafarbenen Stoff hatte anfertigen lassen, herausragten wie dürre Zweige: Jemand hatte eine kleine Vogelscheuche gebaut und ihr das beste Kleid angezogen.

Es war kurz nach dem Umzug nach Ramsdale. Noch in der Phase des gemeinsamen Ausstaffierens:»Wir müssen uns in die Gesellschaft einfügen, Lo!«, hatte Mutter gesagt. Liebevoll band sie mir Schleifen ins Haar, das sie jeden Tag bürstete. Für den Zeitraum von zwei Wochen machte sie mich zu ihrem Zwillingszwerg. Ich liebte es, wenn sie mir die Haare flocht, mir die Strähnen ordnete, und ich zähmte mich selbst, um nichts von dem, was sie kunstvoll an mir angebracht hatte, zu ruinieren. Diese Phase intensiven Kümmerns endete nach der Gartenparty, zu der wir als Altrosa-Ensemble gegangen waren. Sie endete so abrupt, wie sie begonnen hatte. Als ich am darauffolgenden Tag, es war ein Sonntag, ihr Schlafzimmer betrat, ich hatte die Haarbürste und Spangen mitgebracht und mich kämmbereit auf ihr Bett geworfen, worüber sie lachen sollte, so wie sie an den Tagen davor gelacht hatte, blieb sie stumm. Ihre Augen starrten ins Nichts. Ich sprach sie an, ich schüttelte sie, ich versuchte vorsichtig ihr Haar zu kämmen, das neben ihr auf dem Kopfkissen ausgebreitet lag. Sie ignorierte mich, blieb eine lebende Tote, bis ich aufgab. Irgendwann ging ich fort. Ich weinte ein bisschen. Ich wusste, dass ich mich von dieser Phase unseres gemeinsamen Lebens verabschieden musste.

Wie ferngesteuert ging ich zum Doppelbett, auf dem der Koffer lag. Griff hinein in die Kleider. Ich freute mich. Ich freute mich aufrichtig. Ich griff ein Jäckchen, es war rot und sah unheimlich schick aus. Ich hielt es hoch über meinen Kopf, um es richtig betrachten zu können. Das dauerte ein wenig, denn ich stellte mir ganz genau vor, wie sich alle Gesichter mir zuwandten: Wer verdammt noch mal ist dieses schöne Mädchen in dieser Wahnsinnsjacke? Humbert Humbert musste einige Stunden in der Kinderabteilung eines Kaufhauses verbracht haben, bevor er mich abgeholt hatte. Ich betastete verschiedene Stoffe. Ich fühlte mich plötzlich besser, seltsamerweise sogar ein wenig zu Hause in diesem Hotel mit dem komischen Namen. Ich umwickelte mich mit einem funkelnden Gürtel, der auf gewitzte Weise zum Namen des Hotels zu passen schien: »Die Verzauberten Jäger«, sagte ich und lächelte Humbert Humbert an. Er stand am anderen Ende des Bettes, betrachtete mich und grinste schief. Ich wusste überhaupt nichts zu sagen. Es war mir völlig klar, dass ich all die schönen Sachen nicht verdient hatte, weil ich böse und abweisend gewesen war. Ich ging auf ihn zu, schmiegte mich kurz an ihn, bis das unangenehme Gefühl eines unverdienten Glückes verflogen war. In seiner Jackentasche klirrte es seltsam.

Der große Speisesaal war mit bunten Bildern ausgemalt. Wie in einer Kirche Jesus Christus auf dem Leidensweg war hier der Jäger in den verschiedenen Stufen seiner Verzauberung dargestellt. Ich betrachtete die Wandmalereien ehrfürchtig und versuchte, die Geschichte zu begreifen. Es wollte mir allerdings nicht recht klar werden, in welcher Art dieser Jäger verzaubert wurde. Egal. Mit dem glänzenden Gürtel und umgeben von Märchenfiguren, fühlte auch ich mich in einer Zauberwelt.

Während ich meinen Kirschkuchen und auch noch die größere Hälfte seiner Eiscreme verdrückte, holte Humbert Humbert ein gläsernes Fläschchen aus der Jackentasche, schüttete eine violettblaue Tablette auf seine Hand und führte diese in unheimlich ungeschickter Weise zum Mund. Ich musste grinsen. Er kaute und schluckte. Irgendwie affektiert. Er tat sehr geheimnisvoll. Um mich zu amüsieren, vermutete ich. Ich fragte, was das für Tabletten seien, die aussehen, als wären sie Bonbons. »Man macht sie aus Sommerhimmel!«, antwortete er. »Verarsch mich nicht.« »Vitamine«, korrigierte er sich, »die machen einen kräftig.« Er gab mir eine. Ich schluckte sie hinunter, als Garnitur meines letzten Bissens vom Kuchen. Ich redete alles aus mir heraus, was an der Oberfläche in mir unterwegs war, lauter dummes Zeug, und er hörte zu. Er hörte zu!

Nach dem Essen fühlte ich mich schwach und schwindlig. Mein Gesichtsfeld verkleinerte sich. Die Umgebung verschwamm an ihren Rändern. Mehrmals sackte mir der Kopf auf die Brust. Humbert Humbert griff mich am Arm und zog mich hastig in Richtung Fahrstuhl. Ich konnte mich kaum auf den Beinen halten vor Müdigkeit. Die Fremden, die mit uns den Aufzug betraten, starrten mich an. Meine Erinnerung an den Weg vom Speisesaal bis ins Hotelzimmer besteht nur aus einer Reihe von Schnappschüssen. Ich wünschte mir, meine Mama würde mich hochheben und ins Bett tragen, während ich versuchte, ein erwachsenes Gespräch aufrechtzuerhalten. Ich kämpfte mir halbbewusst die Kleider vom Leib und mich in mein Nachthemd. Mein Körper sank auf das Doppelbett. Die Tür schlug zu. Humbert Humbert hatte das Zimmer verlassen. Ich war ihm unendlich dankbar. Mein Körper schmolz, als wären mir die Knochen und Muskeln verschwunden. Mit dem winzigen Teil meines Hirns, das ich auf Betriebstemperatur halten konnte, fürchtete ich, pinkeln zu müssen, der Weg zur Toilette schien mir unüberwindbar. Ich sackte ins Schwarz und träumte (oder war ich wach und all das war wirklich?), dass ich durch das düstere Hotel hetzte, nackt und verfolgt von all den Jägern an der Wand, die, lebendig geworden, ihre hübsche, zauberische Fassade abgelegt und fürchterliche Fratzen bekommen hatten. Ich suchte verzweifelt nach Licht. In den Gängen des Hotels, hinter jeder Tür: Finsternis und kein Entkommen.

Ich erwachte, konnte aber nicht klar denken, sah Humbert Humbert, der im Schlafanzug hinter mir lag. Ich versuchte zu sprechen, aber ich hatte eine Zunge aus Blei, vielleicht hatte ich auch überhaupt keine Zunge mehr, vielleicht hatte ich sie abgebissen und ausgespien oder jemand hatte sie mir abgebissen. Über Traum und Wachen lag derselbe dichte Nebel. Ich spürte Humbert Humbert hinter mir. Das Bett schwankte, als er an mich heranrückte. Ich roch seinen Atem. Ich nahm alle Kraft und Klarheit zusammen und bewegte mich. Er rückte von mir ab. Und immer wieder von Neuem kämpfte ich mit dem Schlaf und mit ihm. Manchmal ist das Jetzt so wirklich, dass man zu träumen meint, obwohl klar sein müsste, dass die eigene Phantasie niemals in der Lage wäre, sich die Wirklichkeit auszumalen, in der man steckt. Ich bin mir nicht sicher, was in dieser Nacht geschehen ist. Ich weiß nicht, ob er während meiner Taubheit, meines Weggetretenseins, seine haarigen Finger in mich gesteckt hat. Als ich erwachte, war es schon hell. Meine unruhigen Augen erzeugten nur unscharfe Bilder. Ich betrachtete eine Weile seinen verschwommenen Umriss.

Dann kroch ich in seine Richtung, legte mich in seine Arme. Wenn man nicht tut, wozu man aufgefordert ist, dann wird man aussortiert. Obwohl ich Charlie und Barbara hasste für das, was sie mit mir getan hatten, war ich ihnen in diesem Moment dankbar dafür, nicht ganz unvorbereitet in eine Situation gehen zu müssen, die sich nicht vermeiden ließ. Ich hatte ihn geküsst. Es war unausweichlich. Ich hatte diese Situation herbeigeführt, nun musste ich die Verantwortung dafür übernehmen. Um nicht verraten zu werden an meine Mutter oder einen anderen Erwachsenen, musste ich ihn an mich binden. Heute denke ich, mein Körper hat damals eine Art Notfallprogramm entwickelt. Es hieß »die geile Kleine« und suggerierte mir und meinem Gegenüber Freiwilligkeit und Lust (damals wusste ich noch nicht, wie man Lust durch ein wenig Gejauchze anzeigen kann, darum verlief der ganze Akt in absoluter Stille). Das Programm war ein Schutz für mein ... »Ich« – mein Körper war schon verloren.

Humbert Humbert tat, als habe er keine Erfahrungen mit dem Geschlechtsakt, als täte er alles, was er mir antat, zum ersten Mal.

Das Erinnern ist schrecklich. Ich hatte vieles vergessen. Das Vergessene hat mich von innen zernagt. Das Vergessene war so unheimlich laut.

Ich mag nicht mehr.

Es ist sicher einfacher, Humbert Humberts geheimes Tagebuch zu lesen, aber ich kann euch meine Erinnerungen nicht ersparen, so wie auch mir nichts erspart wurde.

Es gibt eine Sache, die ich nicht sein will: das Opfer eines hässlichen alten Mannes in einem Pyjama.

Vermutlich hat man im Leben so Kontingente, denk ich mir. Eine Glücksmenge, die auf das Leben verteilt wird, wie man Schokoladensoße auf Vanilleeis gießt. Das gelingt nie gleichmäßig. Einige Stellen sind unerträglich süß, andere fad und wieder andere perfekt ausbalanciert. Das Kontingent an Unterleibsschmerz, das sonst auf ein ganzes Frauenkörperleben verteilt ist, müsste ich zwischen meinem zwölften und dreizehnten Lebensjahr ausgeschöpft haben und ich sollte damit jetzt durch sein. Ist aber leider nicht der Fall.

Aber hey, hey. Wie war das mit den guten Tipps: Es geschieht einem nur das, was man auch ertragen kann … Das hat doch alles Sinn … Wenn wir uns zufällig treffen, uns tief in die Augen schauen und uns dann einige Jahre gemeinsam durch dieses Leben schlagen, dann nennt man so was eine schicksalhafte Begegnung. Das ist vorherbestimmt. Und das Schlechte passiert einem nur, weil man was daraus lernen soll … Aus allem, was einem im Leben passiert, kann man etwas lernen. Fickt euch!

Er gab mir seinen Schwanz in die Hand und ich wichste ihn mechanisch, ganz so, wie Barbara es mir beigebracht hatte. Berührungen und Streicheln kannte ich nicht, und auch jetzt lasse ich Liebkosungen nur zu, wenn sie nicht das Vor- oder Nachspiel eines Geschlechtsaktes sind. Im Grunde benahm sich Humbert, wie sich Charlie benommen hatte. Winseln und Stöhnen. Bedauerlicherweise war er erwachsen. Sein Schwanz wurde also ziemlich groß. Ich war erschrocken. Ich hatte Angst. »Das geht nicht«, beteuerte ich, »ich bin zu klein.« Er fickte mich dreimal. Ich schrie ins Kissen. Niemals zuvor in meinem Leben hatte ich solche Schmerzen gehabt. Mehrmals musste ich erbrechen und schluckte das hochschießende Erbrochene wieder herunter. Ich war mir sicher, dass ich kaputtgehen würde. Im Kopf rief ich so laut nach meiner Mama, wie ich konnte. Ich schloss die Augen, schloss mein Gesicht, versperrte mein Inneres so gut es ging.

Als er fertig war, drehte sich Humbert Humbert auf den Rücken und schloss die Augen. Ich hielt meine Augen offen. Ich fürchtete mich im Dunkeln. Und dann kam sie, meine Mutter, suchte mich heim. Der Ausdruck in ihrem Gesicht: Geringschätzung und Feindseligkeit. Ich hatte ihren Stolz tödlich getroffen.

Es war bereits zehn. Ich versuchte aufzuspringen. Heftige Unterleibsschmerzen rissen mich zurück aufs Bett. Vorsichtig stemmte ich mich hoch und schob meine Füße in die Miezekatze-Pantoffeln, die er mir geschenkt hatte. Ich warf einen Blick in einen der Spiegel. Ich erwartete eine andere. Aber ich trug noch dasselbe Gesicht wie am Vorabend. Es blickte mich blöde aus dem Spiegel an. Ich schnitt Grimassen, riss an der Haut, bis sie rot wurde und pochte, aber ich konnte keine Veränderung herbeiführen. Bis auf die Pantoffeln war ich nackt, und als ich spürte, wie sich eine Flüssigkeit in meiner Vagina bewegte und auf den Fußboden herunterzustürzen drohte, floh ich ins Badezimmer. Ich setzte mich auf die Toilette und beobachtete, wie Blut das Wasser rot färbte. Es war das erste Mal in meinem Leben, dass ich aus der Vagina blutete, meine Menstruation hatte ich zu diesem Zeitpunkt noch nicht bekommen. Das Bluten hörte nicht mehr auf. Mein Unterleib glühte. Ich spülte rot gefärbtes Wasser die Toilette hinunter und bastelte eine Binde aus einer meiner Blusen. Fühlte sich nach Windel an. Dann schlich ich vorsichtig zu meinem neuen Koffer. Ich bewegte mich so sparsam wie möglich. Ich probierte mehrere der Kleider an, die er mir gekauft hatte, keines passte. Ich hasste ihn. Ich wollte ihn bestrafen. Er verfolgte mich mit den Augen. Ich wandte ihm mein Gesicht zu und betrachtete ihn. Gelöst wirkte er, und glücklich. Ich warf seine Geschenke fort und zog das Zeug an, das ich am Tag zuvor getragen hatte. Dann gab er mir Geld, mir eine Zeitschrift zu kaufen, und schickte mich in die Lobby, um auf ihn zu warten.

Ich warf die Zimmertür hinter mir zu, stand einen Moment lang wie erstarrt auf dem Flur und versuchte, das undefinierbare graue Muster des Teppichs zu begreifen. Dann ging ich in die Knie und weinte in meine Hände. Die Glocke des Fahrstuhls kündigte andere Hotelgäste an. Ich wollte aufstehen, aber ich konnte nicht. Der Fahrstuhl spuckte die Frau und ihren gepunkteten Hund aus, denen ich gestern schon begegnet war. »Brauchst du Hilfe?«, fragte sie besorgt und neigte sich über mich, während ihr Hund mein Gesicht beschnupperte. Leider war ich nicht fähig zu antworten, zeigte ihr den Mittelfinger und wartete zusammengekauert, bis sie aufgab und sich entfernte. Ich fuhr mit dem Fahrstuhl in die Lobby. Die Schmerzen ließen nicht nach. Ich hatte Angst, dass etwas in mir jetzt für immer kaputt wäre, aber versuchte, nicht darüber nachzudenken.

Als er meinen Namen rief, stand ich in der Nähe des Ausgangs. Ich las die Illustrierte, die ich mir gekauft hatte, zumindest tat ich so, und da ich ihm nicht in die Augen schauen wollte, las ich einfach weiter – auf dem Weg zum Wagen, beim Fahren, beim Frühstück, das wir in einem Diner einnahmen. Ich machte mir schreckliche Sorgen, dass ich vielleicht verbluten und sterben würde. Ich wusste, dass ich einen Arzt brauchte, und dichtete an einer Lügengeschichte, die ich während der Behandlung erzählen könnte. Ich traute mir diese Täuschung nicht zu. Ich war todunglücklich. Mein Gedankengang war in etwa dieser: Entweder ich gehe zu einem Arzt und erzähle die Wahrheit, dann wird meine Mutter mich für immer verstoßen, oder ich sterbe. Vielleicht, dachte ich, sollte ich Variante zwei vorziehen, da ich so dumm bin, dass ich mit allem, was ich plane, genau das Gegenteil erreiche. Sterben wäre vielleicht nicht die schlechteste Option ...

Als wir in den Wagen stiegen, hatte ich meinen Entschluss gefasst: Ich musste Humbert Humbert ins Vertrauen ziehen, denn auch wenn ich ihm nicht traute, war ich mir sicher, dass er seine Fahrt ungern mit einem toten Kind mit blutiger Unterhose in seinem Kofferraum fortsetzen wollte, mit dem er doch eigentlich die Umsetzung sehr lebhafter sexueller Phantasien geplant hatte. Ich verzog also beim Einsteigen das

Gesicht vor Schmerz, sodass er es bemerken musste, und er fragte auch umgehend nach. »Nichts ist los«, behauptete ich. »Du Arsch«, setzte ich hinzu. Ich wollte, dass auch er sich schämte, ich wollte ihm alles heimzahlen. Allerdings musste ich ihn nach einigen Kilometern bitten, an einer Tankstelle zu halten, weil die Bluse, die ich mir zwischen die Beine gestopft hatte, durchgeblutet war. Er war unheimlich lieb und zuvorkommend. So ist es mir auch danach immer gegangen mit den Männern. Nachdem sie mich verletzt haben, kommen ihre Gewissensbisse. Aber nur, wenn man sie nicht beschuldigt. Beschuldigt werden sie aggressiv, und man muss die ganze Schuld auf sich nehmen, damit ihr Zorn aufhört. Ist das die einzige Macht, die Frauen über Männer haben – das Opfer sein? Moralisch auf der richtigen Seite sein? Das ist ja zum Kotzen.

Wir hielten in einem Wäldchen, wo ich mir die Sauerei in meiner Unterhose ansah, die Bluse wegwarf und sie durch ein T-Shirt ersetzte. Er schlug vor, es vielleicht hinter den Büschen zu treiben. Ich schrie.

»Dann nicht. Reg dich wieder ab.«

»*Du Trottel! Du widerliches Scheusal. (...) Sieh, was du aus mir gemacht hast. Ich müsste die Polizei anrufen und sagen, dass du mich vergewaltigt hast. O du schmutziger, schmutziger, alter Kerl.*« Dann lächelte ich ihn breit an. Ich lächelte und gab ihm die Möglichkeit, den »Alles nur Spaß«-Ausgang aus der Situation zu nehmen. Aus Erfahrung wusste ich: Wenn man einen Mächtigeren (erwachsen und mehr Muskeln) einer Grenzverletzung bezichtigt, dann werden die letzten paar Steine, die von der eigenen Grenze noch stehen, dem Erdboden gleichgemacht. Flirten und scherzen und lächeln ist auch heute noch meine Reaktion, wenn ich von einem Mann verletzt, beleidigt und auf mein Frausein reduziert werde. Ich hasse mich dafür.

Ich strahlte ihn an. Meine Worte durchzuckten sein Gesicht wie ein heftiges Gewitter. Er fürchtete sich. Dann schrie er mich an. Ich riss mich nicht mehr zusammen, sondern heulte über meine Schmerzen. Ich sagte ihm, dass er etwas in mir zerrissen hatte. Er litt. Das machte das heftige Ziehen in meinem Unterleib nicht erträglicher, aber zumindest war ich nicht mehr so einsam. Wir hielten an der Tankstelle, wo ich lange Zeit auf dem Klo blieb, um mich zu reinigen und das Blut zu beobachten, das in die Schüssel tropfte. Ich heulte ziemlich heftig, obwohl ich wusste, dass mir das nicht helfen würde. »Reiß dich zusammen.« Nichts sage ich mir selbst häufiger. Dann kehrte ich auf wackeligen Beinen zum Wagen zurück, lehnte mich in das heruntergekurbelte Fenster und sagte:

»Hör mal, gib mir ein paar Zehner und Fünfer: Ich will meine Mutter in der Klinik anrufen. Wie ist die Nummer?«

Er sah mich kalt an: *»Steig ein. Du kannst diese Nummer nicht anrufen.«*

»Wieso?«

»Steig ein und schlag die Tür zu«, befahl er und stieß mir von innen die Tür gegen den Körper. Ich schrie.

Wir fuhren los.

»Wieso kann ich meine Mutter nicht anrufen, wenn ich will?«

»Weil deine Mutter tot ist.«

Ich lernte, in mir selbst zu verschwinden. Es dauert nur wenige Minuten und ich bin weg. Außerhalb von mir ist die Hölle los, aber das ist mir wurscht. Ich sitze in meinem Dolores-Zelt und der Regen trommelt gegen den wasserdichten Stoff und der Wind rüttelt an den Stangen, aber die sind elastisch, die brechen nicht.

Er kaufte mir Comic-Hefte, Süßigkeiten, Cola, Monatsbinden (die ich auf dem Parkplatz vor der Mall in einen Mülleimer warf, weil ich nicht mehr blutete. Die Schmerzen ließen nach. Ich würde nicht sterben. Ich hielt das für eine gute Nachricht), ein Maniküre-Set. Ich deutete mit dem Zeigefinger auf einen Reisewecker mit Leuchtziffern, er war mein. Er hielt sich zwei Schritte hinter mir, während wir die Mall durchquerten. Schwarzer Fliesenboden, der so spiegelte, dass man sich immerzu von unten sehen konnte. Ich war wie im Rausch. Ring mit hübschem Stein, Tennisschläger, Bälle, eine Tasche für Tennisschläger und Bälle. Mir hatte jemand eine Trennwand in den Körper eingezogen, ungefähr auf Höhe der Schlüsselbeine. Nichts von dem, was ich sah oder er mir gesagt hatte, drang weiter in meinen Körper ein als bis zu dieser Trennwand. Auch mein Atem war flach. Kein Gefühl. Kein Bewusstsein. Ich hatte den Ring mit dem hübschen Stein auf meinen Zeigefinger gesetzt und dieser Zeigefinger deutete auf alles, was mein werden sollte. Rollschuhe, weiß und mit bunten Schnürbändern, ich wollte sie tragen, sofort tragen, aber das war auf dem glatten Spiegelboden nicht erlaubt. »Na klar!«, nölte ich. »Was ich am liebsten machen will, ist natürlich illegal.« Und ich lachte gurrend. Ich war schrill. Ich war eine andere. Ein Feldstecher, viel Kaugummi in verschiedenen Farben, welche die Geschmacksrichtungen anzeigen sollten, aber im Grunde schmeckte alles gleich. Mein Finger tippte ein Kofferradio an: meins. Regenjacke, Sonnenbrille, Kleider mit einem Rock bis zum Knie und halben Ärmeln, eines in Blau, eines in Gelb, weil ich mich nicht entscheiden konnte. Denn ich musste mich nicht entscheiden. Jetzt, da ich nichts mehr hatte, konnte ich alles haben. Kurze Hosen, dünne lange Hosen, Shirts und Tops. Hinter mir stöhnte er unter der Last. Humbert Humbert trug ungern schwer. Ich begehrte die Dinge nur, wenn sie sich noch in der Auslage eines Schaufensters befanden. Sobald ich sie besaß, verschmolzen sie zu einem einzigen vielfarbigen Objekt, mit dem ich nichts anfangen konnte.

»Mir ist die Mutter gestorben, da war ich drei Jahre alt«, informierte er mich. Seine Worte hoben sich nur mühsam ab vom Motorengeräusch des Wagens, der auf einer Landstraße ziemlich schnell dahinbrauste. Ich kurbelte das Wagenfenster herunter, genoss den Lärm und das beinahe schmerzhafte Gewummer des Fahrtwinds an den Trommelfellen.

An der Rezeption des Hotels, in dem wir die Nacht verbringen wollten, wurde mir der Schlüssel zu einem eigenen Zimmer in die Hand gedrückt. Ich war unendlich froh. Humberts Zimmer war am anderen Ende des Ganges. Das bedeutet, dachte ich, dass dazwischen viele Menschen in lauter identisch aussehenden Räumen schlafen. Viele, viele Leben würden uns trennen. Ich öffnete die Tür, mein Gepäck wurde mir hineingetragen. Ich fühlte mich sehr erwachsen dabei. Ich gab dem ächzenden Hotelangestellten Geld aus dem Portemonnaie, das Humbert mir geschenkt hatte, er dankte und schloss beim Hinausgehen die Tür hinter sich mit einem lauten »Klack«. Dieses Geräusch hing noch lange im Raum.

Ich durchwühlte die neuen Sachen nach den Rollschuhen, nahm sie aus dem Karton. Das Leder war neu und hart und sie waren unheimlich eng, obwohl ich sie maximal aufgeschnürt hatte. Auf dem Bett sitzend, beugte ich mich vor, mein Unterleib kreischte auf, aber ich biss die Zähne zusammen und schob den Fuß mit aller Kraft in den Rollschuh, mein Daumen schmerzte. »Stell dich nicht so an«, bellte ich in den leeren Raum hinein, der ich war, und die Worte wurden zurückgeworfen von der Trennwand, die noch immer aufgespannt war zwischen meinen Schlüsselbeinen. Endlich hatte ich die Füße in den Rollschuhen. Vorsichtig stand ich auf. Ich war noch nie Rollschuh gefahren. Der Teppichboden bremste mich, sonst wäre ich sicherlich gefallen. Ich hielt mich an den Möbeln, den Wänden und der Tür fest und holte vorsichtig Schwung. Das Zimmer war viel zu klein, um Fahrt aufzunehmen. Das frustrierte mich. Mir fiel ein, dass der lange Hotelflur ein idealer Übungsplatz wäre, aber ich wollte nicht gesehen werden. Nicht von all den Menschen mit ihren anderen Leben und auch von Humbert Humbert nicht. Ich strampelte mich also im Hotelzimmer ab, ohne richtig in Schwung zu kommen. Ich stieß mir das Knie an der Kommode. Außerdem waren die Rollschuhe zu klein. Wütend zog ich mich mit aller Kraft durch den Türrahmen des Badezimmers, die Rollschuhe ratterten auf den Fliesen, dann sausten meine Beine unter mir weg, ich stürzte nach hinten, knallte mit dem Hinterkopf auf das Waschbecken und landete auf dem Rücken. Das tat weh! Im Grunde nicht so schlimm. Nicht schlimm. Nicht schlimm. Gar nicht. Blöderweise hatte mein Sturz die Trennwand eingerissen. Alles, was in den Untiefen meines Körpers an Angst und Panik und Wut und Trauer und Einsamkeit verborgen war, schoss in mir hoch wie Wasser aus einem Geysir. Ich war ein beschissenes, zwölf Jahre altes Naturschauspiel auf dem Fliesenboden eines winzigen Hotelzimmers in irgendeiner Kleinstadt, deren Namen ich nicht wusste. Ich war allein. Ich war sicher, ich würde die Rollschuhe nie wieder ausziehen können. Ich wusste nichts und ich hatte niemanden, den ich nach der Wahrheit fragen konnte. Ich war gezwungen, Humbert den Tod meiner Mutter zu glauben. Ich war gezwungen, den Tod meiner Mutter einfach hinzunehmen. Ich rief mir ihr Bild ins Gedächtnis. Da stand sie, irgendwie ungelenk, in unserem Haus in Ramsdale herum, zuckte mit den Schultern und schüttelte den Kopf, als wollte sie sagen: »Was soll ich hier?« Da gab ich ihr verschiedene Aufgaben. Ließ sie auf und ab gehen im Wohnzimmer. An der Tischdecke zupfen, Augenbrauen zupfen, sich anziehen und ausziehen und wieder anziehen. Ich wollte, dass sie lachte, aber das tat sie nicht.

Ich umklammerte meine Beine. Ich jammerte. Ich rollte mich zusammen. Die Kühle und Härte der Fliesen auf meiner Haut tat mir gut. An der Decke war ein alter Lüfter angebracht. Träge bewegte er die staubigen Spinnweben, die an ihm hingen, auf und ab. Ich ließ die Tränen einfach laufen. Sie bildeten eine Art Kleber zwischen meiner Wange und der Fliese.

Irgendwann, der neue Wecker mit den Leuchtziffern war ohne Batterie und das Hotelzimmer ohne Fenster, irgendwann zog ich die Rollschuhe aus. Erschöpft lag ich auf dem Bett. Mehrmals prüfte ich, ob ich noch atmete. Ja, die andere Hand auf meiner Brust hob und senkte sich. Aber mein Atem ging flach, ich war ganz und gar Bewusstsein geworden. Jedes Fünkchen verfügbare Energie hatte sich in mein Gehirn zurückgezogen. Mein Körper lag nur so herum. Ich musste nachdenken. Alle Leben, die ich mir für mich vorstellen konnte, gingen mir durch den Kopf. Das ging schnell, es waren nicht viele. Verwandte, bei denen ich leben konnte, hatte ich nicht.

Ich dachte daran, Miss Phalen zu informieren, bei der ich einige Zeit hatte leben müssen, weil meine Mutter mit mir »erzieherisch überfordert« war. Allerdings war das Leben mit Miss Phalen fürchterlich gewesen.

Plötzlich schien mir der Aufenthalt in einem Internat sehr erstrebenswert, aber könnte ich Humbert Humbert darum bitten?

Ich könnte, dachte ich, jetzt zur Rezeption des Hotels gehen und sie bitten, die Polizei anzurufen. Allerdings war ich mir sicher, dass sie meine Teilschuld an der ganzen Sache schnell feststellen würden, denn das ist ja ihr Job. Und selbst, wenn ich sie von meiner Unschuld überzeugen könnte, müsste ich die Jahre bis zur Volljährigkeit in einem Kinderheim verbringen, und darüber hatte ich schreckliche Dinge gehört.

Frühere Nachbarn konnte ich nicht anrufen, weil ich ihre Telefonnummern nicht kannte. Was hätte ich ihnen auch sagen sollen? Man kann sich einer Familie nicht anbieten als neues Kind. Kinder sind nicht gewollt. Fickbare Geliebte hingegen schon, zumindest eine Zeit lang.

Einfach abhauen? Ich hatte kein Geld, keinen Mut und kein Ziel.

»Mama?«, sagte ich in die Dunkelheit des Hotelzimmers, »Mama?« Mir war, als hätte sich der ganze schwarze Nachthimmel über mich gestülpt. Ich hatte nur einen einzigen Menschen auf der ganzen Welt, der mich liebte. Barfuß und ohne Licht zu machen, durchquerte ich den Flur. Mein zaghaftes Klopfen an seiner Zimmertür wurde sofort gehört. Offenbar hatte er meine Ankunft erwartet. Er legte mich neben sich und ich weinte den ganzen Ärmel seines Schlafanzuges nass. Obwohl – eigentlich weinte ich nicht richtig, es lief mehr so aus mir heraus. Auch die Rotze, aber das störte ihn nicht. Als es nachließ, steckte er zwei Finger in mich und bewegte sie ein bisschen. Es fühlte sich an, als würde er Wundränder aufreißen. Ich denke, er wollte mich irgendwie erregen, aber ich war noch nicht in dem Alter, in dem man feucht werden kann. Ich wünschte mir eine Hornhaut. Dass es eine Bereitschaft des weiblichen Körpers zur Penetration gab, erfuhr ich erst viele Jahre später. Er gab das Rumfummeln bald auf und wir machten es erneut. Es war schrecklich. Er ging allerdings viel vorsichtiger vor. Ich denke, er wollte weitere Blutungen vermeiden.

Es begann die schlimmste Zeit meines Lebens.

Am nächsten Morgen bedauerte ich, dass ich die Binden weggeworfen hatte, stopfte mir in Streifen gerissene Kleidung in die Unterhose und zog das neue gelbe Kleid an, zog es wieder aus und entschied mich doch für das blaue. Dunkelblau kaschiert einen Blutfleck wesentlich besser, außerdem macht es schlank, wusste ich von meiner Mutter. Ich hatte immerzu Angst, schwanger zu werden. Erst als ich herausfand, dass Mädchen, die noch nicht menstruiert haben, gar nicht schwanger werden können, hörte ich auf, jeden Tag meinen Bauch im Spiegel zu untersuchen.

Noch heute kann ich in keinem Motel übernachten, ohne eine unfreiwillige Zeitreise zu machen, zurück in dieses Jahr, in dem ich mit Humbert Humbert unterwegs war. Je weniger einladend ein Motel war, desto größer die Chance, dass Humbert Humbert es für uns wählte. Wenn sie um Gäste betteln müssen, fragen sie weniger nach. Es gibt bestimmte Dinge, die ich in meiner eigenen Wohnung nicht ertrage: Klimaanlagen, Überdecken, Vorhänge, weiße Handtücher. Eine Zeit lang entwendete ich die Bibeln, die sich in jedem Hotelzimmer in der Schublade des Nachttisches befanden. Zunächst strich ich wahllos Stellen im Text an und machte ordinäre Zeichnungen, dann steckte ich sie in meinen Koffer, um sie im nächsten Motelzimmer am nächsten Tag auf den Nachttisch zu legen. Aber auch das gab ich irgendwann auf. Von Routinen erwartet man, dass sie langweilig werden, weil die Tage und Wochen ineinander verschwimmen, aber auch der ständige Wechsel wirkt irgendwann ermüdend. Alles wurde gewöhnlich: dass wir auf der Flucht waren, dass wir uns jeden Tag in einer anderen gesichtslosen Stadt aufhielten, dass ich ständig Geschlechtsverkehr hatte, dass ich plötzlich all die Süßigkeiten bekam, die ich wollte ... In Reiseführern, auf Plakaten informierte ich mich über die Gegenden und Städtchen, die wir besuchten, über Restaurants, und ich bettelte, in richtigen Hotels übernachten zu dürfen, weil ich nach Zerstreuung suchte, nach einem winzigen Tor hinaus aus der Welt, in der ich gefangen war.

Meine Angst, ihn zu verlieren und in irgendeinem Waisenhaus zu enden, schwand in gleichem Maße wie meine Fähigkeit zur Freude. Es fehlte mir die Kraft, um süß und niedlich zu sein und ihn davon zu überzeugen, dass ich ihn mochte. Er legte sich mächtig ins Zeug, meine Ängste oder meine Lust auf Konsum wieder anzufachen, um mich zu erpressen, Sex mit ihm zu haben. Natürlich tat ich es. Genauso wie Ponyreiten, Schwimmengehen, Kuchenessen, Musicalsschauen. Weil ich jegliche Empfindungsfähigkeit verloren hatte, brauchte ich Reize von außen, die mich spüren ließen, wo mein Körper endete und die Welt begann. Ich bettelte ihn an, Geld in jede Jukebox zu werfen. Ich brauchte Geräusche um mich herum. Lärm. Ich zwang ihn mit Genörgel oder mit dem Versprechen, mich ficken zu dürfen, mir lauter sinnloses Zeug zu kaufen.

Neben der obligatorischen Bibel fand ich eines Tages in der Schublade eines Nachttisches ein kleines Set zur Reparatur von Kleidungsstücken. Drei Nadeln in unterschiedlichen Größen, Zwirn und eine kleine Schere. Die Schere erwies sich als einigermaßen stumpf. Als ich sie am Saum des altrosafarbenen Kleids, das meine Mutter einst für mich hatte anfertigen lassen, ansetzte und die Arme der Schere zusammendrückte, verklemmte sich der Stoff, ein Loch entstand nicht. Ich musste das Kleid auf dem Boden hockend mit Hilfe meiner beiden Knie auf Spannung bringen, um vom Saum einen eher weniger geraden Schnitt in Richtung Kragen zu machen. Dann lag das Kleid aufgeklappt vor mir, an seinen Rändern ausfransend. Ich pulte einen Faden aus der Schnittkante, zwirbelte ihn zwischen Daumen und Zeigefinger zu einem Kügelchen und starrte das Kleid an. Es zu zerstören, fiel mir nicht leicht, aber nun verwandelte sich das Schneiden in harte Arbeit. Das lenkte mich ab. Die Haut um meinen Daumen färbte sich rot von der Reibung mit der Schere; schmerzhaft und gut. Die gerötete Haut verwandelte sich in eine Blase, platzte auf und sonderte eine klare Flüssigkeit ab – darunter ein helleres Rot. Eine neue superempfindliche Haut unter der Alltagshaut. Ich ließ mich davon nicht beirren. Mit der stumpfen Schere schnitt ich das Kleid so zurecht, dass ein langer, unregelmäßiger Stoffstreifen in Altrosa vor mir lag. Es war wirklich mühsam. Einen Moment lang saß ich vor meinem geöffneten Koffer und betrachtete all die Dinge, die mir gehörten, dann nahm ich die Urkunde, die ich im Sommercamp für den Sieg im Weitsprung gewonnen hatte, faltete sie sehr klein zusammen und nähte sie in den Stoff ein, sodass eine Kugel entstand. Dann legte ich die Tickets für die Kinovorstellung, die ich gestern mit Humbert Humbert besucht hatte, in den Stoff: die zweite Kugel. Der Film hatte mir sehr gefallen. Er handelte von einem Typen in einer roten Jacke, der eine Mutprobe bestehen muss, bei der sein Kontrahent durch einen dummen Zufall stirbt. Der Typ erzählt seinem Vater, dass er sein ganzes Leben lang alles falsch gemacht hat, und sie streiten. Er will zur Polizei gehen und sich stellen. Der Sohn will alles für alle besser machen, indem er aufhört zu lügen, und seine Eltern verstehen es nicht. Der Film war auch mit Liebe. Im Kino hatte ich heimlich geweint. Es war in dem Moment, als der Vater dem Sohn sagt: »Niemand dankt es einem, wenn man ein Idealist ist.« Und der Sohn antwortet: »Außer du selbst!« Ich hatte keine Ahnung, was ein Idealist ist, aber der Klang der Stimme des Sohnes rührte mich zu Tränen. Ich konnte hören, dass er aus seinem tiefsten Inneren heraus etwas ausgesprochen hatte. Der Typ mit der roten Jacke, dachte ich, hätte meiner Mutter gefallen. Sie hätte ihn attraktiv gefunden.

In den vielen Tagen ohne meine Mutter nähte ich viele Kugeln aus Stoff. Gefüllt mit Erlebnissen, Erinnerungen, kleinen Dingen, die ich für Erfolge hielt oder von denen ich glaubte, meine Mutter würde sie für Erfolge halten. Ich werde nicht vergessen, wer ich bin, ich werde ihr die Kette in den Schoß legen und mich an all das erinnern, was ich ihr erzählen muss, so mein Plan. Dass meine Mutter tot war, störte diese Phantasie nicht. Es machte sie vielleicht erst möglich, denn zu ihren Lebzeiten hatte ich ihr Urteil immer gefürchtet. Wenn ich an den Tod meiner Mutter dachte, war es, als hätte man mir den Brustkorb geöffnet und ihn ausgelöffelt. Die größte Trauer empfand ich darüber, mich ihr nicht mehr zeigen zu können, wenn ich eine Tolle, eine andere geworden wäre. Ich versteckte die Kette aus Erinnerungen in meinem Koffer. Sie gab dieser Aneinanderreihung von Tagen, die mein Leben war, einen Sinn, und mir eine Ahnung von Zukunft.

Er schickte mich manchmal zur »Gartenarbeit«. Ich sollte mich durch fremde Beete wühlen, irgendwo in der Nachbarschaft des Motels, in dem wir gerade wohnten, denn es machte ihm Freude zu sehen, wie meine ungewaschene Hand mit der schwarzen Erde unter den Fingernägeln seinen Schwanz wichste. Ich tat das recht gern, denn dann blieben mir andere, schmerzhaftere Prozeduren erspart. Überhaupt entwickelte ich in kürzester Zeit Techniken, seine Ejakulation zu beschleunigen, um die Zeit des Geschlechtsverkehrs für mich zu verkürzen.

»Ich gehe spazieren!«, schrie ich, knallte die Zimmertür zu, um seine Antwort nicht hören zu müssen, und trieb mich in den nächsten Stunden auf verschiedenen Stockwerken des hässlichen Motels herum, in dem wir gerade Station machten. Es gab immer Zeit totzuschlagen. Ich träumte mich in eine geheime Mission hinein und verbarg mich in Ecken oder hinter Gardinen, wenn ich Schritte hörte. Einfach, weil es mir Spaß machte. Dann entdeckte ich eine angelehnte Zimmertür. Zunächst spähte ich durch den Spalt, um sicherzugehen, dass tatsächlich niemand dort war, dann trat ich ein. Das Zimmer war belegt, aber leer. Es ist seltsam, sich in einem fremden

Hotelzimmer aufzuhalten, das ganz und gar ausgefüllt ist von jemandem, ohne tatsächlich sein Zuhause zu sein. Dieses unabgeschlossene Zimmer war identisch mit unserem im oberen Stockwerk: Doppelbett unter einem schlichten, braunen Holzkreuz, Schrank, kleines Badezimmer mit Dusche. Und doch war dieses Zimmer eine ganz andere Welt, mit dem unbestimmten Geruch von getragener Wäsche und Rasierwasser. Wie sehen wohl die Hände aus, die diese Gegenstände berühren, fragte ich mich, während ich den Rasierpinsel und die Zahnbürste untersuchte. Ich erwog, mich auf die Lauer zu legen, bis ihr Besitzer zurückkehrte, um ihn mir einmal anzusehen. Zunächst aber betastete ich das weiße Laken. Auf Rückenhöhe war es feucht. Offensichtlich hatte er stark geschwitzt in der Nacht. Vielleicht hatte er Albträume gehabt, oder Sex. Ich beschnupperte beide Kopfkissen, konnte aber nur einen einzigen Geruch feststellen, weswegen ich auf Albträume schloss. Ich fragte mich, wie es wäre, in diesem Bett neben ihm zu schlafen. Ich fragte mich, ob sein Schwanz ähnlich beschaffen wäre, wie der von Humbert Humbert; grau mit einem roten Köpfchen, wenn man die Haut ganz nach hinten zieht, was er mag, sagt er. Aus belauschten Telefongesprächen meiner Mutter wusste ich, dass es Schwänze in verschiedensten Ausführungen gibt. Der, der hier wohnt, ist kleiner und irgendwie angenehmer, vielleicht, dachte ich. Hier in diesem Zimmer mit ihm, das wusste ich sicher, wäre ich eine andere.

Das ist mir bis heute geblieben. Wenn ich einem Mann begegne, frage ich mich immer: Welche Andere wäre ich,

119

wenn ich mit ihm leben würde? Vielleicht wäre ich eine Interessantere oder Glücklichere.

Einbauschrank aus Holz, genau wie drüben bei uns. Ich stieg hinein zu den drei Hemden, die nach Waschmittel rochen. Ich zog die Tür zu und genoss für einen Moment die Dunkelheit. Meine Augen aber gewöhnten sich viel zu schnell daran und das angenehme Schwarz verwandelte sich in graue Schemen von Kleidungsstücken und Schuhen. Auch fielen durch die Ritzen und Risse im Holz schmale Streifen von Licht zu mir herein, die mir unerträglich hell erschienen. Ich hörte nichts als meinen Atem – das Motel war beinahe unbewohnt. Ich versuchte mit aller Kraft, allein zu sein. Aber ich war immer mit mir.

Ich versuchte herauszufinden, was ich mir wünschte, aber mir fiel immer nur ein, was ich mir wünschen sollte. Was wünscht sich, fragte ich mich, dieses Mädchen, die gestern mit ihren Eltern eingetroffen ist? Was wünscht sie sich am meisten? Und ich erinnerte mich genau an ihre langen Finger, mit denen sie sich die entflohenen Haarsträhnen zurück in den unordentlichen Zopf gestopft hatte, bevor sie mich anlächelte. Ein schiefes Lächeln, eines, hinter dessen Fassade man prüft, ob die andere eine gute Spielkameradin sein könnte. Ich lächle nicht so.

»Ob mein Daddy mir erlaubt«, wollte sie wissen, »dass wir spielen gehen? Mir ist so öde.« Seltsame Ausdrucksweise! »Wir haben den ganzen Tag im Auto gesessen. Die Alten reden nie. Gibt es hier einen Pool?« Ich nickte. Die Vorfreude auf das Bad elektrisierte sie. Sie machte einen kleinen Hüpfer: »Fine. Großartig. Kommst du mit? Darfst du? Wie lange kannst du unter Wasser die Luft anhalten? Ich bin gut darin, wirklich!« Schwimmbrille. Vielleicht wünscht dieses Mädchen sich eine Schwimmbrille. Warum? Weil ihr Daddy ein so guter Taucher ist? Weil sie den Wettbewerb im Luftanhalten gewinnen wollte, der uns bevorstand?

Warum will man gewinnen? Warum sollte man überhaupt etwas wollen? Ist nicht auch das »Wollen«, das so sehr von innen zu kommen scheint, eigentlich im Außen angesiedelt? Ist es nicht so, dass ich einen Spiegel in meinem Kopf habe, in dem zeigt sich das ganze Außen, bloß eben spiegelverkehrt? Das Außen mit dem ganzen Wollen und Müssen und Sollen und dann werde ich gefragt: Möchtest du Spiegel- oder Rührei? Und ich behaupte »Rührei«, aber damit beschreibe ich nur das Außenbild, das mir in den Kopf geworfen wurde, und nicht ein Innen, auch kein Wollen. Warum finde ich nicht heraus, was hinter diesem Spiegel steckt? Selbst wenn kein Auge mich sieht, werde ich beobachtet. Die Spiegelmenschen in meinem Kopf sagen mir zuverlässig, was ich zu wünschen habe.

Nympholeptiker. Er nannte es »sein Leiden«. Ich allein hätte es heraufbeschworen und nur von einer Nymphette wie mir könne es geheilt werden. Und auch das nur vorübergehend. Er schwenkte unglücklich den Kopf. *Deine Anwesenheit, ach selbst mein Wissen über deine Existenz auf dieser Erde sind eine Qual für mich, mein Täubchen«*, erklärte er, *»und wärst du auch am anderen Ende der Welt.«* Und da ich ihn, wie ich ihm immer wieder versichern musste, ja liebte, sei es meine Aufgabe, seine Schmerzen zu lindern. Als Nympholeptiker sei er mir ausgeliefert. In einer Weise, die sich ein *widerwärtig konventionelles, kleines Mädchen* wie ich gar nicht vorstellen könne. Ich schämte mich. Ich hatte nur eine vage Ahnung von seinen Schmerzen, die Nymphe erschien mir als eine in seinem Körper befindliche Flüssigkeit, die ich zur Entzündung brachte und die, um ihm ein wenig Linderung zu verschaffen, nur einen Ausgang nehmen konnte, nämlich den durch das traurige immer geöffnete Auge seinen Schwanzes.

»Wenn ich dich nur dreimal am Tag an mich drücken kann, bin ich ein glücklicher Mann.«

Er drohte mir oft mit Miss Phalen. Wenn ich etwas forderte oder ihm sagte, dass ich keine Lust mehr hätte, mit ihm Sex zu haben, wendete er den Wagen und teilte mir mit, dass wir uns nun auf den Weg zu Miss Phalen machen würden, weil ich leider ein dummes Kind sei, das sich nicht benehmen könne. Überhaupt redete er in einer Tour auf mich ein: Er sei *der Märchenvater*, der seine *Märchentochter* beschütze vor der Welt und vor der Polizei und davor, was einem Mädchen, allein in der Fremde, zustoßen könne. Davor hatte mich auch meine Mutter immer gewarnt. Wenn ich im Dunkeln allein unterwegs gewesen war, hatte sie mich immer gezwungen, all meine Haare unter einer Mütze zu verstecken und Hosen zu tragen, damit ich einem potenziellen Vergewaltiger nicht auffallen würde. »Wer sind diese bösen Männer und wie kann man sie erkennen, Mum?«, hatte ich sie angstvoll gefragt. Während sie überlegte, bohrte sie den Absatz ihres rechten Schuhs in den Rasen. »Sie sehen aus wie jeder«, und nach kurzem Zögern, »sie sind jeder.« Und sie zeigte mir jeden Zeitungsartikel, den sie in ihren Klatschmagazinen fand, in dem beschrieben wurde, was böse Vergewaltiger, die hinter dunklen Häuserecken lauern, unvorsichtigen Frauen antun. Dass ich mich vor allem vor den Männern in Acht nehmen musste, die zu meiner Familie gehörten, das hatte sie mir nicht gesagt.

Der Sommer war zu Ende gegangen. Das Schuljahr hatte ohne mich begonnen. Er zeigte mir ein dickes Buch, in dem eine ganze Menge an psychologischem Wissen stand. Er markierte Seiten, die ich lesen sollte. »Wenn du schon nicht zur Schule gehst, dann solltest du wenigstens etwas lernen«, bestimmte er, und: »Ich werde dich später abfragen, mein Kleines.« Ich hasste sein schlaues Gerede! Er gab sich immer zum Kotzen gebildet und zitierte irgendwelche Bücher oder Theaterstücke. Mir kam davon das Mittagessen hoch. Blasiertes Gerede, auswendig gelerntes Zeug. »Ich gehe zum Pool«, sagte ich und klemmte sein dickes Buch unter den Arm. Ich steckte die Füße ins Wasser und las:

Das normale Mädchen gibt sich gewöhnlich größte Mühe, ihrem Vater zu gefallen. Es empfindet ihn als Vorläufer des ersehnten und doch ungreifbaren Mannes. Die kluge Mutter wird die Beziehung zwischen Vater und Tochter unterstützen, da sie begreift, dass das Mädchen sich sein Liebes- und Männerideal aus der Bindung an ihren Vater bildet.

Das normale Mädchen.

Das normale Mädchen.

Ich saß am Pool und es tat mir weh, dass ich mich vom normalen Mädchen so unterschied, dass ich mich immer ganz anders fühlte, als ein normales Mädchen sich fühlt. Und ich fürchtete, enttarnt zu werden in meiner Nichtkonformität, denn Humbert Humbert sagte mir – und die Welt meiner Zeitschriften und des Kinos bestätigten es –, dass die normalen Menschen jene, die anders sind, nicht aushalten. Weil jeder Mensch sich unbehaglich fühlt, wenn da ein Gegenüber die Normalität, auf die sich alle einigen können, infrage stellt.

»*Deine Pfirsichspalte*«, nannte er meine Arschritze und ich musste das Röckchen, unter dem ich keine Unterhose tragen durfte, in die Spalte schieben, vor ihm auf und ab gehen und dann den Rock wieder richten, indem ich ihn wie nebenbei mit Daumen und Zeigefinger aus der Spalte zerrte. Je schlechter meine Laune dabei wurde, desto mehr erregte es ihn.

In dem dicken Psychologie-Buch standen auch viele positive Beispiele von Vätern, die Sex mit ihren Töchtern haben.

»*Ich bin dein Vater, und ich rede wie ein Mensch, und ich liebe dich.*«

»*Einfacher gesagt, wenn wir beide ertappt werden, wirst du analysiert und eingelocht, mein Kätzchen. Du wirst, meine Lolita wird mit neununddreißig anderen (komm her, meine braune Blume), mit neununddreißig anderen dummen Dingern unter der Aufsicht schrecklicher Hexen in einem dreckigen Schlafsaal hausen (nein erlaube, bitte). So ist die Lage, du kannst wählen.*«

Letzteres sagte er, als ich erschrocken sein Handgelenk ergriffen und seine Finger aus meinem Anus gezogen hatte.

»So clever bist du nicht«, sagte er und streichelte mein Ohr, »*du ähnelst deiner Mutter sehr. Eine gewisse Aufgewecktheit und Schlagfertigkeit verdecken einen mangelnden IQ und eine ordinäre Seele.*«

Tatsächlich habe ich in den folgenden Jahren meines Lebens, bis heute, unbewusst, aber mit ganzer Kraft daran gearbeitet, die zu werden, die er da beschrieb.

Je mehr ich in den schwarzen Kalender schreibe, je näher ich seinen unentzifferbaren Krakeln komme, desto schlimmer wird es: Erinnerungsmaterial wird angeschwemmt. Es taucht auf aus den Untiefen, tanzt auf den Wellen und will gesehen werden. Ich kann das ganze Plastik nicht zurückwerfen ins Meer, damit es absinkt und vergessen wird: Ich habe gehört, das Zeug wird nicht abgebaut.

Er hatte mir Geld gegeben und mich zum Kiosk um die Ecke geschickt, ich sollte ihm eine Zeitung und mir meine Comics kaufen. Das Geld in der rechten Faust, machte ich lange schnelle Schritte die Straße herunter. Es hatte die Nacht über geregnet. Es war ein schöner Morgen. Die Bäume, die Grünflächen, die Bewohner der Stadt, deren Namen ich vergessen habe, ja sogar der Asphalt schienen aufzuatmen, atmeten die staubige Hitze der letzten Tage aus und die frische, feuchte Morgenluft ein.

Ich wünschte mir, auf der dichten Rasendecke in einem der Vorgärten zu liegen. Sie waren ebenso bis zur

Ununterscheidbarkeit gepflegt wie die Häuser selbst und wahrscheinlich auch ihre Bewohnerinnen und Bewohner. Aufgemotzte Leute, die eine Aufgabe haben, die sich nicht überlegen müssen, was sie tun, weil sie stets wissen, was zu tun ist. Ich war mit ebenso heftiger Leidenschaft neidisch auf die Kinder dieser Leute, wie ich sie verachtete. So möchte ich nicht sein, dann bin ich lieber anders eingesperrt, redete ich mir ein, denn eingesperrt sind wir sowieso. Alle immer. Alle immer sowieso. Ich fühlte mich an diesem Morgen ungeheuer klar und sehr erwachsen.

Der Kiosk kam in Sicht. Auf dem Gartentor des vorletzten Hauses in dieser Straße saß ein Junge in meinem Alter, mit rundem Rücken, die Füße ins Gitter geflochten, um die Balance zu halten. Er sieht wie ein Kind aus, dachte ich verächtlich. Nahm den Kiosk in den Fokus und erhöhte mein Tempo. Als ich an ihm vorbeiging, sauste plötzlich blitzendes Metall durch die Luft. Ich stolperte, fing mich kurz vor dem Fallen ab und machte einen Satz zurück. Mit einer Mischung aus Stolz und Abschätzigkeit entblößte der Junge beim Grinsen eine Reihe von weißen Wohlstandszähnen, während er die Klinge eines Springmessers auf mich richtete, das in der Sonne blitzte. »Spinnst du?«, rief ich und der unüberhörbare Schrecken in meiner Stimme ärgerte mich. »Neeee«, sagte er gedehnt, »wieso?« Ich warf den Kopf zur Seite und setzte meinen Weg fort. Er sprang vom Gartentor und baute sich in der Gehsteigmitte vor mir auf. Ich musterte ihn. Weich an allen Stellen seines Körpers, pausbäckig, schwabbelige Hände, dünne weiße Arme und Beine. Er war ungefähr einen Kopf größer als ich. Das Messer hielt er so in der Hand, dass die Klinge zu Boden zeigte.

»Hast du das von deinem Papi geklaut?«, provozierte ich. »Haha«, sagte er und hob das Messer in meine Richtung. »Ist meins!«, setzte er hinzu. Mir war klar, dass er log. Das Messer hatte eine ziemlich große, scharf aussehende Klinge. Ich starrte auf seine Nasenwurzel, weil ich gehört hatte, dass das Menschen irritiert. Ich schwieg. Es klappte. Er zappelte, versuchte, meinem Blick zu begegnen, blinzelte. »Du kannst hier nicht durch«, sagte er. Ich schwieg weiterhin, führte den Kampf nur mit den Augen. Er sah weg. Für den Bruchteil einer Sekunde hatte er den Kopf gesenkt. Ich sah, dass er sich ärgerte. Am Rande meines Sichtfeldes nahm ich wahr, dass das Messer weiterhin auf meine Brust zeigte. »Du kannst hier nicht durch«, wiederholte er und wartete auf meine Antwort. Ich ging langsam auf ihn zu. »Bleib stehen!«, rief er. »Sonst stech ich dich ab«, wich aber selbst ein wenig zurück. Ich bewegte mich weiter auf ihn zu, in gleichmäßiger Geschwindigkeit. Er hielt die Stellung, das Messer am ausgestreckten Arm zielte jetzt auf meine Körpermitte. Ich schob mich langsam vorwärts. Ich spürte, wie die harte Spitze des Messers mühelos durch mein Shirt glitt und in meine Haut eindrang. Ich atmete aus. Ich spürte keinen Schmerz, nur Hitze.

Der Junge schrie, starrte auf das Messer in seiner Hand, ließ es zu Boden fallen, rannte zur Gartenpforte, brüllte im Fortlaufen: »Du bist ja total gaga« – und war verschwunden. Das Messer lag vor mir auf dem Bürgersteig. Dort, wo es meine Haut verletzt hatte, war ein kleiner roter Fleck auf dem Shirt. Ich hob das Messer auf, ließ die Klinge einschnappen. Was für ein schöner Mechanismus. Das kräftige, metallene Klacken und der Ruck in der Hand, wenn man es wieder aufspringen ließ. Ich steckte das eingeklappte Messer in die Tasche und ging in den Kiosk. Ich kaufte eine Zeitung für ihn und drei Comics für mich, weil Humbert mir genug Geld gegeben hatte.

Auf dem Rückweg drückte sich der Junge am Gartentor herum, schon von Weitem war klar, dass er mich ansprechen würde. Er kämpfte noch mit sich. Klar, dachte ich, denn er würde zugeben müssen, dass er das Messer seinem Vater geklaut hatte. »Gib mir mein Messer, bitte«, sagte er. Ich ignorierte ihn und setzte meinen Weg fort. Es hat Vorteile, dachte ich bei mir, auf der Flucht zu sein, man kann sich an jedem Ort danebenbenehmen und muss nie mit Konsequenzen rechnen. »Hey, bitte!«, nörgelte er. »Hey!« Weil ich nicht reagierte und schon fast vorbeigegangen war, packte er mich am Oberarm. Ich drehte mich zu ihm und ließ blitzschnell meinen Kopf auf seine Nase krachen. Wir hörten ein hässlich knirschendes Geräusch. Er brüllte. Laut. Sehr laut. Jaulte auf. Blut schoss aus seiner Nase. Ich rannte los. Bei Humbert Humbert angekommen, teilte ich ihm mit, dass wir unsere Zeitungen bedauerlicherweise zu einem anderen Zeitpunkt in einer anderen Stadt lesen und dringend abreisen müssten. Er schüttelte unwillig den Kopf, aber wenig später waren wir auf der Landstraße.

Das Messer beulte die Tasche meiner Shorts aus. Er musste auf die Straße achten und würde es wahrscheinlich nicht bemerken. Wenn ich in den folgenden Tagen kurz ungestört war, sah ich mir die Klinge immer wieder an, prägte mir ihre Beschaffenheit genau ein. Wäre ich eine gute Zeichnerin, ich könnte sie noch heute aus dem Gedächtnis aufmalen. Ich stellte mir vor, wie ich die Klinge in Humberts Haut stieß. Das war eine gute Vorstellung für mich. Es war im Grunde das einzige Entkommen, das ich mir vorstellen konnte: Entweder er geht drauf oder ich. Während er auf mir lag, plante ich präzise seinen Untergang, auch die Schritte, die zu unternehmen wären, nachdem er auf dem grauen Teppichboden des Motelzimmers ausgeblutet wäre. Als mir klar wurde, dass ich nicht den Mut haben würde, ihn abzustechen, verfolgte mich diese Phantasie mit noch größerer Vehemenz. Das Messer gab mir ein Gefühl von Wehrhaftigkeit. Es fühlte sich gut an in meiner Hand.

Ich saß am Beckenrand. Das Wasser im Pool war sehr blau. Die Fliesen ließen das Wasser so verlockend und gesund aussehen, dass ich sofort hineinspringen wollte. Dieses Blau versprach die ultimative Erfrischung. Doch schöpfte ich das Wasser mit dem Glas, in dem vorher der Fruchtsaft gewesen war, aus dem Pool, verlor es seine Farbe.

Ich zog die Beine durch das Wasser und beobachtete die kleinen Wirbel, die ich verursachte. Die Sonne brannte auf mich herab und ich musste mir Schweiß von der Oberlippe wischen. Ich war allein. Niemand sonst wollte den Pool im Hinterhof des kleinen Motels benutzen. Ich schüttete das Poolwasser aus dem Glas über meinen Oberschenkel und beobachtete, wie die Tropfen auf der Haut zitterten, schrumpften und restlos von der

Sonne aufgesogen wurden, die hoch am Himmel stand. Ich hatte Zeit. Ewig Zeit. Die Welt wusste nichts mit mir anzufangen.

Früher hatte ich es nicht erwarten können, erwachsen zu werden. Endlich dieses unzulängliche Kind loszuwerden, das zu sein ich verdammt war. Ich hatte die Hoffnung, meine Mutter würde mich endlich leiden können, wenn ich ebenfalls erwachsen war, wie sie.

Damals glaubte ich noch, die kleine Lo würde irgendwann verschwinden. Jetzt falle ich langsam zurück in das Mädchen, das ich war. Mein Fleisch mischt sich mit ihrem Fleisch, meine Knochen zerschellen an ihrem versteinerten Skelett. Oder ist es vielmehr so, dass ich mich um sie herum gebildet habe? Innen hockt der kleine Lolita-Homunkulus und will sich nicht verwandeln, steckt fest in der Zeit, macht Rabatz, trommelt mit winzigen Fäusten von innen gegen meine Rippen und bohrt den absurd rot lackierten Nagel des Zeigefingers in meine Leber, die vergiftete.

Damals starrte ich meine Kinderhände an und versuchte mir vorzustellen, wie sie einmal aussehen würden. Vielleicht würden sie den Händen meiner Mutter ähneln, hoffte ich. Ich fixierte meine Handrücken, die feucht waren vom nicht-blauen Poolwasser, sah die abgenagten Nägel mit dem abgeblätterten roten Lack an den kurzen, nicht eleganten Fingern, versuchte sie in der Phantasie zu verwandeln. Ich bin gut mit Phantasie. Aber schlecht im Erinnern: Ich wusste gar nicht mehr, wie die Hände meiner Mutter ausgesehen hatten. Der Körper meiner Mutter, den ich einmal so gut gekannt hatte, war mir abhandengekommen. Da packte mich eine heftige Wut. Ich schrie und strampelte so fest mit den Beinen, dass es spritzte. Ich hörte nicht damit auf. Dann kam der Rezeptionist, hob die Hände wie ein Dompteur in der Manege und brüllte mich an, ich solle das lassen. Mein Herz raste. Ich saß vornübergebeugt und sabberte kleine weiße Spuckebläschen ins Wasser. Und da wurde mir klar, dass ich nicht erst um meine Mutter trauerte, seit sie verschwunden war, sondern schon immer. Ich hatte sie immerzu vermisst. Ihr tatsächliches Verschwinden schien nur folgerichtig. Es war die Erfüllung meines schlimmsten Albtraums, den ich nun nicht mehr würde träumen müssen. Jetzt war ich so allein, wie ich mich immer gefühlt hatte. Vor allem hatte ich niemanden, der über mich entschied. Dankenswerterweise nahm Humbert Humbert den Platz des Entscheiders ein, wie hätte ich – ein Körper, der nie frei gewesen war, der immer einen Besitzer gehabt hatte – sonst weiterleben sollen? Mein Magen brannte. Das kannte ich schon. Nach dem Verschwinden meiner Mutter hatte ich Zucker in allen Farbkombinationen und Konsistenzen in rauen Mengen und ausgiebig getestet. Das machte mir schon lange keinen Spaß mehr. Was auch immer ich aß, seit dem Verschwinden meiner Mutter war es, als hätte jemand einen Brand in meinem Magen gelegt. Er quälte mich den ganzen Tag. Er raubte mir den Schlaf. Ich bekam Herzrasen bei dem Gedanken, dass er nie wieder erlöschen würde. Ich trank sehr viel Cola, dann Wasser, dann Milch, aber die Flammen ließen sich nicht ertränken. Ich versuchte sehr viel zu essen und ließ das Essen dann ganz bleiben. Ich drückte mir fest in den Magen, manchmal schlug ich hinein.

Nichts half, nichts brachte Erlösung. Es war, als säße mir meine Mutter im Magen.

Während ich tief geschlafen hatte, in der Mitte der schwärzesten Nacht, als ich mit meinen Träumen beschäftigt gewesen war, hatte sie sich an meinen Schneidezähnen festgehalten, sich hineingeschwungen in meinen Mundraum, sich auf meine Zunge fallen lassen. Da war sie weich gelandet. Dann war sie losgekrochen. Hatte sich geärgert, dass ich lag, dass sie eine Rutschpartie versäumte, und mich ins Zäpfchen gekniffen, was da irgendwo herumhängt, soviel ich weiß. Daraufhin war ich erwacht, hatte mich geräuspert, was meine Mutter mächtig durchgeschüttelt hatte, aber sie war zäh und klammerte sich an einem meiner Zähne fest. Verschlafen, zwischen Traum und Wachen, richtete ich mich im Bett auf und trank einen Schluck Wasser. Darauf hatte sie gewartet. Verflucht die Mütter, die die Gewohnheiten ihrer Töchter kennen. Abwärts ging es für sie, wie auf einer Wasserrutsche. Und da saß sie jetzt in meinem Magen und entzündete ein Feuer nach dem anderen.

Schwungvoll, durch einen gezielten Fußtritt, öffnete ich die Tür zu unserem Hotelzimmer. Ich hatte noch immer heftige Magenschmerzen, die mich zusätzlich aufstachelten. Ich hatte den nassen Badeanzug in der Hand und es hatte mir Spaß gemacht, ihn auf meinem Weg den langen, geraden Flur entlang im Kreis zu schleudern, sodass ich hören konnte, wie die Tropfen an die gräuliche Tapete regneten. Ich war aufgekratzt. Ich war auf eine fröhliche Art wütend. »Hey, Hummi!«, brüllte ich schrill und schoss den nassen Badeanzug in seine Richtung ab wie ein Gummiband.

Er saß auf dem einzigen Stuhl am Fenster und schaute hinaus. Die Kleidungsstücke, die ich auf dem Stuhl verteilt hatte, lagen jetzt zusammengelegt auf dem Bett. Die Art, wie er sie zu einem gut geordneten Vorwurf zusammengelegt hatte, machte mich rasend. Durch das plötzliche Aufstoßen der Tür musste er einen Schreck bekommen haben, aber er wandte sich nicht um. »Ey! Hummi!«, schrie ich und hob den nassen Badeanzug auf, um ihn nochmals abzuschießen, da er beim ersten Mal sein Ziel verfehlt hatte. Diesmal traf ich seinen Nacken und lachte laut auf, lauerte wie ein Tier auf seine Reaktion. Doch seine haarige Hand klaubte lediglich den nassen Stoff von seiner Schulter und legte ihn auf das Fensterbrett. Ich hatte meine Waffe verloren und fühlte mich missachtet. »Was ist, alter Mann«, provozierte ich, machte einen Hechtsprung auf das Bett und benutzte es als Trampolin. Das Bett ächzte und quietschte. »Ey! Bist du eingeschlafen oder schon tot?« Ich nahm ein gefaltetes Kleidungsstück nach dem anderen vom Stapel und warf sie an ihm vorbei durch das geöffnete Fenster. Die Kleidungsstücke segelten durch die Luft und landeten auf dem Parkplatz vor unserem Fenster. Unbeweglich wie eine Puppe blieb er sitzen. »Was ist?«, kreischte ich, so laut, dass es jeder auf dem Parkplatz hören konnte: »Soll ich die Polizei anrufen und ihnen sagen, dass du ihn mir ...« Da hatte ich schon eine Hand auf meinem Mund, die andere um meinen Hals. Sie war so groß, dass sie ihn in Gänze umfassen konnte, und er drückte zu. Vor Schreck stieß ich einen spitzen Schrei aus, der sich in seiner Handfläche verlor. Mit einem Gesicht wie aus Blech beugte er sich über mich. Obwohl sein Körper so schnell reagiert hatte, schien sein Geist nicht anwesend. Ich konnte ihn hinter seinen Augen nicht erkennen. Ich kämpfte, aber ich war chancenlos und auf seine Gnade angewiesen. Wir starrten uns an. Zwei Feinde. Plötzlich bekam sein Mund einen mitleidheischenden Zug, dann fing er an zu jammern. Ließ mich los und sich selbst fallen. Ich war baff. Dort, wo er mich gewürgt hatte, pochte es noch unter meiner Haut, und jetzt lag er auf dem Bett wie ein Sack mit Kleidung. Er hatte oft über körperliche Schmerzen geklagt. Immerzu redete er von seinen empfindsamen Fingerspitzen. Überhaupt war er, der seinen Schwanz jeden Tag in verschiedene, viel zu kleine Öffnungen meines Kinderkörpers einführte, ein sehr empfindsamer Mensch. Nicht nur seine Fingerspitzen waren unendlich zart, auch seine Haut bedurfte intensiver Pflege. Schweres zu heben, bescherte ihm tagelang Rückenschmerzen und zu große Hitze Kopfschmerzen. Die waren nur zu ertragen, wenn ich ihm ein nach Eukalyptus riechendes Mittelchen mit je zwei Fingern auf die Schläfen rieb. Ja, er war ein sehr sensibler Mann. Aber das war das erste Mal, dass er jaulte wie ein Hund, weinerlich war wie ein Baby, ein riesiges, ein hassenswertes. Er versank in einem grauen Nebel, den er selbst produzierte. Ich verabscheute ihn in seiner Traurigkeit, aber es blieb mir nichts anderes übrig, als ihn zu trösten. Ich hielt seinen Kopf in meinem Schoß und tupfte stinkenden, kalten Schweiß von seiner Stirn. Ich kaufte ihm Essen, das er nach einem Bissen seufzend und kopfschüttelnd vor Bedauern von sich schob und nicht mehr anrührte. »Fahren wir weiter?«, bat ich ihn am darauffolgenden Morgen. »Ich kann nicht«, wisperte er und bettete den Kopf mit den ungewaschenen Haaren zurück auf das Kopfkissen. Ausgestattet mit seiner Kreditkarte, versuchte ich all die Dinge zu unternehmen, die er mir sonst untersagte, aber es gelang mir nicht, er war wie eine Eisenkugel an meinem Bein. Ich saß im Bett und beobachtete ihn. Ich prägte mir jede Falte ein, die sich auf seinem Gesicht fand, und hasste sie leidenschaftlich. Dachte an mein Messer, wünschte ihm den Tod, aber wenn er die Augen aufschlug, lächelte ich und fragte nach seinem Befinden. Sein Zustand blieb unverändert, tagelang.

Einmal versuchte ich abzuhauen. Ich ließ all meine Sachen zurück, um kein Aufsehen zu erregen, und hatte nur seine Kreditkarte und das bisschen Bargeld bei mir, das ich im Zimmer hatte finden können. Ich kam nicht weit. Ich wurde so unsicher, dass ich nicht weitergehen konnte, und ich paddelte zurück zu dieser trüben Insel unseres traurigen Lebens.

Eines Tages blutete ich ziemlich heftig am Hinterkopf. Ich weiß nicht mehr genau, was passiert ist. Mir war so schwindlig, dass sich das Badezimmer vor meinen Augen drehte und ich stürzte. Humbert Humbert hob mich auf, untersuchte und verarztete mich, wusch mich, wusch sich selbst, dann bettete er vorsichtig meinen bandagierten Kopf auf das Kissen, fickte mich, aber ohne eine Aktivität von mir zu verlangen, dann schliefen wir ein und am nächsten Morgen ließen wir das Hotel und die Kleinstadt – nicht ohne ein kräftiges

Frühstück – für immer hinter uns. Meine Verletzung hatte dafür gesorgt, dass sich sein Nebel verzog.

»Du bist der kleine Onkel Doktor, der mich von all meinen Schmerzen heilen sollte«, sagte er immer wieder. Mit Heilung meinte er Geschlechtsverkehr.

Weil ich in meinem Leben nichts anderes zu tun hatte, als Humbert Humbert zu ertragen und Touristenattraktionen in Kleinstädten auszuprobieren, war ich immer bestens informiert über örtliche Sehenswürdigkeiten. Weltgrößter Stalagmit in einer Höhle – ich aktivierte meinen Bettelmodus und kurze Zeit später standen wir in der Schlange vor dem Kassenhäuschen. Ein Schild mit der Aufschrift »Erwachsene einen Dollar, Kinder vor der Pubertät sechzig Cent« beschäftigte mich sehr. Wir standen ziemlich lange an und so hatte ich Zeit zum Grübeln. Was war der Unterschied zwischen Kind und Erwachsenem? War es ein körperlicher? Bin ich eine Frau, sobald ich meine Monatsblutung bekomme? Aber war ich nicht schon jetzt weniger Kind als alle schon menstruierenden Mädchen, die mit uns in der Schlange standen? Ich fürchtete mich sehr vor der Pubertät, die Humbert Humbert mir als Schreckensszenario ausgemalt hatte.

»Schau sie dir an«, höhnte er und zeigte auf eine beliebige Frau, die vor uns ein Kind oder etwas anderes durch ihren Alltag schleppte. *»Schau dir an, wie sich alles an ihr zu Boden senkt. Breit, weich und unerträglich ordinär [...] Denk dir, wie man unter ihrem Gesäß verschwindet, wenn sie sich auf dir niederlässt, denkt dir, wie sie riechen muss.«*

Ich zog den Spiegel zurate: Voller Unbehagen betrachtete ich jeden Winkel meines Körpers. Die wenigen Haare, die ich in meiner Armbeuge oder oberhalb meiner Vulva fand, riss ich umgehend aus. Noch heute empfinde ich Körperbehaarung als unhygienisch und jedes Gramm Fett an meinem Hintern als Zumutung für mein Gegenüber.

Frauwerden hieß, alles zu verlieren, was mich ausmachte. Humbert Humbert hatte es mir mit Tränen in den Augen prophezeit: Es würde eine Zeit kommen, und sie würde unweigerlich kommen, da ich jeglichen Reiz verlöre. An meinem vierzehnten Geburtstag gäbe es keinen Grund zur Freude und folglich auch keinen für eine Feierei. Ich wäre wie eine Blume, für die der Herbst kommt. Oft bat er mich, ihm meinen Brustkorb zu zeigen, und er betrachtete melancholisch meine Nippel, die sich, seit ich zwölf geworden war, gelegentlich aufblähten und schmerzten. Er malte uns einen Garten aus, einen Zaubergarten, in dem ich bis zum Ende aller Tage zu seinen Füßen mit meinen Murmeln spielen würde. Dabei ging sein Atem rasch und in seine Augen stieg selbstmitleidiges Wasser. »Natürlich ist eine unmögliche Liebe immer die heftigste und sie ist ewig«, romantisierte er bitter. Weibliche Wesen, seufzte er, seien nur in den Jahren zwischen neun und zwölf von Reiz und liebenswert bis zur Besinnungslosigkeit, und auch nur manche von ihnen, danach müssten Weibchen eine lange Phase des Verblassens auf sich nehmen, ein Verschwinden aus der Welt, bis dann endlich ihr Tod einträte. Ich fürchtete mich, klammerte mich an mein Mädchenglück und hätte alles getan, um meine Pubertät zu verhindern.

Auch meine Mutter hatte sich ihres Alters geschämt und es zu verbergen versucht. Ich hatte sie jeden Morgen bei all den präzisen Handgriffen beobachtet, die die echte Charlotte Haze unsichtbar machten, damit sie für die Welt sichtbar bleiben konnte. »Ich tue das für mich«, hatte sie mir eingeschärft, »für mich allein!« Und klebte sich Wimpern auf, die ihre Augen zum Tränen brachten. Natürlich kämpfte sie für sich allein, dachte ich, auf der Toilettenschüssel sitzend und mit den Beinen schlackernd. Sorglos, weil ich klein und dumm war und nicht wusste, dass auch ich altern würde.

Heute weiß ich, dass Humbert Humbert mich angelogen hat, dass der Übergang von Jugend/Sichtbarkeit/Macht zu Alter/Unsichtbarkeit/Ohnmacht bei Frauen erst jenseits der dreißig eintritt. Und ich versuche mit aller Kraft, das Älterwerden ein bisschen zu genießen. Ich sage mir: Man muss sich nicht mehr messen mit all diesen jungen und sehr jungen Körpern. Man ist ein wenig entlastet – es ist dann der Lauf der Zeit und nicht mehr die mangelnde Disziplin, die der Jugendlichkeit zusetzt. Und doch erfüllt es mich mit Stolz, wenn ich von hinten und manchmal auch von vorn viele Jahre jünger geschätzt werde, wenn man glaubt, ich wäre ein Mädchen. Ich verabscheue mich selbst für diesen Stolz, der ein eindeutiger Ausweis meiner Unfähigkeit ist, Humbert Humbert für immer loszuwerden. Es ist unmöglich, als erwachsene Frau Ende dreißig wie ein kleines Mädchen auszusehen. Ich weiß das. Ich weiß das alles. Ich durchschaue mich, aber mein Gefühl ist ein anderes.

Je weiter wir zum Kassenhäuschen vorrückten, desto mehr reifte mein Entschluss, das Eintrittsgeld einer Erwachsenen zu zahlen. Ich war auch bereit, das von den paar Dollar zu tun, die Humbert Humbert mir in meine Geldbörse gesteckt hatte. Ich legte dem Kassierer einen Schein auf den Tisch, und als er herausgeben wollte, sagte ich: »Ich bin schon erwachsen.« »Bist du sicher, kleine Lady?«, antwortete er zwinkernd. »Stimmt so«, nickte Humbert Humbert. »Nein, es ist, weil ich erwachsen bin«, beharrte ich. Der Kassierer und Humbert Humbert wechselten einen Blick und wir wurden durch die Absperrung gelassen. Ich war wütend. Ich verachtete Kinder meines Alters. Der berühmte Stalagmit machte mir keine Freude! »Erwachsen werden, meine kleine Nymphette, ist nicht erstrebenswert«, belehrte mich Humbert Humbert. »Auch ich bin nur in der *Verkleidung eines Erwachsenen* unterwegs. Verstehst du?« Kotz!

Auf unseren tagelangen Autofahrten erzählte mir Humbert Humbert ständig, wie schön und erhaben die Natur sei, die an unseren Wagenfenstern vorbeizog. Als wäre ich blind. Berge waren bei ihm *bläuliche Schönheiten, bewaldete Enormitäten.* Er liebte es, mir das alles zu beschreiben, obwohl ich es doch sehen konnte, der Trottel, und er tat es in Worten, die ein Schnulzensänger gebrauchen würde. Er fand sich richtig gut dabei. Das alles interessierte mich einen feuchten Kehricht. Ich interessierte mich für Geld, Schmuck, Luxusuhren. Für alles, was man besitzen und sparen kann.

Ich will so viele Dinge von Wert wie möglich. Ich weiß nicht wofür. Es gibt im Grunde nichts Konkretes, was ich mir wünsche, denn ich wünsche mir alles, aber für alles habe ich nie genug Geld.

Irgendwer steht da in meinem Hirn an der Pforte zwischen Bewusstsein und Unterbewusstsein und lässt plötzlich die ganzen beschissenen Erlebnisse rein. Das ist wirklich das schlechteste Einlasspersonal, das man sich vorstellen kann. Es gehört gefeuert.

Oh, doch eine gute Erinnerung. Schnee. Ein wunderschöner See in den Bergen. Mit dem Schwung eines größtmöglichen Anlaufs rutschte ich, die Füße voran, auf einem improvisierten Schlitten, der mal ein Plastikeimer war, die Anhöhen hinab. Wenn ich meinen Körper erschöpfe, so wie ich es früher beim sportlichen Antiaggressionsprogramm getan habe, komme ich leicht in einen tranceähnlichen Zustand, in dem ich mich unbesiegbar fühle. Humbert Humbert stand blöde in der Schneelandschaft herum, während ich alles gab, um beim Rutschen Fahrt aufzunehmen. Dann flog der erste Schneeball. Er traf mich nicht, aber die drei Jungen, die schon schneebewaffnet waren, feixten und johlten. Ich war noch nicht auf den Beinen, da traf mich der zweite Schneeball am Rücken. Ich warf die Handschuhe fort, da die Wärme der Finger für festere Geschosse sorgt. Ich war gut im Werfen. Nicht nur gut für ein Mädchen, ich warf wirklich gut und ich traf und sie schrien. Mit meinen zwei Armen verteidigte ich mich gegen Schneebälle aus sechs Armen, so gut es ging. Irgendwann rannte ich los, hinein in einen Schneeballhagel, auf die Jungen zu. Sie schrien und lachten, dann warf ich mich auf den ersten, der sofort das Gleichgewicht verlor, und rieb sein Gesicht mit Schnee ab, bis es rot leuchtete. Bevor er wütend werden konnte, hatte ich schon den nächsten Gegner zu Fall gebracht. Schwer war es nicht, weil der seinen eingeseiften Kumpel so ausgelacht hatte, dass ihm der Körper schlaff geworden war. Wir bildeten zwei Mannschaften. Wir kämpften uns durch den Schnee, bis Humbert Humbert die Füße eingefroren waren und ich gehen musste. »Wo wohnst du?«, fragte mich einer der Jungen zum Abschied, und ich wusste, er wünschte sich eine Revanche. Ich zuckte mit den Schultern und lief davon. »Wie heißt du?«, brüllte er mir nach. »Dolores«, schrie ich und wusste, dass ich gelogen hatte.

Ich hasste nicht nur Humberts Ausdrucksweise, ich hasste auch seine Besserwisserei. Am schlimmsten war es, als er mir das Tennisspielen beibringen wollte. All meine Lust an Bewegung verflog und ich wurde ein dummes Trampelchen. Sobald er sich in Tenniskluft auf dem Platz warmlief, bekam ich eine Riesenwut. Er tat sehr dynamisch und gab vor, die Kraft quelle ihm aus allen Poren, dabei war es nur Altmännerschweiß, der die Luft um ihn verpestete. Er spielte nicht gut und ich drosch lustlos auf die paar Bälle, die er in meine Richtung schlagen konnte. Zielen war nicht seine Stärke. Er watschelte über den Platz, kritisierte mein Spiel und meinen Mangel an Eifer. Um aus der Schusslinie zu kommen, suchte ich mir eine Mitspielerin nach Humberts Geschmack. Ein hübsches Mädchen, zwei oder drei Jahre jünger als ich, von der ich wusste, dass sie ihm gefallen würde. Wir mochten uns, kicherten über verschlagene Bälle, und er konnte an ihr schnuppern und gelegentlich ihren Arm ergreifen unter dem Vorwand, ihr etwas beizubringen. Als ich an einem Trainingstag aus der Umkleidekabine trödelte, sah ich Humbert und meine Trainingspartnerin auf dem Tenniscourt stehen, sah seine Hand ihren Rücken entlangstreichen auf dem Weg zu ihrem Po. Beim Abendessen nölte ich nach Kräften, dass ich unbedingt weiterfahren wollte. Wir verließen das Sporthotel am nächsten Tag.

»*Wie lange soll das noch so gehen*«, fragte ich Humbert Humbert, »*in stinkigen Bungalows wohnen und schmutzige Sachen zu treiben und uns nie wie normale Menschen zu benehmen?*« Humbert Humbert hatte im Laufe unserer Reise ein seltsames Zucken im Gesicht entwickelt. Einmal hatte ich beim Geschlechtsakt kurz die Augen geöffnet und sein Gesicht gesehen, in dem es lächerlich gewitterte. Ich vermutete, dass es auch ihm nicht gut ging.

Ich hatte ein übergroßes Bedürfnis nach allem »Normalen«. Ich wünschte mir eine Mama und ein Haus mit Garten und Geschwister und Vorhänge und einen riesigen Toaster, in dem am Morgen für die ganze Familie getoastet wird. Alles hätte ich dafür gegeben. Diese Sehnsucht hat mich bis heute nicht verlassen, aber solange mich auch mein tiefes Misstrauen gegen jede Art von familiärer und eheähnlicher Beziehungsstruktur nicht verlässt, wird es wohl ein diffuser Wunsch bleiben. Gedanken an einen Mann, ein Haus mit Garten und an Kinder, für die ich toaste, verbiete ich mir. Für

Kinder ist es besser, nicht die Art von Mutter zu haben, die ich werden würde.

Mit der Zeit merkte ich, dass auch Jungs, die nur wenige Jahre älter waren als ich, auf mich reagierten. Ich fühlte mich mächtig und es machte mir Spaß, sie zu verunsichern. Genau wissend, was für einen Effekt es hatte, wenn ich meinen Hintern kaum merklich vorstreckte, tat ich unbedarft und unschuldig.

Humbert Humbert überwachte mich. Er saß im Schatten am Rande jedes Pools, in dem ich planschte, um zu kontrollieren, mit welchem verpickelten Jungen ich sprach. »Ich habe andere Nymphetten gesehen, aber keine ist so schön wie du«, offenbarte er mir. Meist wollte er nach dem Beobachten sofort Geschlechtsverkehr haben, darum begann ich schweren Herzens, den Poolbereich zu meiden, der vorher ein Zufluchtsort gewesen war.

Ich traf eine Menge cooler Jungs und ich erinnere mich, dass Humbert Humbert mir ein einziges Mal erlaubte, mit auf die Rollschuhbahn zu gehen. Ich liebte Rollschuhfahren. Außerdem schüchterte ich Jungs gern ein, ich war meistens schneller als sie und hatte auch ein paar Tricks drauf, wie zum Beispiel das Fahren auf einem Bein. Ich hatte schon nach dem Frühstück begonnen, Humbert anzubetteln, und als er mich tatsächlich bei der Rollschuhbahn absetzte, war ich überglücklich. Er blieb auf dem Parkplatz davor im Auto sitzen, um mich wenigstens aus der Ferne unter Kontrolle zu haben, weil ich ihm gesagt hatte, dass ich ihn unter keinen Umständen dabei haben wollte. Wie soll man die fleischgewordene Lässigkeit sein, wenn man von einem alten, geilen Erziehungsberechtigten beaufsichtigt wird? Auf der Rollschuhbahn hing ich mit drei Typen ab. Wir fuhren im Kreis und lästerten über jeden, der in unsere Nähe kam. Das war schön und es entschädigte mich für all die Vorwürfe von Humbert Humbert, die ich mir später im Halbdunkel unseres Hotelzimmers anhören musste. Jeder Mann, mit dem ich sprach, machte ihn rasend. »Sie verfolgen mich in meinen Träumen«, sagte er. Lauter Albtraumbilder von verpickelten Lausbuben, die seine kleine Nymphe fickten. Das machte ihn verrückt.

Weil wir nie ein aufrichtiges Gespräch mit anderen Menschen führen konnten, fühlte ich mich sehr einsam. Vater und Tochter zu spielen, war ätzend. Ich sehnte mich nach Freunden, nach Menschen und ihren Geschichten außerhalb meiner Klatschmagazine. Darum bettelte ich Humbert Humbert an, jeden Anhalter mitzunehmen, an dem wir vorbeifuhren. Ich versprach ihm sogar sexuelle Handlungen im Gegenzug, so sehr wünschte ich mir Kontakt zur Außenwelt. Egal wie hässlich, verschroben, seltsam, ungewaschen oder gruselig unsere meist männlichen Mitfahrer waren, er unterstellte mir, mit ihnen zu flirten. Einmal nahmen wir eine Dame mit, deren Auto am Straßenrand liegen geblieben war und die uns verzweifelt winkte. Sie stieg ein und wir erzählten ihr unsere Lügengeschichte: Wir seien Vater und Tochter und unterwegs zu meiner Mutter, um sie nach einer schweren Operation nach Hause zu holen. Ich hatte mich auf die Rückbank gesetzt, sodass ich die Frau auf dem Beifahrersitz von der

Seite sehen konnte. Sie war auf eine unmoderne Art zurechtgemacht, wirkte sehr zugewandt und liebevoll. Es tat mir sogar etwas weh, sie anzulügen. Meine Mutter hätte diese Frau ausgelacht und als alte Jungfer bezeichnet. Die Frau beschirmte immer wieder die Hand mit den Augen und bedankte sich tausendfach für unsere Hilfe. Als sie auf dem Hof der Autowerkstatt ausstieg und sofort fuchtelnd ein Gespräch mit einem Mechaniker begann, sprang ich plötzlich aus dem Wagen. »Lo!«, brüllte Humbert Humbert, der den Wagen schon in Bewegung gesetzt hatte. In wenigen Sätzen stand ich neben der Frau, die sich erstaunt zu mir umdrehte. Ich machte den Mund auf. Und zu. Und auf. Ich war entschlossen, ihr alles zu sagen, sie um Hilfe zu bitten. Es war mir egal, ob ich den Rest meines Lebens eingesperrt in Anstalten oder im Gefängnis verbringen würde, ich wollte nicht zurück in dieses Auto steigen, ich wollte nicht weiterhin von Hotel zu Hotel fahren, ich wollte Humbert Humbert nie wiedersehen. Ich wollte seinen Schwanz nie wieder in mir haben, ich wollte seine Geschichten nicht mehr hören und nicht mehr gemaßregelt und erpresst werden. Ich wollte nicht mehr einsam sein. Ich griff nach ihrer Hand, die sie mir ließ. Sie beugte sich zu mir herunter und sah mich aus ihren grauen Augen erwartungsvoll an. »Wo ist denn hier das Klo bitte?«, sagte ich. Der Mechaniker zeigte unwillig, weil sein Verkaufsgespräch unterbrochen worden war, mit dem dreckigen Daumen in eine Richtung. »Kommen Sie mit?«, bat ich die Frau. Sie sah mich überrascht an. »Moment!«, sie hob die Hand in Richtung des Mechanikers und folgte mir. Vor der

Toilette angekommen, nahm ich all meinen Mut zusammen. Ich ließ ihre Hand nicht los, aber senkte den Blick zum staubigen Boden. Ich konnte ihr nicht in die Augen sehen. »Ich brauche Hilfe. Der Mann ist nicht mein Vater, sondern mein ...«, eine Reihe von schrecklichen Worten zog durch meinen Kopf, sie alle rutschten mir in den Hals, bevor ich sie aussprechen konnte und blieben dort stecken. »Er ist mein ... Liebhaber«, stammelte ich. »Er ... er tut mir weh.« Ich bekam keine Antwort, zumindest keine verbale Antwort. Die Frau schüttelte meine Hand ab und griff mir ins Gesicht, um mich zu betrachten. Ich schämte mich heftig. »So was darf man doch nicht sagen!«, belehrte sie mich. »Du bist doch ein nettes Mädchen – da kannst du doch über deinen Papi nicht solche ... Dinge erzählen.« »Ich lüge nicht.« »Dann komm!« Sie nahm mich am Arm und ging, mich hinter sich her schleifend, auf den Wagen zu, aus dem Humbert Humbert bereits ausgestiegen war. »Nein, bitte«, japste ich. »Wir werden mal mit deinem Papi reden.« »Nein!«, schrie ich, riss meinen Arm aus ihrer Umklammerung, rannte von ihr weg, auf den Wagen zu und warf mich auf die Rückbank. Humbert setzte sich erstaunt auf den Fahrersitz. »Was will sie?«, fragte er. Die Frau war stehen geblieben. Sie schaukelte wie ein Pendel, dem man Schwung gegeben hat. »Hat nach Mama gefragt, die hässliche alte Jungfer«, kotzte ich, »fahr!« »Willst du nicht nach vorn kommen?«, fragte er. »Nee. Ich schlafe«, sagte ich und machte mich lang. Er startete den Motor und gab Gas. Ich sah den Himmel an mir vorbeiziehen und wusste nicht weiter.

Er beobachtete mich beim Seilspringen, danach wollte er mich in den Arsch ficken, ich wehrte mich, aber er war stärker und erzählte dem freundlichen älteren Ehepaar, das am Buffet mit uns ins Gespräch kam, ein Kätzchen habe ihn gekratzt.

Nach der Begegnung mit der fetten Jungfer versuchte ich, für Öffentlichkeit zu sorgen. Da man meinen Worten nicht glaubte, hoffte ich, irgendjemand würde uns durch Beobachten auf die Schliche kommen. Doch das klägliche bisschen Misstrauen, das einem alleinreisenden Mann in Begleitung eines minderjährigen Mädchens entgegengebracht wird, verschwand vollends, wenn Humbert Humbert sich als wohlhabender Akademiker inszenierte. Niemand hielt für möglich, was er tat. Niemand rettete mich.

Ich versuchte ihn und seinen steifen Schwanz zu ignorieren, wenn ich auf seinem Schoß sitzen musste. Las meine Comics oder bohrte in der Nase, wo ich ekelhafte, schleimige Popel fand, die ich an das Sofa schmierte. All das tat seiner Lust keinen Abbruch. Ich konnte meiner Pflicht nicht entkommen.

Weil ich mich davor fürchtete, etwas außerhalb unserer sexuellen Routine zu machen (man konnte nie wissen, was ihm noch einfiel), schrie ich ihn jedes Mal an, wenn er es versuchte. Nachdem wir in einer Milchbar namens »Frigida« gewesen waren und ich so viel Vanilleeis gegessen hatte, dass ich vor Bauchschmerzen stöhnend unfickbar auf dem Bett lag (das war meine Taktik, und meine feuerspeiende Mutter in meinem Magen war ausnahmsweise auf meiner Seite), nannte er mich spottend seine *Prinzessin Frigida*. Ein Spitzname, den er beibehielt, und dessen Bedeutung ich erst viele Jahre später begriff.

Humbert Humbert wollte es immer in der Natur machen. Es erinnere ihn an eine Begegnung von früher, erklärte er und schenkte mir Wanderstiefel. Er hatte stets eine Decke dabei: »Falls wir ein Plätzchen finden sollten.« Er zwinkerte mir zu. Da sein unkontrolliertes Augenzucken immer öfter auftrat, wusste ich nie, wann er mit Absicht zwinkerte. Ich wanderte wesentlich schneller als er und sorgte für einen ordentlichen Abstand. Hinter mir hörte ich ihn schnaufen, manchmal rief er nach mir, aber ich tat, als hörte ich ihn nicht.

Bei einem Spaziergang an der Atlantikküste rettete mich das schlechte Wetter, in Mexiko waren es giftige Tiere und starke Winde. Dann aber: das Wandergebiet in Kalifornien.

»Du hässlicher, alter, dummer Mann. Du verfickter Scheißkerl. Pissnelke, du Ekel, ekelhafter Drecksmensch, alter Sack, wenn ich dich sehe, muss ich kotzen, du gehirnamputierter Wichser!« Ich war rasend vor Wut. Wir rannten zum Wanderparkplatz zurück. Immer wieder verhedderten sich Humbert Humberts Beine in der Decke. Sie erschwerte ihm die Flucht, glitt ihm beim Rennen aus der Hand und zwischen die Beine. Er strauchelte. Wir rannten weiter. »Du mieses Stück Dreckscheiße!«, schrie ich ihn an, unterbrach das Laufen, um mir mein Kleid über den Kopf zu ziehen, meine Unterhose hatte ich irgendwo im Wald verloren. Humbert schnaufte wie eine alte Lok. Ich fühlte mich kräftig und hätte ewig so weiterlaufen, ewig so weiterschimpfen können. Sein Gürtel, den er noch nicht wieder geschlossen hatte, klirrte beim Rennen. Dann stolperte Humbert Humbert und stürzte. Landete die Knie voraus auf dem Waldboden. Ich warf mich kurz auf ihn. Ich schlug mit meinen Fäusten auf ihn ein. Ich hatte ihn häufiger gebissen oder gekniffen, wenn er mich anfassen wollte, aber mich nie getraut, ihm ernsthaft wehzutun. Jetzt schlug ich, so fest ich konnte. Ich hoffte, seine Knie würden bluten und nie wieder aufhören. Ich hoffte, sein hässlicher Schwanz würde faulen und von ihm abfallen wie eine vergammelte Pflaume vom Baum. Drei oder vier Mal traf ich ihn ganz gut – zumindest zuckte mir ein Schmerz durch die Hände, dann ließ ich von ihm ab und rannte weiter. Er rappelte sich auf und folgte mir. Ich hörte nicht auf mit den Schimpfwörtern, sie sprudelten aus mir hervor wie Wasser aus einer frischen Quelle. Monatelang hatte ich unsere Entdeckung erhofft und gleichermaßen gefürchtet, und jetzt, da es beinahe passiert wäre, war ich heillos überfordert. Zwei Kinder. Zwei Kinder, ein wenig jünger als ich, hatten mich nackt und sehr still auf der Decke liegen sehen, hatten gesehen, wie er über mich gebeugt zuckte und schwitzte. Sie hatten da gestanden und uns beobachtet, mit ihren großen neugierigen Augen. Wie man ein Tier in einem Zoo betrachtet, das etwas ganz und gar Fremdes tut – eine Schlange zum Beispiel, wie sie ganz langsam die verschluckte Maus durch ihren Körper schiebt. So hatten sie bestaunt, wie ich von ihm erniedrigt wurde, wie ich geweint hatte, nachdem er gekommen war. Seltsam, dass mein Selbstmitleid immer erst kam, wenn ich die Penetration schon ertragen hatte. Ein Mädchen und ein Junge Hand in Hand zwischen den grünen Zweigen, wie auf einem Familienbild, das man den Fotografen machen lässt, um es den Großeltern der Kinder zu Weihnachten zu schenken oder im eigenen Flur aufzuhängen, damit jeder Eintretende sofort weiß, was für eine glückliche Familie hier zu Hause ist. Ich hätte die beiden Kinder gern verdroschen, ihnen ihre kleinen Visagen poliert. Ihre Mutter war hinzugetreten, hatte auf uns herabgeschaut, wie wir da auf der Decke lagen. Mein nackter Körper und Humbert Humberts schlaffer Schwanz, der aus der geöffneten Hose heraushing. In der Hand hielt die Mutter einen Strauß frischer Wildblumen. Dann der Auftritt des Vaters mit kompletter Naturfotografenausrüstung. An all diesen Menschen war ich nackt, weinend und erniedrigt, mit meinem Kleid in der Hand vorbeigerannt, so schnell ich konnte. Als der Parkplatz in Sicht kam, lief mir Humbert Humberts Sperma die Beine herunter. »Lauf!«, hatte er gesagt und sich die Decke geschnappt, und ich war gelaufen. War meiner Rettung und meiner Demütigung zugleich davongelaufen. Als ich in den Wagen stieg, den Humbert Humbert sofort mit quietschenden Reifen ausparkte, dachte ich: Das war vielleicht meine einzige und letzte Chance gewesen zu entkommen.

Wenn ich meine Geschichte aufgeschrieben habe, werde ich leer sein, ein Nichts, umgeben von schon ein wenig gealterter Haut. Und trotzdem: Ich will diese Scheiße lesen, die er in Miniaturschrift in den Kalender geschrieben hat, den ich jetzt immer bei mir trage, genau wie er es getan hat. Sind das dann zwei Wahrheiten? Ist das wirklich beides wahr? Warum gehe ich davon aus, dass ich den eigenen Erinnerungen nicht trauen kann? Gibt es eine Wahrheit und zwei Perspektiven? Muss ich das aushalten? Ich werde es nicht lesen. Ich kann es nicht.

Mein Ziel ist es, irgendwann meine Lebensgeschichte so zu schreiben, dass Humbert Humbert nicht darin vorkommt. Oder nur als Randfigur.

Ich wurde dreizehn.

Dann kam die Beardsley-Zeit. Aus heutiger Perspektive begreife ich nicht, wie Humbert Humbert das Risiko eingehen konnte, sesshaft zu werden. Damals war ich froh. Die zwölf Monate Herumfahren waren übel gewesen. Jetzt hatte ich Aussicht auf ein Umfeld, darauf, mit anderen Menschen zusammen sein zu können. Humbert Humbert hatte unsere Flucht sehr plötzlich abgebrochen. Auf Empfehlung eines ehemaligen Kollegen von Humbert waren wir nach Beardsley gezogen. Das Haus, in dem wir wohnten, sah dem Haus sehr ähnlich, in dem ich mit meiner Mutter und Louise gewohnt hatte. Es fühlte sich falsch an. Der Name des Kollegen, der Humbert Humbert am College von Beardsley empfohlen hatte, war Gaston. Das klang wie eine Magenkrankheit. Er war auch ziemlich unansehnlich. Gaston besuchte uns regelmäßig, um mit Humbert Humbert Schach zu spielen. Dieser Mann war entweder sehr ignorant oder aber sehr dumm, denn auch wenn ich in seiner Gegenwart provozierte, kam er nicht auf den Gedanken, dass etwas faul sein könnte mit diesem Vater und seiner Tochter. Ganz anders als unsere Nachbarin, die sich an mich heranpirschte und mein Vertrauen mit Süßigkeiten zu gewinnen versuchte. Sie wirkte argwöhnisch und interessierte sich sehr für unsere Familienverhältnisse. Sie fragte mich nach meiner Mutter aus. Außerdem wollte sie den Beruf von Humbert Humbert in Erfahrung bringen. Als ich ihr einmal gegenüberstand – es war ein nasser, grauer Tag und ich auf dem Nachhauseweg von der Schule –, glaubte ich für einen Moment, eine Vertraute gefunden zu haben. Dann aber, als hätte mir jemand mit einem nassen Handtuch ins Gesicht geschlagen, wurde mir klar: Diese Frau wollte nichts anderes von mir, als die Eignung Humberts für eine Heirat in Erfahrung zu bringen. Ich hatte meine Mutter zu lange bei der Bräutigamwerbung beobachtet, um mich in dieser Hinsicht zu täuschen. Ich mied sie, so gut ich konnte. Überhaupt gab es niemanden, der auch nur den geringsten Verdacht schöpfte. Man wird nicht angesehen. Und wird einmal etwas sichtbar, das außerhalb des Üblichen ist, dann wird noch angestrengter weggesehen als sonst.

Auf der Beardsley-Mädchenschule lernte ich wenig, aber es gab eine Theatergruppe. Nichts wollte ich lieber als an der Theatergruppe teilnehmen. Ich ließ eine ganze Reihe unangenehmer Sexualpraktiken über mich ergehen, um Humbert Humberts Erlaubnis zu erwirken. Ich war dazu übergegangen, für jede sexuelle Handlung Geld von ihm zu verlangen, das ich in meinem Zimmer versteckte. Ich sparte auf meine Flucht. Spätestens mit vierzehn würde er mich satthaben.

Meine unaufhaltsam fortschreitende Pubertät empfand ich als Demütigung. Nicht nur, weil mein Körper aus dem herauswuchs, was der einzige Mensch, der mich noch liebte, als begehrenswert und gut zu ficken betrachtete, sondern auch, weil ich meinen neuen Körper verachtete. Er war unendlich schwer und plump geworden. All meine Wendigkeit ging mir verloren. Bis zur Pubertät hatte ich mit den Jungs mithalten können. Ja, war sogar immer schneller gewesen, sprang weiter und höher als die meisten von ihnen, aber jetzt konzentrierte sich die Kraft meines Körpers in meiner Mitte. Ich war wütend auf meinen Körper, dass er mir das antat. Ich fühlte mich verstoßen aus dem Paradies der Gleichwertigkeit. Mein Groll wuchs im selben Maße wie meine Brüste, die sich zum Kotzen wichtig machten. Ich wusste nicht wohin mit dem ganzen Groll. Er hatte sich eingelagert in die sinnlosen Fettpölsterchen, die meine Nippel umgaben und meine Schenkel sowie meinen Po. Der Groll ist dort eingeschlossen und wird vermutlich Krebszellen bilden. Was soll er auch sonst tun? Ist doch adäquat, dass der Selbsthass mich irgendwann umbringt.

Seit ich einen Lohn dafür bekam, fühlte ich mich beim Geschlechtsakt weniger gedemütigt. Ich musste nicht mehr vorgeben, etwas aus Liebe oder Zuneigung oder Lust zu tun, ich verkaufte eine Art Leistung. Ich kassierte während des Aktes. Wenn er beispielsweise seinen Finger in meinen Anus stecken wollte, schrie und biss ich, so lange, bis er mir Geld in die Faust steckte. Ich lauerte auf den Moment, in dem er zuckend kam und alle seine Glieder erschlafften, und dann rannte ich los, das Geld zu verstecken, bevor er mich greifen konnte, um es mir wieder abzunehmen. Denn das tat er: Es war nicht möglich, vor oder nach dem Akt zu kassieren, weil er nur mitten in der Geilheit zu zahlen bereit war und danach sofort ein Geizhals wurde. Das Geld versteckte ich in einem Buch mit dem passenden Titel »Die Schatzinsel«. Irgendwann flog das Versteck auf und das Geld war verschwunden. Ich tobte und beschuldigte unsere Haushälterin, obwohl ich wusste, dass er es gewesen war. Wie hätte sie es gewesen sein können? Sie hatte keinen eigenen Hausschlüssel und durfte nur die unteren Stockwerke des Hauses betreten. Das war eine seiner Vorsichtsmaßnahmen. Es gibt so viele Geheimnisse, die jeder kennt, aber niemand ausspricht, weil man nach ihrer Enthüllung nicht so weiterleben kann wie zuvor. Das wollen die Menschen. Nicht besser leben, ehrlicher oder glücklicher, sondern am liebsten »weiter so«.

Die ersten Wochen an der Beardsley-Schule verbrachte ich schweig- und einsam. Mrs Pratt, die Lehrerin, hatte mich in die erste Reihe gesetzt. Sowohl die anderen Schülerinnen als auch die Lehrkräfte hatten mich unter Beobachtung und ich fühlte ihre Blicke in meinem Nacken und am Hinterkopf als unangenehmes Kitzeln. Sobald es zur großen Pause klingelte, vergaßen meine Mitschülerinnen mich völlig. Sie standen zusammen in ihren Cliquen. Ich schlich an der Mauer des Schulgebäudes entlang, Runde um Runde, bis uns die Klingel zurück in den Unterricht rief. Hatte ich mich an meinem ersten Schultag noch herausgeputzt, hatte Nagellack aufgetragen und Ringe an den Fingern (außerdem trug ich einen glitzernden Gürtel, den die Lehrerin mit hochgezogenen Augenbrauen kommentierte), wurde ich in den darauffolgenden Tagen transparent wie der Geist, als den sie mich behandelten. Mein Ich zog sich weit unter die Außenhaut zurück. Klar, Dolores' Körper lehnte an der Schulmauer, aber er war ohne Seele. Ich stellte mich tot und meine leeren Augen blickten ins Nichts.

Sie erwischte mich kalt. Ich hatte nicht bemerkt, wie sie von hinten an mich herangetreten war: Laura. Sie legte die Hand auf meine Schulter. Weil ich aus meiner Starre nicht herauszubringen war, rüttelte sie mehrmals an mir, wie um mich aus einem Schlaf zu wecken. Ich schnappte nach Luft und sah sie an. »Willst du mit uns in die Candybar gehen?«, fragte sie. Laura hatte die Angewohnheit, die Nase zu kräuseln, wenn sie ungeduldig war oder ihr etwas missfiel. Sie kräuselte. Sie war auffallend hübsch dabei. Während sie auf meine Antwort wartete, kratzte sie sich in der Armbeuge. »Die Butlers und Friends kommen auch dazu.« »Wer sind die Butlers?«, fragte ich. »Die coolen Jungs aus der Knabenschule«, antwortete sie gedehnt, als schien sie schon zu bereuen, überhaupt den ganzen Schulhof überquert zu haben, um mich anzusprechen. Am anderen Ende des Hofs stand ihre Clique und schaute erwartungsvoll zu uns herüber. Sie hob kurz die Hand, um ihnen mitzuteilen, dass noch nichts entschieden war. Ich dachte kurz an Barbara. Ich dachte an meine Einsamkeit. Ich sagte: »Klar, wann?« Sie hielt vier Finger in die Luft und trabte weg.

An diesem Nachmittag stand ich lange vor meinen Kleiderschränken – auf unserer Reise hatten sich viele

Outfits angesammelt – und versuchte mich zu erinnern, welches Humbert Humbert besonders gefallen hatte. Ich wählte ein Röckchen und ein Shirt. Ich zog die schon lange nicht mehr weißen Söckchen von vorgestern aus dem Wäschekorb an, weil ich wusste, dass Humbert Humbert sich darüber freuen würde. Dann setzte ich mich auf mein Bett und wartete. Ich hörte seinen Schlüssel im Schloss und wie er »Lolita« rief. Meinen wahren Namen benutzten weder er noch ich. Ich antwortete nicht. Ich wusste, er würde zu mir heraufkommen, und da war er. Sah mich ausstaffiert auf dem Bett sitzen und die Geilheit oder Vorfreude oder sonst was schob sein Gesicht zu einem dummen Lächeln zusammen. »Was willst du, kleine Nymphette?«, fragte er. Ich wollte ein Leben. Ich wollte normal sein. Ich wollte nicht mehr einsam sein. Er stöhnte und mit dünner Stimme wiederholte er seine Frage: »Was willst du?« »Ich möchte mit den Girls in die Candybar gehen.« »Heute?«, wollte er wissen. »Um vier.« Er stimmte sofort zu.

Ich machte meine Sache so schnell zu Ende, wie ich konnte, weil es beinahe schon halb vier war. Dann zog ich mich um. Ich nölte, ich trieb ihn an, ermahnte und nervte ihn und tatsächlich: Um vier Uhr und fünfzehn Minuten betrat ich die Candybar und versuchte so selbstverständlich zum Tisch hinüberzuschlendern, als ginge es nicht um Leben oder Tod. Laura stellte mir alle vor: Opal, Eva, Avis, Mona, Theresa ... Laura hatte noch ihr Tennisoutfit an. Es stellte sich heraus, dass sie die beste Tennisspielerin der Schule war, und als sie hörte, dass auch ich spielen konnte (konnte ich das überhaupt?) lud sie mich sofort zum Training ein. Opal, Eva, Avis, Mona, Theresa … Wenig später trafen die Jungs ein, was ich sehr bedauerte. Sie waren laut und dumm. Sie machten extrem unlustige Witze und langweilten mich sehr. Ihretwegen hatte ich nicht genug Zeit, die Mädchen kennenzulernen. Es stellte sich schnell heraus, wie die Sympathien im Raum gelagert waren, und als ich später von Eva gefragt wurde, wen von den Jungs ich bevorzugte, nannte ich den unattraktivsten als meinen Favoriten, um keiner meiner neuen Freundinnen in die Parade zu fahren. »Rigger«, behauptete ich. »Eeeeecht?«, wunderte sich Eva. »Klar. Er ist voll süß, oder?« »Voll«, erwiderte sie und ich wusste, dass ich dem Urteil dieses Mädchens auch in Zukunft nicht trauen konnte. Ganz anders war es mit Mona, der ich meine Zuneigung zu Rigger (was für ein bescheuerter Name) mit aller Kraft einreden musste, weil sie es nicht glauben wollte. »Rigger ist der Hässlichste und leider auch der Dümmste von allen. Du hast ein Geschmacksproblem, Baby.« Von einer Freundin »Baby« genannt zu werden, fand ich toll. Es fühlte sich gut an, sehr gut. Mona war vier Jahre älter als ich. Sie war einige Klassen zurückgestuft worden, denn sie kam aus Frankreich, war eine andere Sprache und ein anderes Schulsystem gewohnt. Ihr Englisch war manchmal gänzlich unverständlich, aber immer unglaublich lässig. Mona war auch anders angezogen als die anderen, brannte sich Wellen in die Haare. »Paris!«, antwortete sie, wenn man sie darauf ansprach.

Mitten im Gespräch mit Eva über Vor- und Rückhände und Dinnerpartys bei ihrem Onkel, dem Millionär, sah ich durch das Fenster der Candybar den Wagen meiner Mutter auf dem Parkplatz stehen, mit Humbert Humbert hinter dem Lenkrad. »Ich muss pissen«, sagte ich. Das kam nicht so gut an, weil es zu explizit war. Peinlich. Mit heißen Ohren stand ich auf. Natürlich nahm ich nicht den Weg zum Klo. Ich lief auf den Parkplatz. Er zögerte erst, das Fenster herunterzukurbeln, aber ich schlug so lange mit der Faust an die Scheibe, bis er klein beigab. Sobald die Scheibe einen Spalt geöffnet war, schrie ich ihn an. Er hatte viel zu kurbeln. Ich hatte viel zu schreien: »Verfolgst du mich, du Sau!« und »Du hast versprochen …«

Das Fenster war offen. Humbert Humbert griff mir ins Gesicht, klemmte mir den Kiefer mit der Hand ein und sagte: »*Gewöhn dich dran. Ich lass dich nicht mit diesen Jungs herumziehen, die dir alle bloß an die Wäsche wollen, meine kleine Lo.*« Und Humbert Humbert hielt Wort, er verbrachte seine Lebenszeit damit, *fade Studentinnen mit schwerem, hängenden Gesäß und miserablem Teint* zu unterrichten und mich zu kontrollieren. Es war eine aggressiv expandierende Streitmacht, die, sobald ich mir ein neues Zipfelchen Land erobert hatte, sofort einmarschierte und es für sich beanspruchte.

Das erste Freundinnenspiel gegen Eva verlor ich nicht nur hoch, sondern haushoch. Humbert Humberts Augen tasteten Evas schmale Rückenpartie ab und analysierten die Bewegungen ihres Hinterns unter dem Tennisröckchen, während sie Schmetterbälle schlug. Im Bestreben, sie möglichst schnell aus Humberts Blick herauszuholen, verschlug ich auch die Bälle, die ich vielleicht hätte erwischen können. Später, als wir in der

Umkleidekabine saßen und Eva sagte: »Ich kann dir aber wirklich noch was beibringen, Lo«, nickte ich und überlegte fieberhaft, wie ich verhindern konnte, Eva zu uns nach Hause einladen zu müssen. »Sie ist eine süße, kleine Nymphette«, bestätigte Humbert Humbert am selben Abend meinen Eindruck und ich wusste, es galt, größte Vorsicht an den Tag zu legen. Es quälte mich nicht bloß die Angst um Eva und die Vorstellung, wie Humbert sie betatschte, ich war auch eifersüchtig. Auch heute noch schäme ich mich für diese Eifersucht und es fällt mir schwer, sie mir einzugestehen. Ich bin nicht blöde. Mir ist klar, dass ich damals das Gefühl hatte, diesen Menschen halten zu müssen, koste es, was es wolle (und es kostete viel). Ich bin nicht blöde, aber ich schäme mich trotzdem. Immer und immer wieder in meinem Leben war ich bereit, für Zuneigung und Liebe mit meiner körperlichen und psychischen Unversehrtheit zu bezahlen. Liebesverlust ist unerträglich für mich. Unerträglicher noch als der Verlust des Selbst. Nicht geliebt werden ist sterben.

Vor der Candybar, wo eine kichernde Gruppe von Mädchen, von denen keines sich amüsierte, und eine lässige Gruppe von Jungs, von denen keiner souverän war, einander begutachteten, nahm Mona plötzlich meine Hand. »Dein Geschmack, was Boys angeht, ist ja eh Asche, Baby«, und sie schüttelte meine Hand, wrang sie aus wie einen alten Lappen und zog mich mit sich. Mona war sommersprossig und zielstrebig. Die Sorte Mensch, in deren Gegenwart ich sofort schüchtern werde. Hand in Hand liefen wir über den Parkplatz, und die Kommentare und Pfiffe, die uns von den anderen hinterhergeworfen wurden, trafen mich wie Pfeile. Mona hatte eine unverletzbare Drachenhaut. »Wohin gehen wir?«, fragte ich. »Keine Ahnung«, antwortete sie.

Wir nahmen den Weg hinaus aus der Stadt. Der Bürgersteig war schmal, sodass sie meine Hand los- und mir den Vortritt ließ. Der Verlust ihrer Hand war eine Erleichterung und ein Schmerz zugleich. Ich fühlte, wie kalt meine losgelassene Hand wurde an der Stelle, wo wir uns gegenseitig angeschwitzt hatten. Verdunstungskälte. Nach wenigen Schritten drehte ich mich zu ihr um. »Wohin denn jetzt?«, fragte ich. »Wohin du willst.« Sie zuckte mit den Schultern. »Ich will ja nirgendwo hin«, entgegnete ich. »Man will immer irgendwas«, behauptete sie. »Neee!«, machte ich. »Lauf einfach. Maintenant!«, sagte sie streng. »Dann weißt du, wo du hingewollt hast, wenn du da bist.« »Haha«, sagte ich und sie lachte und auch ihre Augen lachten mich an und ich fühlte mich nicht beobachtet von ihr, sondern gesehen. Wir liefen viele Stunden durch einen kleinen Wald und ein paar Wiesen, auf denen wir herumlagen und uns lachend wälzten. Mit Monas Leatherman, den sie in ihrem Stiefel aufbewahrte, weil sie immer diese Röckchen trug, die keine Taschen hatten, schnitzten wir an Holz herum. Dann erklärte ich mich bereit zur Blutsschwesternsache, obwohl ich das wahnsinnig eklig fand. Der Schmerz, als sie mir in die Haut schnitt, war kein Problem, aber als sie ihre kleine Wunde an meine presste und ihr Blut in meines rieb, hätte ich fast gekotzt. Widerlich. Aber ich sagte nichts. »Weißt du, was ich scheiße finde an dir?«, sagte sie plötzlich, und das verursachte mir Herzrasen. Ich hatte wirklich alles gegeben, um cool genug zu sein für Mona. »Nee«, antwortete ich. Normalerweise war ich wirklich gut darin, herauszufinden, was andere von mir wollen. Ich blickte auf meine Hand und drückte einen weiteren Blutstropfen aus der Wunde, damit ich Mona nicht ansehen musste. »Du bist gar nicht richtig da. Das ist scheiße an dir.« Mein »Hä?« kratzte und scharrte, weil ich ganz wenig Raum für Luft in meinem Hals hatte. »Ich bin doch hier.« »Nein. Du verarschst mich«, motzte sie. »Es fühlt sich an, als wär ich allein hier, weil du nie was sagst und alles machst, was ich will. Das ist super langweilig.« Sie erhob sich und ging davon. Ich saß im Gras und fühlte mich dumm. Ich überlegte, was ich tun sollte. Wenn ich ihr jetzt zustimme, dachte ich, vertrete ich schon wieder ihre Meinung. Wenn ich dagegenhalte, dann tue ich auch das, was sie sich wünscht, und das soll ich ja nicht. Mona war schon ziemlich weit weg, stampfte mit wütenden Schritten durch das Gras. Ich rannte los, ohne nachzudenken. Als ich sie einholte, war ich ziemlich außer Atem. »Ich will deine Freundin sein«, keuchte ich. Sie prüfte mein Gesicht auf ernste, eigene Absichten. »Ist okay. Ist abgemacht«, sagte sie dann.

Mona war direkt und hatte einen guten Humor. Ich bewunderte sie aufrichtig. Eines Nachmittags saßen wir vor der Mall, als uns ein Hund auffiel, der über den Vorplatz humpelte. Es war ein ziemlich großes, verwahrlostes Tier mit schwarzem Fell. Passanten wichen ihm angewidert aus, machten Zischlaute in seine

Richtung, mit denen man Katzen verscheucht. Dem Hund schien das recht. Er hielt sich fern von der Welt, die ihn verabscheute. Er hatte einen seiner Hinterläufe an den Körper gezogen. »Schau«, sagte Mona überflüssigerweise, denn wir beide starrten den Hund an, »er ist verletzt.« »Hm«, bestätigte ich. »Schaut abgerissen aus. Sollte man wohl besser nicht anfassen.« »Woll'n wir?«, fragte sie. »Aber sicher«, entgegnete ich, »da regt mich ja die Frage schon auf.« Wir grinsten. Mona und ich folgten dem Hund, dessen Weg davon bestimmt wurde, wovor er sich als Nächstes fürchtete. Wir lockten ihn. Er rannte davon. Wir schnalzten mit den Zungen, er fühlte sich bedroht, dann endlich stellten wir ihn an einer fensterlosen Hauswand der Mall. Wir hatten ihn eingekreist, machten uns groß, mit ausgebreiteten Armen gingen wir auf ihn zu. Aus der Nähe wirkte der Hund bedrohlicher, hob die Lefzen und zeigte uns mehrmals seine Fangzähne, aber er knurrte nicht. Er schien unschlüssig, ob es klüger wäre, uns zu bedrohen oder lieber gleich zu kapitulieren und den Bauch zu zeigen. Wir gingen in die Knie, redeten mit weichen Stimmen auf ihn ein. Dann warfen wir ihm ein paar der inzwischen kalten Pommes hin, die Mona in der Mall gekauft hatte. Der Hund wich mit einem dreibeinigen Sprung aus, machte den Rücken rund vor Furcht. Das gab mir einen Stich ins Herz. Aber dann schnupperte er vorsichtig und fraß. »Der ist kein Schoßhund«, war ich überzeugt, »keiner von den faulen, dummen Vorgartenhunden, die sofort fressen, was Menschen ihnen hinwerfen.« »D'accord«, sagte Mona und warf den nächsten Bissen. Nachdem er beinahe die ganze Tüte

Pommes verschlungen hatte, traute sich der Hund näher an uns heran. »Der blutet«, Mona zeigte auf die Pfote an seinem Hinterlauf. Sie holte ihren Leatherman hervor und schnitt vorsichtig ein großes Stück Leder vom Schaft ihres Stiefels ab. »Hä?«, machte ich. »Wir kleben ihm die Wunde zusammen und das Leder drauf. Ich besorge Sekundenkleber und Desinfektionsmittel.« »Mit Sekundenkleber?«, staunte ich. »Aber sicher, der ist genau zu diesem Zweck von der Armee entwickelt worden.« Und sie warf die Hände in die Luft, als wäre das Allgemeinwissen. »Du sorgst dafür, dass wir ihn anfassen können«, beauftragte sie mich. Der Hund saß da. Groß und zottelig blickte er mich aus seinen braunen Augen an, bereit für einen weiteren Bissen oder die Flucht. »Keine Chance«, sagte ich, »keine Chance, dass wir den anfassen können.« »Na wenn eine das schafft, dann du« – und weg war Mona. »Mehr Pommes«, brüllte ich ihr nach, sodass der Hund zusammenzuckte. Im Wegrennen stieß Mona die Faust in die Luft, zum Zeichen, dass sie verstanden hatte. Ich sah dem Hund direkt in die Augen, für einen Moment trafen sich unsere Blicke. Hat schon mit Menschen gelebt, dachte ich, ist Augenkontakt gewohnt, dann wandte ich schnell den Blick ab, um ihn nicht weiter zu bedrohen, machte mich klein vor ihm. Mein Herz raste. Konnte ich dem Hund vertrauen? Ich beugte den Nacken und legte die offenen Handflächen vor ihm auf das Straßenpflaster. Aus meiner seltsamen Gebetshaltung schaute ich ihn immer wieder kurz an. Ich hatte natürlich keine Ahnung, was ich da machte, kam mir abwechselnd wie eine große Tierbändigerin und eine Idiotin vor. Dann kroch ich auf ihn zu. Durch lange Atemzüge versuchte ich meinen Puls zu beruhigen, weil ich irgendwo gehört hatte, dass Hunde den Herzschlag von Menschen hören und ihren eigenen Herzschlag diesem anpassen. Wenn sein Herz so rast wie meines, macht ihm das sicher Angst. Millimeter für Millimeter arbeitete ich mich vor. Meine Knie schmerzten vom harten Boden. Ich legte eine der letzten Fritten auf meine Handfläche und hielt sie dem Hund hin. Er schnupperte argwöhnisch und nahm dann vorsichtig das Futter aus meiner Hand. Ich fühlte seine weiche Schnauze. Dann musste ich weinen. Es waren seltsam stille Tränen. Ich legte dem Hund meine Hand auf die Brust und er neigte den Kopf nach unten, als ich ihn kraulte. Mona näherte sich achtsam. Sie hielt dem Hund ihre Hand unter die Nase, er schnupperte. Wir kraulten ihn. Wir bewegten uns in Zeitlupe. Wir waren Meisterinnen der Zeit. Ich schob ihm eine Fritte nach der anderen in die Schnauze. »Er ist sicher extrem«, Mona zögerte, »pouilleux«, flüsterte sie. »Was?«, wisperte ich. »Kleine böse Tierchen«, erklärte sie und zappelte mit den Fingern in der Luft über seinem Fell. »Hm!«, machte ich. »Attention«, sagte sie dann und der Hundekörper zuckte heftig zusammen. Mona hatte ihm das Desinfektionsmittel auf die Wunde gegossen. Geräuschlos machte der Hundekörper tausend Gesten der Entschuldigung in unsere Richtung – einen Tanz der Unterwürfigkeit. Sanft kraulte ich ihn hinter den Ohren. Während ich ihn mit Futter ablenkte, klebte Mona ihm das Stück Leder auf den abgerissenen Ballen. »Der kann sofort wieder laufen. Wirst sehen!«, sagte sie stolz, und sie behielt recht. Auf dem

Nachhauseweg folgte der Hund uns eine Zeit lang. Wir versuchten ihn loszuwerden. Dabei wünschte ich mir so sehr, ihn mitnehmen zu können. Irgendwann gab der Hund auf. »Woher wusstest du das mit dem Sekundenkleber?«, fragte ich und wischte mir Nase und Gesicht am Ärmel ab. Mona entblößte mehrere lange Narben an ihren Armen. »Mein Vater hat es mir gezeigt«, sagte sie. Auch sie hatte ein Geheimnis. Die Geheimnisse saßen uns auf den Schultern. Ich nahm ihre Hand. Die war eiskalt. Da wir beide etwas voneinander wussten, ohne es ausgesprochen zu haben, fühlten wir uns sicher miteinander. Mona und ich hatten uns im Nebel erkannt und es machte uns nichts aus, dass wir nur bunte Schemen füreinander waren.

Mona ist mir geblieben. Mona und ich gehören zusammen.

Weder Opal noch Eva noch Mona noch ich hatten Lust, nach Hause zu gehen. Ich wusste, dass Zuspätkommen Streit mit Humbert Humbert nach sich ziehen würde, aber sobald die Furcht mir vom Bauchnabel den Körper hoch in Richtung Kehle stieg, lachte ich laut und brachte auch die anderen zum Lachen, indem ich eine der Lehrerinnen nachmachte. Das half.

Der graue Himmel ging direkt in die graue Umgebung über. Wir lungerten auf dem Sportplatz herum. »Todo esto es una mierda!«, erklärte ich, »das hab ich geschrieben!« Und lachte. »Hä?«, machte Opal, »was heißt das?« Und sie faltete die Broschüre auf, die wir von Doktor Cutler bekommen hatten. Sie zeigte den Unterleib einer Frau, in den ein Baby gezeichnet war.

Mit verschiedenen Pfeilen waren die wichtigen Organe der Frau bezeichnet: »Scheide, Gebärmutter, Eileiter, Eierstock, Eierstockband, Aufhängeband, Rundes Mutterband, Enddarm, Harnblase, Bauchfell, Muttermund ...«, las sie vor und studierte die Zeichnung. »Bei mir sieht das anders aus«, stellte sie fest. »Ja, weil du nicht in dich reinschauen kannst!«, sagte Eva genervt. »Nein! Ich meine: Wo ist die angenehme Stelle in der Nähe von dem, womit man pinkelt?«, fragte Opal und hielt uns die Broschüre vor die Nase. Wir zuckten mit den Schultern. Ich hatte wirklich keine Lust, mich darüber zu unterhalten. Auch den anderen schien es unangenehm zu sein. Opal wirkte erschrocken. Sie nahm ihre Brille ab, wedelte damit in der Luft, setzte sie wieder auf. In ihrem Gesicht: ein Duell von Neugier und Scham. »Aber habt ihr das nicht?«, fragte sie mit zitternder Stimme, legte ihre Hände zu einem Oval zusammen und deutete mit ihrer Nase in dessen Mitte. »Da ist so ein Ding zwischen den Hautlappen, da kommt das Pipi raus.« Wir schwiegen. Langsam bekam Opal Panik vor ihrer vermeintlichen Andersartigkeit. »Oder?«, wiederholte sie. »Oder?« »Ja«, erbarmte sich Mona, »bei uns kommt auch Pipi raus.« Opal schien erleichtert, aber nicht gänzlich zufrieden mit dieser Aussage. »Wieso hat Dr. Cutler es uns überhaupt gegeben?« Sie hob die Arme in die Luft, bevor sie sie wieder fallen ließ. »Weil sie heiratet!«, sagte Mona achselzuckend. »Sag ich doch: Todo esto es una mierda«, schrie ich, denn ich wollte mir die Anerkennung für meinen Mut, diesen Satz heimlich auf jede einzelne dieser Broschüren geschrieben zu haben, nicht entgehen lassen.

»Hab ich draufgeschrieben!!« »Was heißt denn das?«, rief Opal. »Es heißt: Das ist eine Scheiße!«, antwortete Mona und grinste. Endlich: Sie lachten. Ich war stolz. »Wollen wir?«, fragte Eva und hielt das lange Springseil in die Höhe, das sie den ganzen Tag wie ein Cowboy um den Oberkörper geschlungen getragen hatte. »Klar!«, sagte ich, froh mich bewegen zu können. »55, 56, 57«, zählten die Mädchen. Ich hatte das Gefühl, ewig weiter springen zu können. »58, 59 ...«

Dann kamen sie. Zu fünft schlenderten sie in unsere Richtung. »60, 61 ...« »Schaut mal!«, sagte Opal, die gerade weder sprang noch das Seil in Bewegung halten musste. »Weiter!«, befahl ich, weil ich auf einen Rekord hoffte und nicht wollte, dass das Seil zum Stillstand kam. »62«, zählte Mona. »Ey, Mädels!«, schrie einer der Jungen. Feixend und sich gegenseitig in die Seite stoßend, liefen sie auf uns zu. »Das sind Kevin und seine Jungs!«, sagte Eva und ließ das Seil los. »Ey!«, brüllte ich. »Eeeey!«, Mona ließ den Arm sinken, an dem das Springseil schlaff auf den Boden hing. »Na toll!«, schrie ich wütend und schminkte mir den Rekord ab. »Reg dich mal ab«, motzte Eva und wandte sich den Jungen zu, die einige Schritte von uns entfernt stehen geblieben waren. »Komm rüber!«, sagte Kevin und zeigte auf Eva. Sie grinste und schlenderte auf die Jungen zu. Opal hielt sich im Hintergrund. Sie hatte ziemlich viele Pickel und von Jungen nur Spott zu erwarten. Mona wickelte das Springseil ein, indem sie es in Schlaufen legte. Die Jungen redeten auf Eva ein und als sie sich zu uns umdrehte, sah ich, dass sie enttäuscht war, bevor sie ihr Gesicht zu einem freundschaftlichen Lächeln zwang. »Mona,

Ben sagt, Kevin steht auf dich«, ließ sie uns halblaut wissen. »Er will ein Date mit dir.« »Nee«, sagte Mona. Evas Gesicht sackte nach unten. »Hä?« Sie war wütend. Das Mädchen, wegen der sie verschmäht worden war, lehnte das Date ab, das sie sich ersehnte. »Wie – nee«?«, fragte sie beleidigt. »Keinen Bock!«, sagte Mona. Eva drehte sich um, ging zu den Jungen zurück, wie eine Kriegerin, die ein Schlachtfeld durchschreitet, kurz bevor sich die verfeindeten Armeen aufeinanderstürzen. »Die sind älter als wir, aber viel dümmer!«, raunte ich Mona zu. Sie grinste. Eva redete mit den Jungen. »Wieso nicht?«, schrie der Junge, der vermutlich Ben hieß und augenscheinlich der einzige dieser Trottel war, der sich verständlich ausdrücken konnte. »Keinen Bock«, wiederholte Mona und legte sich das Springseil um die Schultern. »Bist du bescheuert?«, rief er zu uns herüber. Ich machte den Mund auf, um etwas zu entgegnen. »Is' 'ne rhetorische Frage, Baby«, informierte mich Mona. Ich klappte den Mund zu. »Sie ist voll unhöflich, oder?«, fragte der Junge in die Gruppe hinein, die ihn umringte. Alle nickten. Alle, auch Eva. Lässig kamen sie auf uns zu. Weglaufen!, sagte mein Körper. Bleiben!, sagte mein Stolz. »Hast du den Arsch offen?«, sagte der Junge aggressiv und sah Mona direkt an. »Sie ist 'ne arrogante Schlampe, Kev!«, fuhr er fort. Kevin nickte. Monas Gesicht bebte hinter einer Fassade aus Gelassenheit. »Sorry«, sagte sie, »aber ich date schon jemand anderen!« Sie lachten. »Wer soll das denn sein?« »Ich sag ja, sie ist 'ne Schlampe!« Kevin stampfte plötzlich mit dem Fuß auf den Boden, was uns ziemlich erschreckte. Sie lachten über unsere zusammenzuckenden Körper. »Ist doch egal jetzt!«, sagte Eva vorsichtig. »Halt die Fresse!«, schnauzte Ben sie an und schubste Eva so heftig in unsere Richtung, dass sie stolperte und auf dem Asphalt landete. »Geh zu deinen frigiden Schlampen!« Prinzessin Frigida, dachte ich, und meine Gedanken rasten. »Halt du die Fresse!«, schrie ich, so laut ich konnte. »Halt's Maul und lass Mona in Ruhe. Verpisst euch!« »Süüüüß!«, sagte einer der Jungen spöttisch. »Hast du was gehört?«, fragte ein anderer. »Nee. Irgendein Piepsen!«, lachte Kevin. Und dann griffen sie an. Ich kann nicht mehr sagen, von wem die Bewegung ausging, sie warfen sich auf uns, als wären sie ein Körper. »Sorry! Sorry!«, schrie Opal und brachte sich in Sicherheit, was nicht nötig gewesen wäre, denn sie wurde ohnehin nicht beachtet. Zwei von ihnen griffen mich und drehten mir die Arme auf den Rücken. Ich versuchte mich zu wehren. Ich trat um mich. Ich versuchte in die Nähe von Mona zu kommen, um ihr zu helfen. Kevin und Ben hatten das Springseil ergriffen, in dem Mona gefangen war, und stießen sie von einem zum anderen. Eva stand herum wie eine Gelähmte und blutete am rechten Knie. Ich war rasend vor Wut. Ich versuchte meine Zähne in einen ihrer Arme zu schlagen, aber es gelang mir nicht. Wut und Hass fluteten meinen Körper. Verteidigung schien zwecklos. »Hey. Immer mal langsam!«, Mrs Pratts Stimme schallte über den Sportplatz. Es war das erste Mal, dass ich mich freute, sie zu hören. Die Schulleiterin kam auf uns zu. »Jungs!«, rief sie mahnend, aber auch weich und scheinbar ganz ohne Anstrengung. Die Jungs ließen von uns ab, schoben uns von sich weg. Sie hatten den Moment zum Weglaufen verpasst und waren in der

Autorität von Mrs Pratts Faltenrock und Brillengläsern gefangen. »Was macht ihr denn?«, fragte Mrs Pratt und ihre Augen ruhten auf Mona. Mona wusste nichts zu sagen, und ich verstand sie. »Das ist nicht gentleman-like!«, belehrte Mrs Pratt die Jungen. »Diese Mädchen haben euren Schutz verdient. Dafür nutzt eure Kraft!« Wir standen wie Spielfiguren auf einem Feld in einer Pattsituation. »Verstanden?«, fragte Mrs Pratt streng. »Ja, Madam«, sagte Ben. »Ihr könnt gehen!« Und sie rannten los auf ihr Kommando, klopften sich gegenseitig den Schreck aus den Schultern und grinsten die Unsicherheit weg. »Und ihr?«, Mrs Pratt wandte sich uns zu. Sie kramte in ihrer Tasche und hielt Eva ein Pflaster hin. Eva nahm es und brachte es verschämt an ihrem Knie an, während Opal mit hängendem Kopf ihr Versteck verließ, von dem aus sie alles beobachtet hatte.

»Was war denn hier los?«, die Augen unserer Schulleiterin hefteten sich auf Opal, von der sie wusste, dass sie nicht log. »Kevin wollte ein Date mit Mona, weil er auf sie steht, aber Mona wollte nicht«, erklärte Opal vorsichtig. »Ah!«, machte die Pratt. »Warum nicht?«, fragte sie dann. Ich sah in Monas Gesicht, dass sie ernsthaft über diese Frage nachdachte. »Weiß nicht«, war das Ergebnis ihrer Grübelei. »Schaut!«, setzte Mrs Pratt an, obwohl es nichts zu sehen gab. »Schaut, Mädchen. Ihr müsst es ihnen nachsehen. Wenn sie abgelehnt werden, sind sie verletzt und enttäuscht. Es kostet Mut, um ein Date zu bitten. Wahre Größe ist Verzeihen und Empathie für den anderen. Die Jungen kämpfen in dieser, und eigentlich in jeder«, sie lachte, »Phase ihrer Entwicklung mit ihren Hormonen. Jetzt wissen sie noch nicht, wie man das macht, um ein Rendezvous bitten.« Sie benutzte dieses alte Wort, das irgendwie erhaben klang und gar nicht danach, unter dem Arm eines verklemmten, pickeligen Typen, der ungut unter den Achseln roch, im Kino zu sitzen und nicht zu wissen, worüber man sich unterhalten konnte. »Ihr müsst sie da ein wenig unterstützen. Wir sind eine moderne Schule. Ihr sollt wissen, dass ihr mit all den Fragen, was Jungen und Sexualität«, sie betonte es, als wäre es etwas, das man essen kann, »betrifft, zu mir oder jeder anderen Lehrkraft kommen könnt. Wie ich immer sage: *Die Position eines Sterns ist zwar etwas Wichtiges, aber der praktische Standort für den Kühlschrank in der Küche ...*«, und sie ließ den Satz oben in der Luft hängen und nickte uns zu und wir ergänzten, weil wir wussten, wie er weiterging: »*... dürfte für eine künftige Hausfrau noch wichtiger sein.*« »Genau!«, lobte sie, wünschte uns einen schönen Tag und ging davon. »Todo esto es una mierda«, sagte Mona, aber keiner von uns war zum Lachen zumute.

Humbert Humbert verfolgte und kontrollierte weiterhin. Was ich damals für Eifersuchtsattacken hielt, war vermutlich seine Angst vor Entdeckung. Auch Mona geriet ins Fadenkreuz seiner Ermittlungen. Mehrmals versuchte er auszuforschen, ob Mona die Wahrheit über unser Zusammenleben wusste. Aber ich hatte nichts verraten, weil alle Wörter sich falsch anfühlten. Auch jetzt – so viele Jahre später – bin ich noch damit beschäftigt, die Wahrheit zu umzingeln. Sie steht schon mit dem Rücken zur Wand, aber sie teilt Hiebe aus, von denen ich mich nur schwer erhole. Mona wusste nichts.

Humbert Humbert nahm mich in die Zange, versprach mir Geld, versprach mir einen ausgedehnten Einkaufsbummel, versprach mir verschiedene Strafen, um das Geständnis zu erpressen. So oft ich ihm auch sagte, dass niemand Bescheid wüsste, er glaubte mir nicht und ging mit noch größerer Vehemenz gegen mich vor. Mehrmals rüttelte er mich nachts wach und stellte giftige Fragen, die ich schlaftrunken beantwortete. Humbert Humbert fürchtete sich zu Unrecht. Der Druck in mir war ebenso groß wie der Druck von außen, und darum explodierte ich nicht.

Ich träume davon, mich einmal selbst zu beschützen. Mich einmal richtig zu verteidigen mit aller Kraft, die mir zusteht, und verschiedenen Waffen, ohne auch nur einen Kratzer davonzutragen.

Humbert Humbert wollte mit mir spielen. Pirschte sich auf allen Vieren an, als sei er ein tollpatschiger Tiger. Lächerlich zahnlos, denn er bewahrte den Großteil seiner Zähne nachts in einem Glas auf. Bäh! Der Tiger leckte mir die Beine, während ich Hausaufgaben machte, oder er versuchte, mir nahezukommen, indem er mich kitzelte. Ich verabscheute diese Spielchen. Aber leider steigerte es sowohl seine Geilheit als auch seinen Spieltrieb, wenn ich nach ihm trat oder ihn anschrie.

Meine Schulnoten waren scheiße. Meine Wutanfälle kehrten zurück und richteten sich als Schwall ordinärer Beschimpfungen und Gewaltandrohungen wahllos gegen alle, die mir irgendwie in die Quere kamen. Ich war zu faul, die Wut mit dem bewährten Sportprogramm zu bekämpfen. Obwohl ich inzwischen besser Tennis spielte als Eva, hatte ich keinen Ehrgeiz. All meine Kraft richtete sich darauf, das Leben mit Humbert Humbert zu ertragen und ein möglichst normales Mädchen zu sein. Aber Nähe, die über kichern und labern hinausging, war harte Arbeit. Menschen fürchten sich vor dir, wenn du schweigsam wirst und verschlossen. Tausend Nachfragen nach deiner Mum und deinem Daddy musst du lückenlos beantworten können, sonst wirst du ihnen unheimlich.

Zu Anfang log ich spontan. Erfand beim Eisessen mit Eva und Opal, dass meine Mutter am liebsten Vanilleeis mit roter Soße gegessen und mir einmal erlaubt hatte, so viel Eis zu bestellen, wie ich wollte. Ich brachte die beiden zum Lachen, als ich ihnen beschrieb, wie meine Mum und ich uns mit Vanilleeis-Bauchschmerzen auf dem Bett gekrümmt hatten, als mein Dad nach Hause kam. Viele Lügengeschichten später erzählte ich, meine Mutter hätte mir das Eisessen immer verboten und ich wäre erst nach ihrem Tod in diesen Genuss gekommen. »Hä?«, sagte Eva und fixierte mein Gesicht. »Ich dachte, du und deine Mum habt immer Vanilleeis gegessen ...« Dumm. Scheiße, scheiße! Mit weiteren Lügen wand ich mich aus der Situation. Da war klar, dass ich besser planen musste. Ich bastelte mir eine wasserdichte Vergangenheit. Auch Humbert Humbert musste ich detailliert Geschichten über mein Leben an der Schule erzählen. Mein Lügennetz war aufwendig gewebt und konnte jederzeit reißen. Das war anstrengend. In meinem Kopf blieb einfach kein Raum für Unterrichtsstoff.

Es klingelte zum Schulschluss. Die Sonne brachte den Kreidestaub im Raum zum Leuchten. »Dolores!«, rief Mrs Pratt über die Köpfe meiner Mitschülerinnen hinweg, die eilig ihre Sachen zusammenpackten. »Würdest du bitte einen Augenblick in mein Büro kommen.« Ihre Stimme hatte einen scharfen Grundton, aber eine betont harmlose Melodie, was mich aufhorchen ließ. Mein Herz raste.

Als ich ihr Büro betrat, stellte ich erleichtert fest, dass keine Polizei anwesend war. Die Bücherwände aus dunkelbraunem Holz schüchterten mich trotzdem ein. Mrs Pratt klopfte auf ein Sitzkissen und lächelte. Ich setzte mich und wurde eine Ameise, als sie sich vor mir aufbaute, nur weniger stark. »Meine Liebe«, setzte sie an und schritt die Bücherwand entlang. Ihr grauer Faltenrock schwang auf meiner Augenhöhe um ihre Beine, mir wurde plötzlich klar, dass sie eine Frau war und nicht bloß eine Lehrerin, und ich fragte mich, ob sie einen Mann hatte, der den Faltenrock hob und sie in den Arsch fickte, wenn sie abends nach Hause kam, und schon hatte ich den ersten Teil ihres Vortrages nicht mitbekommen, der blöderweise mit einer Frage geendet hatte und die hing jetzt zusammen mit dem erwartungsvollen Blick von Mrs Pratt im Raum. »Äh«, machte ich. »Ja«, sagte ich, weil ich aus Erfahrung wusste, dass Menschen mit einem Ja immer besser umgehen können als mit einem Nein. »Also ja«, echote sie und machte eine bekümmerte Miene. Mist, dachte ich, verfickte Dreckscheiße. »Es bleibt hier niemandem verborgen«, fuhr die mutmaßlich arschgefickte Mrs Pratt fort, »dass du viele Schimpfworte und, sagen wir

174

mal, Ausdrücke aus einem unguten Milieu gebrauchst. Das ist für die Lehrerinnen, die Eltern und auch die Schülerinnen untragbar.« Konnte sie meine Gedanken lesen? »Mh ... Verzeihung«, sagte ich. »Deine schlechten Noten machen mir weitaus weniger Sorgen als dein Betragen, Dolores«, fuhr sie fort und wippte von den Fersen auf die Zehen wie ein graues Schaukelpferd. »Du kannst dich schwer konzentrieren. Woran könnte das liegen?« Ich zuckte mit den Schultern. »Hast du Pflichten im Haushalt?«, fragte sie weiter. »Nein«, sagte ich. Mrs Pratt griff nach einer Mappe. Ihre Augen huschten über das Papier. Sie wisperte, sodass ich ihre Worte erahnen konnte: »Frech, bockig, sitzt mit übereinander geschlagenen Beinen, nervöses Wippen, verschlossen, feindselig.« »Wie fühlst du dich?«, sie starrte mir ins Gesicht, als sei ich ein Puzzle mit tausend winzigen Teilen. »Ich weiß nicht«, sagte ich. »Beschreib es mir genau«, forderte sie. »Kann ich nicht.« Sie seufzte und notierte etwas.

»Hast du deine Menstruation schon bekommen?«, wollte sie wissen. Hatte ich nicht. »Du kannst es mir ruhig sagen«, ermunterte mich Mrs Pratt, »die monatliche Blutung ist etwas Natürliches. Jede Frau hat das.« »*Ich bin ein Mädchen*«, erwiderte ich unwillig. Sie notierte. Ich bereute. »Mit der Menstruation läuft es super«, behauptete ich, obwohl ich im Grunde natürlich keine Ahnung hatte, was in meinem Körper so vor sich ging. Manchmal fand ich getrockneten Schleim in meiner Unterhose, der nicht Humberts Sperma sein konnte, weil wir keinen Verkehr gehabt hatten. »Hast du Jungen als Freunde?«, fragte Mrs Pratt. »Nein«, sagte

175

ich schnell. »Schade«, erwiderte sie. Schon wieder alles falsch gemacht. »Mädchen in deinem Alter haben schon männliche Freunde. Das ist ganz in Ordnung!« »Aha.« »Jetzt zur Theatergruppe: Du kommst nicht, dabei hält Miss Gold dich für talentiert. Warum?«, wollte sie wissen. »Mein Vater erlaubt es nicht«, antwortete ich wahrheitsgemäß. Nach einigen Proben, über die Humbert Humbert mich ausgefragt hatte, war ich von ihm abgemeldet worden. Sie seufzte. »Hast du nicht Lust, wieder zu den Proben zu kommen?«, und sie tippte auf die Mappe mit den Notizen. »Ja, gern«, sagte ich. »Erzähl doch mal ein bisschen vom Alltag mit deinem Dad!«, forderte sie mich auf. Mrs Pratt und der ganze Raum bekamen eine schwarze Umrandung, als hätte ich zu lange in die Sonne gesehen. »Nein.« »Dolores, wir wollen dir helfen.« »Nein.« »Schau«, und sie legte eine tonnenschwere Hand auf meine Schulter, »dem jungen Mädchen begegnen viele neue Dinge, die ihr Frausein betreffen, und darüber spricht man natürlich lieber mit der Mama. So leicht ist es sicher nicht, ohne Mutter aufzuwachsen, und da brauchst du vielleicht ein bisschen Hilfe von uns. Aber das ist ganz in Ordnung. Wir sind ja dafür da.« Ihre Hand schüttelte sanft meinen Oberkörper. Ich sagte nichts. Sie redete noch ein wenig auf mich ein. Ich schwieg. »Ich werde mit deinem Papa reden müssen.« Gut, dachte ich, soll Humbert Humbert sich darum kümmern. Ich war unendlich müde und meine Gleichgültigkeit wuchs.

»Fuck! Fuck, Fuck, Oberfuck!«, brüllte ich. Ich sollte nachsitzen und sie hatten Humbert Humbert zum Gespräch einbestellt. Während ich vorgab, irgendetwas über Dramentechnik zu lesen, saß Humbert auf dem heißen Stuhl bei Mrs Pratt und wurde ausgefragt. Vor mir saß Mary. Die Zeit war staubig und träge. Wir waren unbeaufsichtigt. In der Schule hatten sie ein System gegenseitiger Überwachung etabliert. Es war klar, dass Mary mich verpfeifen würde, wenn ich mich vor dem Nachsitzen drückte. Eine Ewigkeit später stand Humbert Humbert in der Tür. Er hatte ein seltsames Gesicht. Er starrte Mary an, während er an ihr vorbei zu mir in die letzte Reihe kam, sich einen von den Schülerinnenstühlen nahm, auf dem er riesig wirkte, sich neben mich setzte und seine Hose aufknöpfte. »Du darfst wieder Theater spielen«, sagte er und ich schob meine Hand in seine Hose und massierte seinen Schwanz, während er Mary von hinten betrachtete.

An jenem Samstag, als ich den Umschlag aus braunem Papier unter den Arm klemmte, wagte ich kaum, mich zu verabschieden. Ich erwartete, dass Humbert Humbert seine Meinung ändern und mir noch in allerletzter Sekunde verbieten würde, zur ersten Probe des neuen Stückes der Schauspielgruppe zu gehen. Aber er saß nur da mit zusammengefaltetem Gesicht und schwieg. Ich schlug die Tür zu und fühlte mich, als hätte ich einen Sieg errungen. Den dicken braunen Umschlag mit dem Theaterstück, das wir in den nächsten Wochen proben würden, hatte mir Miss Gold in die Hand gedrückt. Ich war nach Hause gelaufen, hatte mich auf das Bett geworfen und den Umschlag aufgerissen. Zusammengeheftete Blätter, Sätze über Sätze, die auswendig gelernt werden mussten. Auf dem Deckblatt stand in großen Lettern der Titel »Die

Verzauberten Jäger«. Mehrmals, immer wieder las ich die drei Worte. Ungläubig. Zunächst fürchtete ich, Humbert Humbert hätte das Deckblatt irgendwie vertauscht, um mich zu verhöhnen und mir zu verdeutlichen, dass es in meinem Leben keinen einzigen Raum gab, in dem er nicht schon auf mich wartete, keine Geheimnisse und keine Luft für mich zu atmen, die nicht zuvor durch seine Lungen geströmt war. Aber das Stück, durch dessen Dialoge ich mich langsam arbeitete – ich verabscheute jede Art von Literatur, abgesehen von meinen Comics – handelte tatsächlich von verzauberten Jägern. Genauer gesagt von ganz normalen Männern, einem Klempner, einem Polizisten usw., die von einer Bauerstochter, die ich spielen würde, in Trance versetzt wurden. Ich kapierte nichts davon. Das machte mir noch mehr Angst als der Titel. Das ganze Ding endete mit einer Kussszene, in der die Bauerstochter einen jungen Dichter küsst, der gespielt werden würde von meiner Freundin Mona. Ziemlich rätselhaft. Vor lauter Aufregung trat ich so kräftig in die Pedale des neuen Fahrrads, das Humbert Humbert mir geschenkt hatte, dass ich viel zu früh beim Probenraum ankam. Um nicht unentspannt zu wirken, versteckte ich mich in einem Gebüsch am Rande des Schulhofs, von wo aus ich den Eingang im Blick hatte, aber nicht gesehen werden konnte. Alle Mitspielerinnen saßen im Kreis. Miss Gold, eine Frau, die ihren Nachnamen verdiente, lächelte uns strahlend an. Mit Stolz, der durch den Raum waberte wie ein Duft, erzählte sie, dass der Autor, Mr Quilty, ein sehr berühmter Mann sei und das Stück für New York geschrieben habe. Ihr Stolz war ansteckend, und obwohl wir den ganzen Tag damit verbrachten, uns das Stück gegenseitig vorzulesen, was nicht gerade meine Stärke war, verließ ich duftend das Schulgebäude. Vor unserem Haus saß Humbert Humbert und erwartete grimmig meinen täglichen Rapport. Ich bremste meine Fahrt, ohne vom Rad abzusteigen, indem ich mich mit Fuß und Hand an einer Birke abstützte, die auf unserem Grundstück wuchs. Humbert Humbert erhob sich und sah mich erwartungsvoll an. Ich war sehr leicht, während ich auf dem Rad balancierte, und mir wurde plötzlich klar, dass die Zeit von Humbert Humbert in der Vergangenheit lag, meine Zeit aber in der Zukunft. Da sah er ziemlich alt aus.

»*Erinnerst du dich an den Namen des Hotels, das mit dem Marmorschwan in der Halle?*«

Er wusste es. Er sagte nichts.

»*Klar weißt du*«, insistierte ich, »*das Hotel, wo du mich vergewaltigt hast.*«

Er starrte mich an.

»*Okay, macht ja nichts. Ich meine, hieß es nicht ›Die verzauberten Jäger‹?*«

Ich stieß mich vom Birkenstamm ab und stehend trat ich in die Pedale. Fuhr davon. Nein, flog davon.

Der Probenraum war für mich ein Ort der Freiheit und der Angst. Schnurrend gelang es mir, Humbert Humbert den Probenbesuch zu untersagen: »Du sollst mich erst sehen, wenn ich perfekt bin«, wisperte ich und rieb meine Hand an seinem Schritt. Es fiel mir unglaublich schwer, den ganzen Text auswendig zu lernen, und was es mit Realität und Traum, denn um so was ging es in dem Stück, auf sich hatte, begriff ich auch nach vielen Erklärungen nur rudimentär. Manchmal durften wir »machen, was wir wollten«. »Improvisieren!«, rief Miss Gold, die, wie sich herausstellte, eine echte Schauspielerin war. Humbert und ich sahen sie einige Wochen später in »Die Jungfrau von Orleans«. Ich war begeistert. Ich hatte das Gefühl, dass ich beim Zusehen nicht alles verstehen müsste, um es zu begreifen. »*Theater*«, seufzte Humbert Humbert immer wieder, um mir die Sache zu vermiesen, sei »*historisch gesprochen, eine primitive und angefaulte Kunstform. (...) Gemeinschaftsunfug ... usw.*« Er glaube an das Genie, belehrte er mich, den einzelnen Mann, der Übermenschliches schaffe. »Zusammen ist aber schöner. Man schenkt sich ...«, ich grübelte, »man schenkt sich dann so hin.« Er lachte mich aus. Aber je kleiner er mein Spiel machte, desto größer wurde meine Lust daran. Ich quälte mich sehr mit meinem »Ausdruck« und »dem Bühnenkörper«, war verzweifelt, wenn ich kritisiert wurde und ein glücklicher Mensch, wenn gelobt. In jeder freien Minute hing ich über den zu lernenden Zeilen. Ich schwänzte Klavierstunden, um im Park mit Mona zu proben. Sie schenkte mir einen Lippenstift und Make-up. Meine Brüste schmerzten und meine Pickel irritierten mich. Ich fand mich ziemlich hässlich. Aber wenn »meine Bauerstochter« auf der Bühne herumsprang, verlor die Scheißpubertät an Bedeutung. »Oh, Lippenstift«, hatte Miss Gold lächelnd bemerkt und die Reifen klimperten an ihrem Arm, wie immer, wenn sie gestikulierte, um uns etwas zu erklären. Ich liebte dieses Klirren. »Dolores hat sich verkleidet. Das ist gut. Verwandelt euch, schon wenn ihr den Text lernt, tut es als eine andere«, lobte sie mich. Von Humbert Humbert ließ ich mir Armreifen schenken, legte sie heimlich an und klimperte mit ihnen, während ich rezitierte. »Par Cœur müsst ihr das lernen«, rief Miss Gold mit ihrer warmen Stimme, und obwohl ich das Französische hasste, weil Humbert Humbert mich damit tyrannisierte, nahm ich mir vor, jede Zeile, jedes Wort »mit dem Herzen« zu lernen. Auf und ab gehen wie ein Raubtier in einem zu engen Käfig, das, hatte ich herausgefunden, war die effektivste Methode, Text zu lernen. Kilometer um Kilometer schritt ich den alten Holzboden ab. Auf einem meiner Lernrundgänge durch das Haus trat ich immer wieder auf ein loses Dielenbrett, das unter meinem Fuß klapperte und mir meinen Rhythmus versaute. Wütend riss ich es hoch und förderte einen kleinen Schlüssel zutage. Es gab im ganzen Haus nur eine einzige abgeschlossene Schublade und das war die am Nachttisch von Humbert Humbert. Der Schlüssel passte. Vorsichtig zog ich die Schublade auf. In ihr befanden sich ein Revolver und Patronen. Ich erinnere mich nicht, erschrocken gewesen zu sein, aber das Bild steht mir noch heute so klar vor Augen wie ein Foto. Ein paar Augenblicke hielt ich die Waffe in meinen Händen. Schwer und kalt war sie. Dann legte ich sie zurück und schloss vorsichtig die Schublade. Neugierig geworden, klopfte ich den gesamten Dielenboden ab und tatsächlich: ein weiteres loses Brett. Ich hob es an und stieß auf das schwarze Büchlein, den Taschenkalender, in den ich eben gerade schreibe. Betrachtete Humberts unleserlich winzige Notizen. Glaubte, meinen eigenen Namen zu entziffern und den meiner Mutter. Mit rasendem Herzen legte ich den Kalender zurück und machte mit meinem Bleistift ein winziges Kreuz auf das Dielenbrett. Ich wollte darin lesen, sobald ich unbeobachtet wäre.

Wir hatten einen ersten Ablauf von »Die verzauberten Jäger« hinter uns, waren aufgekratzt und verschwitzt, euphorisch und müde auf eine lebendige Art. Bevor wir die Bühne verließen, bat uns Miss Gold in den winzigen Zuschauerraum. Die Beardsley-Mädchenschule hatte eine richtige kleine Bühne. Wir setzten uns verkehrt herum auf die Stühle, um dem ausgestreckten Arm Miss Golds folgend den Mann sehen zu können, der in der letzten Reihe saß. Als er sich erhob, zischte Mona mir zu: »Sieht wie eine Kröte aus!« Sie hatte recht. Unter seinen Augen hingen bläuliche Beutel und die wenigen ihm verbliebenen Fusselhaare hatte er sich über die Glatze gelegt, als wolle er sie dekorieren. Als er auf uns zukam, blies er seine Hängebacken auf wie ein dicker Frosch, dann setzte er sich uns gegenüber und grinste. »Das ist Clare Quilty«, erklärte uns Miss Gold und klapperte mit den Armreifen, »der Autor unseres Stückes. Es ist uns eine Ehre, dass du uns zugeschaut hast heute, Q«, sagte sie freundschaftlich an ihn gewandt. Die zwei schienen sich zu kennen. »Danke euch«, nickte er und grinste, »das war gut. Aber noch viel zu tun.« Mit einer Handbewegung, mit der man Hühner verscheucht, schickte Miss Gold uns fort. Ich kam allerdings nicht zum Gehen, denn er rief: »Kleine Bauerstochter!« Ich brauchte einen Moment, um zu begreifen, dass er mich meinte. »Bleib einen Augenblick da.« Ich setzte mich wieder auf den Stuhl und betrachtete ihn. Seine Augen wanderten über mein Gesicht. »Wie heißt du?«, wollte er wissen. »Dolores Haze«, stellte ich mich vor, »aber Lo geht auch.« »Das hast du sehr gut gemacht da oben, kleine Bauerstochter«, schnarrte er und zeigte mit seinem dicken Mittelfinger auf die Bühne hinauf. »Danke«, sagte ich geschmeichelt. Vor Unsicherheit ließ ich den Blick auf der Bühne ruhen und wagte nicht mehr, ihn anzusehen. Miss Gold war damit beschäftigt, Requisiten aufzuräumen. »Nenn mich Q«, sagte er. »Okay.« »Wenn du mal Hilfe brauchst und vielleicht überlegst, Schauspielerin zu werden, denn das Talent hast du, dann ruf mich an.« Er gab mir eine Karte, auf der seine Telefonnummer und sein Name gedruckt waren. »Hmm ... Danke«, sagte ich. »Muss los.« Als ich aufstand, griff er blitzschnell nach meinem Handgelenk. Seine weichen, ein wenig feuchten Finger grapschten mich an und sein Daumen strich über mein Handgelenk, als müsste er den Zustand meines Körpers prüfen. »Dolores Haze?«, quakte die Kröte. Ich nickte. »Den Namen werde ich mir merken.« »Okay«, sagte ich und machte, dass ich wegkam.

Ich saß am Küchentisch, lernte und aß Obsttorte. Humbert Humbert baute sich vor mir auf. Daran, wie seine Kiefer etwas Unsichtbares zermahlten, sah ich, dass er wütend war.

»Wo warst du am Dienstag?«

»Was?«, mampfte ich mit sehr viel Obsttorte im Mund.

»Du hast den Klavierunterricht geschwänzt«, knurrte er. Es war zwecklos, es zu leugnen, dachte ich, da er sicher mit meiner Lehrerin telefoniert hatte. Wieso begriff er nicht, dass ich Jungs wirklich blöde fand? Ich interessierte mich weder für ihre verpickelten Gesichter noch für ihre kleinen Matschfinger.

»Mona und ich haben im Park geprobt. Wir machen jetzt Endproben«, gab ich wahrheitsgemäß an.

»Gut!«, schrie er, ging zum Telefon, wählte Monas Nummer, verlangte sie am Telefon und ließ sich die ganze Geschichte von ihr bestätigen. Dann kehrte er zu mir zurück, baute sich erneut in der Tür auf. Ich verstand das nicht. Ich war sicher, dass Mona erstens die Wahrheit gesagt und zweitens alle Schuld auf sich genommen hatte, denn das war unsere Vereinbarung. Seine Augen waren kalt, als sie mein Gesicht und meinen Körper prüften, und sein Mund verschob sich hin zu einer Grimasse. Niemals hatte er mich so angesehen. Jetzt ist es so weit, dachte ich, jetzt hat er bemerkt, dass mein Körper dabei ist, ein anderer zu werden, den er nicht mehr begehren kann. Sein Mund verschob sich zur Nase hin, als er meine rot bemalten Lippen anstarrte, als müsste er die Kotze einer Fremden wegputzen. »Gewöhnlich«, schnaufte er. Das Auge, das den Tick hatte, zuckte unkontrolliert, bevor er fortfuhr: »Du schaust aus wie eine Nutte. Wie eine kleine Nutte, eine ekelhafte kleine Hure, die ich vor Jahren gefickt oder vielleicht auch nicht gefickt habe. Eine Kindernutte.« Ich würgte die Beleidigungen herunter, schob den Rest der Torte mit den Fingern nach. Wischte die Sahne an der Hose ab und kaute laut schmatzend.

»Na, zufrieden mit Monas Auskunft?«, fragte ich.

Er bleckte die Zähne, zwischen denen er herausquetschte: »*Ich bin imstande, dich aus Beardsley herauszureißen und einzusperren.*« Und: »*Das muss aufhören, sonst passiert vielleicht etwas Nichtwiedergutzumachendes.*« Der Satz traf mich wie ein Blitz und zuckte noch weiter durch meinen Körper. Ich dachte an die Knarre in der Schublade. »Sonst passiert was, äh?«, schrie ich. Dann griff er mich an. Riss mir den Stuhl weg. Seine Stimme rutschte nach oben und er klang wie ein Mädchen, während er mich beschimpfte, sein Gesicht, so nah an meinem, als wolle er mich küssen, riss auf zu einer hässlichen Wunde. Ich sah seine unechten Zähne, die er sich vor einigen Monaten hatte einsetzen lassen, um seinen Mundgeruch einzudämmen. Es war ihm nicht gelungen. Ich war umhüllt von Angst und Fäulnis. Ich brüllte zurück. Warf ihm Missbrauch vor. Ich schrie, so laut ich konnte, damit uns vielleicht jemand hörte, bevor er mich erschoss. Es gab nichts mehr, was ich ihm sein konnte, und ich war nichts ohne ihn. Ich drohte ihm, mit allen zu schlafen, die mir unterkämen. »Du bist alt, alt, alt«, brüllte ich immer wieder. Er hielt mein Handgelenk umklammert und schüttelte mich so heftig, dass meine Zähne klapperten. Ich versuchte vergebens, mich zu befreien. Ich würde gern wissen, wie es sich anfühlt, körperlich überlegen zu sein. Was für ein Mensch ist man, wenn man in die körperliche Überlegenheit hineingeboren wird, wenn man stärker ist als mindestens fünfzig Prozent seiner Mitmenschen? Wenn man weiß, zur Not schlägt man zu, wirft sich darauf, nimmt sich, was man sich wünscht.

Als das klingelnde Telefon ihn ablenkte, nutzte ich die Gelegenheit und riss mich los. Ich rannte um mein Leben. Ich schlug mich in die Büsche, versteckte mich. War mir sicher, dass er jetzt nach oben gehen und die Knarre holen würde, um mich zu verfolgen und abzuknallen. Ich versuchte, klar zu denken. Wie weit kann eine Waffe schießen? Wenn ich jetzt mit meinem Rad losraste und er wenige Minuten später von der Tür aus auf mich zielte, war ich dann schon weit genug fort, um dem tödlichen Schuss zu entgehen? Der Wagen war in der Reparatur. Vorteil! Ich nahm das Rad und strampelte, bis meine Lungen und Beine brannten. Dann ein Geistesblitz: der Zettel mit der Telefonnummer, den Quilty mir gegeben hatte. An der Telefonzelle sprang ich vom Rad, stürzte in die Kabine, warf Geld ein und wählte mit zitternden Händen. Am anderen Ende meldete sich eine Frauenstimme. Offenbar war eine Party im Gange, ich hörte Musik und fröhliches Stimmengewirr im Hintergrund. »Ich muss Quilty sprechen«, schrie ich. »Gut, gut«, lachte die Frau. Ich war sehr erleichtert, dass er eine Frau zu haben schien. »Wer spricht denn da?« »Die Bauerstochter«, japste ich. Sie lachte und brüllte in den Raum hinein. »Q! Die Bauerstochter möchte mit dir sprechen.« Gelächter um sie herum. Ich spähte hinaus in die Dunkelheit, ob Humbert Humbert schon zu sehen war. Bewegte sich dort am anderen Ende der Straße nicht schon ein watschelnder Schatten? Die Telefonzelle war hell erleuchtet. Ich betete, obwohl mir nie beigebracht worden war, wie das geht. Dann klickte es am anderen Ende der Leitung. »Kleine Bauerstochter«, sagte seine Stimme. Offensichtlich hatte Quilty den Raum verlassen, denn Stimmengewirr und Musik waren jetzt leiser. Ich kam gleich zur Sache: »Ich muss hier weg. Ich muss weg aus Beardsley. Ich liebe sie, Q«, wisperte ich atemlos und hoffte, meine Angst würde ein wenig wie atemlose Leidenschaft klingen. »Bitte, holen Sie mich hier raus und leben Sie mit mir, denn ich kann nicht leben ohne Sie«, fuhr ich fort. Quilty lachte. »Na dann«, sagte er gelassen. »Ich werde Ihnen einen genauen Plan für unsere gemeinsame Flucht zukommen lassen«, redete ich auf ihn ein, und als er erneut lachte, wiederholte ich zur Sicherheit: »Ich denke nur an Sie. Ich möchte mit niemand anderem schlafen als mit Ihnen.« »Mach uns einen Plan, kleines Mädchen«, sagte er. Ich hörte ein Geräusch. Ich fuhr herum. Humbert Humberts Schatten hatte mein Rad aufgehoben und lief auf mich zu. In meiner Telefonzelle fühlte ich mich wie ein Reh im Scheinwerferlicht. »Bis bald, Q, und verraten Sie mich nicht«, sagte ich ins Telefon und hängte ein. Mit Schwung trat ich von innen die Tür der Telefonzelle auf.

»Wollte dich anrufen«, log ich lächelnd, bemüht, ganz die Alte zu sein, oder besser die Junge, seine süße Nymphette. »Ich habe gerade etwas Tolles beschlossen. Ich sag es dir gleich, aber erst habe ich Durst.« Und dann redete ich, plauderte ich mit der größtmöglichen Fröhlichkeit. Die Fröhlichkeit schabte mich aus, bis nichts von mir lächelte, gluckste und schwärmte als eine grobporige Teenagerhaut. »Beardsley kotzt mich voll an! Ich will raus aus der blöden Schule. Woll'n wir nicht noch mal verreisen? Das war doch cool!«, ich klimperte mit den Augen. »Und deine Premiere?« »Das

Theater ist mir scheißegal. Aber Hummi – diesmal will ich unsere Route bestimmen! Ja? Ja?« Er stimmte zu. Er wollte zurückreisen in der Zeit. Zurück zur süßen Lolita. Ich hatte ihn erwischt. Es begann zu regnen, ein richtiger Sturm. Ich sprang aufs Rad und fuhr nach Hause, dort wartete ich auf ihn, ganz nass, ganz die kleine Lo. »Scheiß auf das Stück«, sagte ich und warf die nassen Haare nach hinten, dass Tropfen spritzten. »Trag mich nach oben, Papi, bitte«, mit ausgebreiteten Armen. »Ich habe jetzt ganz romantische Gefühle.« Ich tat alles, was er wollte, und strengte mich an. Er weinte, als er zuckend kam, und ich weiß nicht, was widerlicher war, sein Sperma in mir oder seine Tränen auf meiner Haut.

Das war die Nacht, in der er mich um Verzeihung bat. Nicht wortwörtlich natürlich. Er weinte. In seinem Gesicht bebte es, als hätte der fiese Parasit »Schuld« Eier unter seiner Haut abgelegt, aus denen nun Würmer schlüpften. Nackt und schlaff lag er da. Ich wischte ihm mit dem Bettzipfel den kalten Schweiß von der Stirn, bevor ich mich überwinden konnte, meine Lippen zu einem Kuss dort zu platzieren. Allerdings etwas oberhalb der Würmer. Dann versicherte ich ihm, dass ich ihn liebte. Was hätte ich sonst tun sollen? Er war beruhigt. Das Eingeständnis meiner Liebe öffnete ihm die Tür, mich wie eine Unzurechnungsfähige zu behandeln, die Recht von Unrecht in einem Strudel weibischer Gefühle nicht zu unterscheiden vermag.

Mit Hilfe von Mona hatte ich den Plan für meine Flucht gut ausgearbeitet. Sie hatte die Aufgabe, Quilty einen Brief zu übergeben, der unsere exakte Reiseroute enthielt.

»Wir sehen uns wieder«, sagte sie zum Abschied, griff mein Kinn und schüttelte meinen Kopf, dass die Nackenwirbel knackten. »Au«, sagte ich. »Ich wollte dir bloß die Tränen abschütteln«, entgegnete Mona, ließ mein Kinn los und frottierte mit dem Ärmel ihres Pullovers meine Wangen. »Besser?«, fragte sie. Ich nickte. »Wir sehen uns wieder! Es ist nur vorübergehend.« »Ja.« Ich dehnte das A bis zum Zerreißen, überwältigt von der Zuneigung, die ich für sie fühlte. Mir waren so scheiße wenig Worte beigebracht worden, die wirklich etwas taugen, dachte ich wütend. »Es ist ... cool mit dir«, tastete ich mich unsicher durch die unbekannte Landschaft dieses neuen Familiengefühls. »Ich hab dich auch lieb, Baby.« Und sie grinste ein verschobenes Grinsen. »Ich heule später. Bonne Chance!«

Ich packte meinen Koffer und während Humbert Humbert im Wohnzimmer telefonierte, löste ich mit klopfendem Herzen das Dielenbrett, nahm seinen schwarzen Taschenkalender an mich und steckte ihn in meinen Rucksack.

Als Humbert Humbert den alten Wagen meiner Mutter rückwärts aus der Einfahrt lenkte, legte ich die flachen Hände auf meine Schenkel und ließ auch den Blick dort. Ich schaute mir jede einzelne Falte und Einkerbung meiner Handrücken ganz genau an. Betrachtete eindringlich, wie die Haut die Nägel umschloss, als müsste ich mir all das für eine Prüfung merken, in der es um Leben und Tod ging. Und dann dachte ich an Q. Ich wünschte, meine Gedanken wären Hände, die ihn greifen könnten. Warum verdammt noch mal hatte ich beschlossen, einem Menschen zu vertrauen, den ich nicht kannte? »So missgelaunt, kleine Nymphette?« Er stupste mich an der Schulter an. »Nein. Ich denk nur darüber nach, ob wir vielleicht was vergessen haben.« Um ihn zu beruhigen, stemmte ich die Füße in die Bodenmatte, reckte mich zu ihm hoch und küsste ihn auf die Wange. Ich erhaschte einen Blick in den Rückspiegel, wo ein roter Sportwagen in die Hauptstraße einbog und die Verfolgung aufnahm. Wär ja schön gewesen, wenn Q ein weniger auffälliges Gefährt gewählt hätte, dachte ich. Am zweiten Tag schon bemerkte Humbert unseren Verfolger und wurde nervös. Vermutlich glaubte er, dass ihn die Polizei beschattete. Er versuchte seine Anspannung hinter Reiselust und Aktivismus zu verbergen, aber mit jedem Tag, der verging, wuchsen Hysterie und Aggression. Bald verließ er das Hotelzimmer nur noch mit einer gut sichtbaren Beule in seiner Hose, die von seiner Pistole herrührte.

Mein Plan sah vor, an einem bestimmten Tag zu einer bestimmten Stunde einfach in das andere Auto umzusteigen, in das rote, sportliche. Einfach hinein in das andere Leben mit einem anderen Mann, der mich, so hoffte ich inständig, beschützen würde, weil man beschützt, was sich einem zu Füßen wirft.

Mein Plan ging auf. Also, ehrlich gesagt nicht vollends. Ein Fluchtversuch scheiterte und ich war gezwungen, Humbert anzulügen. Auch wenn er mir nichts nachweisen konnte, kassierte ich die härteste Ohrfeige meiner Kindheit.

Wenn ich mich an die Zeit meiner Flucht erinnere, kommt es mir vor, als hielte ich einen Packen überbelichteter Fotos in der Hand, die alle etwas zeigen, das mir Angst macht. Humbert Humbert wurde immer unberechenbarer. Er redete wirres Zeug, tastete mit hektischen Fingern nach der Pistole in seiner Hose und sah mich böse an, während er auf der Oberlippe schwitzte. Die Ausdünstungen von Humberts Stress waren ansteckend, ich bekam hohes Fieber. Zähneklappernd lag ich zwischen nassgeschwitzten Laken. Albträume und Wachängste flossen ineinander, aber als ich kurz vor der Kapitulation stand, erbarmte sich Humbert Humbert plötzlich, hob mich auf, trug mich wütend und vorsichtig zugleich durch die Empfangshalle unseres Hotels, legte mich auf den Rücksitz des Wagens und brachte mich in ein Krankenhaus. Als ich erwachte, war ich allein in einem klaren, hellen Raum. Sofort stand ich auf, schwankte – wie viele Tage hatte ich Fieber gehabt? Wie lange hatte ich nichts gegessen? – zum Fenster und tatsächlich: Auf dem Parkplatz des Krankenhauses parkte der rote Sportwagen. Ich machte einige trockene Schluchzer vor Erleichterung. Der rote Sportwagen mit Mr Quilty am Steuer wartete nun jeden Tag zwischen 12 und 14 Uhr am Eingang der Klinik. Ich bin meinem Körper über die Maßen dankbar für diese Unterstützung durch Krankheit. Von den Pflegerinnen wurde ich so umsorgt, dass ich mir überlegte, wie ich es anstellen könnte, für immer im Krankenhaus zu bleiben. Der Krankenhausaufenthalt entzog mich zudem für einige Tage der Kontrolle von Humbert Humbert, und diese einmalige Chance nutzte ich. Erfolgreich überredete ich ihn, mir mein Gepäck ins Krankenhaus zu bringen. »Hier ist es so fremd«, jammerte ich. Die Anwesenheit der Krankenschwester war ungemein hilfreich: »Nun tun Sie Ihrer Tochter schon den Gefallen!«, ermunterte sie ihn. »Ja! (sehr langes ›a‹), bitte, Papilein«, flötete ich. Er ging. Ich schrieb eine Notiz für Q, die ich ihm zukommen ließ. Und tatsächlich, am nächsten Tag stand mein Koffer am Fußende meines Bettes und am übernächsten stand eine Pflegerin in der Zimmertür: »Dein Onkel ist da!«

Q trat ein. Er trug einen weiten hellen Mantel und sein Krötengesicht war so froschig wie eh und je. Er grinste. »Kleine Bauerstochter! Das ist ein Coup«, sagte Q anerkennend. Er nahm meinen Koffer. Ich nahm seine Hand. Ganz einfach. Absurd einfach. Ich saß auf der Beifahrerseite eines fremden Autos und war auf dem Weg in ein neues Leben. Ich habe den Besitzer gewechselt, dachte ich.

DRITTER TEIL

Der Weg in mein neues Leben führte nach Beardsley zurück und dann an Beardsley vorbei hinein in die Botanik. Eine lange, gewundene Straße mündete in einen Kiesweg, schlängelte sich durch einen Wald und endete auf einer Lichtung. Vor uns hob sich ein Haus dunkel gegen den Abendhimmel ab. Es war märchenhaft schön, aus Holz, hatte eine große Tür mit Schnitzereien und schien sehr alt zu sein. Nicht dass ich in besonders märchenhafter Stimmung gewesen wäre, denn Quilty und ich hatten beinahe die gesamte Autofahrt geschwiegen. Wenn ich ihm eine ausgedachte Frage stellte, um ein Gespräch in Gang zu bringen, beispielsweise »Woran schreiben Sie gerade?«, schwieg er und glättete seinen winzigen Schnurrbart oder massierte sich den kahlen Schädel. »Wie alt bist du jetzt, Bauersmädchen?«, fragte er einmal, und als ich »alt genug« antwortete, klatschte er sich dreimal mit der flachen Hand auf die Glatze. Ich fürchtete schon, er würde mich an einem Diner neben der Autobahn aussetzen. Im Grunde aber war er bloß freundlich, wo ich Aufdringlichkeit gewohnt war.

Er parkte den Sportwagen. »Hopp hopp«, machte er und stieg aus. Seite an Seite betraten wir die Eingangshalle. Wie ein Fluglotse in der Diele stehend, wies er mit dem ausgestreckten Arm in verschiedene Himmelsrichtungen und stellte mir das Haus vor: »Küche, nimm dir was du willst, Schlafzimmer oberer Stock, such dir eins aus, das noch nicht belegt ist; Bibliothek, Probenraum; nachher kommt Besuch, Salon«, und er ging seinem eigenen ausgestreckten Finger nach. Ich hörte, wie er sich im Nebenzimmer auf eine Couch warf. Die Couch oder seine Knochen krachten, er stöhnte. Unschlüssig stand ich da und blickte mich um. Als Erstes betrat ich die Küche, die mehr wie eine Bar aussah. Auf einem großen Tisch lagen Platten mit Häppchen, die ich probierte, weil ich ziemlich hungrig war. Dann arrangierte ich die verbliebenen Häppchen neu, damit keine auffälligen Lücken entstanden. Aus dem Nebenzimmer roch es süßlich und muffig. An den Wänden waren hohe dunkle Regale mit Büchern vollgestopft worden und auf den Tischen breitete sich ein Meer aus blühenden Blumen und Pflanzen aus. Ich fragte mich, wozu man solch einen Raum braucht und kam zu dem Schluss, dass er allein der Schönheit wegen existieren musste. Nachdem ich meine Koffer und Qs lederne Reisetasche aus dem Wagen geholt hatte, schleppte ich sie die Treppe hinauf. Ich fluchte. Der Großteil meiner Kleider war weder passend noch schön, aber ich konnte mich schon immer schwer von Dingen trennen. Dinge sind mein Anker.

Ich suchte mir das schönste Schlafzimmer aus. Es hatte ein Himmelbett. Viele andere Zimmer waren bewohnt. Einige waren sogar abgeschlossen. Ich fragte mich, ob Q eine Familie hatte. Eine Mischung von Bangigkeit und Glück erfüllte mich bei diesem Gedanken. Ich warf die Koffer auf das Himmelbett und legte mich daneben. Ich fragte mich, was Humbert Humbert gerade tat. War er verrückt geworden und von einer Klippe gesprungen? War er zur Polizei gegangen und hatte mich als vermisst gemeldet? Vermisste er mich überhaupt? War er froh, mich los zu sein? Hatte er Angst? War er wütend? Versuchte er, mich aufzuspüren? Es quälte mich, dass ich auf all diese Fragen keine Antwort wusste. Ich überlegte, Mona zu kontaktieren, aber verwarf den Gedanken, weil ich sie nicht in Schwierigkeiten bringen wollte. Solange mir die Gefahr nicht gegenübersteht, bin ich in Sicherheit, beschloss ich, rollte mich auf dem Bett zusammen und schlief ein.

Ich erwachte von Stimmengewirr, Lachen und Musik. Ich schlich die Treppe hinunter. Der Salon war voller Menschen. Bunte, Trinkende und Betrunkene, exaltiert Erzählende. Theater- und Filmleute, Künstlerinnen. Eine elegante Frau, die in einem Kleid steckte, das aussah, als hätte es ihrer Großmutter gehört, wäre aber modernisiert worden, sprang übermütig auf einen Mann zu, um ihn zu necken, dabei verschüttete sie ihr Getränk. Ein anderer Mann warf sich mit dem Ausdruck eines Lebensretters Brust voran auf die Lache, schob den ganzen Körper über den Fleck. Dann sprang er unter dem kreischenden Lachen und Beifall der Umstehenden auf und lehnte sich lässig an den Fuß der Treppe, als sei nichts geschehen. Ich musste lachen. Ich war eine Taucherin, die durch das Glas ihrer schützenden Taucherglocke eine bunte, aufregende Welt und ihre seltsamen Bewohner bestaunte. Dann sah ich Q. Er hatte einen bestickten Morgenmantel über die Alltagskleidung geworfen und wirkte betrunken. Als er mich sah, winkte er mich zu sich. »Die kleine Bauerstochter!« Ich näherte mich schüchtern. »Gespielt hat sie«, dröhnte seine Stimme, »wie eine Große. Besser als ihr alle zusammen. Und das in einer Schulaufführung.« Und er zog den Mund auf und entblößte winzige Zähne. Als hätte er sich als Kind die Perlenkette seiner Mutter in den Mund geschoben und seither mit ihr gelebt. Die Umstehenden, die Q respektvoll ansahen, lächelten anerkennend, nickten mir zu, und ich sah in ihren Augen, dass sie sich zurückgesetzt fühlten. Q klemmte mich kurz unter den Arm und drückte mich an sich. Kraulte mit der einen Hand meinen Kopf und mit der anderen sein Brusthaar, dann lachte er. Da mich aber niemand weiter beachtete, nachdem er mich losgelassen hatte, nahm ich mir eine Cola aus der Küche und rollte mich in einem Sessel zusammen wie eine Hauskatze. Von dort aus beobachtete ich das Treiben. Zweimal versuchte jemand, sich in den Sessel zu setzen, und sprang erschrocken wieder hoch.

Irgendwann versammelten sich alle Gäste im Salon, die Türen wurden geschlossen und Ruhe trat ein. Eine kleine, derbe Frau namens Pat – mit diesem Namen wurde sie zumindest von den Umstehenden angefeuert – stieg auf den Tisch und tanzte schnell und wild. Dann bildeten sich einige Pärchen, die miteinander Sex hatten. Die anderen Gäste tranken und lachten einfach weiter. Bis auf Barbara und Charlie im Feriencamp hatte ich noch nie fremde Menschen beim Sex gesehen. Ich wollte es auch nicht. Trotzdem starrte ich die Körper an. Frauen. Frauen, die nach Männerkörpern griffen. Frauen, die einander küssten. Frauen, denen es gleichgültig schien, ob und von wem sie gesehen wurden. Sie taten, was sie taten. Sie taten es für sich. Ich verließ meinen Sessel und wollte mich davonschleichen, da legten sich Hände auf meine Schultern und jemand führte mich zu einer Couch, auf der ein Pärchen es miteinander machte. Sie streckten ihre Arme aus und griffen nach mir. Panisch sah ich mich um. Quilty stand in einiger Entfernung. Ich riss mich los und stolperte auf ihn zu. Sein Gesicht war verschwitzt und seltsam moosig, seine Zunge glitt durch seinen Mund wie eine dicke Schnecke. Ich warf mich Q an die Brust und flüsterte ihm hastig zu. »Ich mag es nicht. Ich liebe nur Sie, ich möchte nur mit Ihnen schlafen. Ich habe Erfahrungen.« Er hielt mich für einen Moment umschlungen. »Aber nicht hier«, sagte ich. »Ich kann gar nicht, Kleine. Ich bin ja dazu gar nicht fähig«, sagte er, und als der Mann, der irgendwie in der Frau auf dem Sofa steckte, nach mir greifen wollte und ich »Nein!« schrie, sagte Q: »Du musst nichts machen, was du nicht willst. Geh ins Bett, Kleine.« Ich rannte mit kräftigen langen Schritten aus dem Salon die Treppenstufen hinauf, warf mich zu meinem Koffer aufs Bett, schreckte wieder hoch, sprang zur Tür und schloss diese mit dem großen Schlüssel ab, riss den Koffer vom Bett auf den Boden und verkroch mich unter der Decke.

»Du musst nichts machen, was du nicht willst.« Ich konnte nicht schlafen. Dieser Satz machte einen Spaziergang durch meine Erinnerungen, betrachtete sie wie eine Landschaft und fragte: »Was du da tust, willst du das?« Auf einem sehr eleganten Briefpapier von Q schrieb ich einen Brief an Mona, mit Zieladresse, aber ohne Absender.

Fast jede Nacht gab es eine riesige Feierei. Es wurde geschlafen bis zum Nachmittag. Dann wurde gearbeitet. Q telefonierte laut, Q hatte Arbeitstreffen, manchmal las er sich seine Texte laut vor oder er bat Pat, dies zu tun. Es störte die beiden nicht, wenn ich mich in den Probenraum schlich und ihnen dabei zuhörte. Manchmal frage er mich: »Und, kleine Bauerstochter, wie war's?« Und ich strengte mich sehr an, klug zu antworten, weil er selten das Wort an mich richtete. Ich fürchtete, meine Berechtigung zum Hiersein bald zu verlieren. Q lachte und bleckte seine Perlenzähne: »Sag einfach, was du als Erstes gedacht und gefühlt hast.« »Unbehagen!«, antwortete ich wahrheitsgemäß. »Aha«, machte er und ging grübelnd davon. Nach einer dieser Proben nahm mich Pat mit in ihr Zimmer. Sie lebte dauerhaft in Qs Haus, aber ich konnte nie ganz herausfinden, in welchem Verhältnis sie zueinander standen. Ich kannte nur Eltern und Kinder und Ehepaare, die zusammenlebten. Pats Zimmer war vollgestopft mit Kleidern, die wie Kostüme aussahen, aber ihre Alltagsgarderobe waren. Als sie sah, wie ich die Sachen musterte, schenkte sie mir sofort einen schwarzen Mantel mit Pelzkragen, der ihr zu eng und mir zu groß war. Ich war so stolz, dass ich ihn nicht mal zum Schlafen ablegte. Wir quatschten ein bisschen. Sie redete von Proben und Agenten und Männern und Frauen. Ich erfand Geschichten aus meiner Kindheit. »Was tust du hier, Dolores?«, wollte sie plötzlich wissen, und als ich nicht antwortete, sagte sie: »Ach was, ich weiß ja selber nicht, was ich hier tue.« Dann bat sie mich, ihr beim Textlernen zu helfen. Ich musste den Part eines Mannes lesen, der sie für eine jüngere Geliebte verlässt. Ich saß auf einem Stuhl vor dem Bett, sie wälzte sich durch die Laken und Kissen und wand sich durch den Text hindurch und versuchte es mal mit Flüstern, mal mit Schreien. »Ach, ich habe gar keinen Zugang!«, klagte sie. »Es ist mir einfach noch nie passiert, dass mich einer verlassen hat. Immer war es andersherum.« Und dann lachte sie.

Phil und Christopher, die ein Liebespaar waren, wohnten im Nebenzimmer, aber nur so lange, bis sie wieder stritten und sich trennten. Sie hielten es ein paar Wochen ohneeinander aus, bis sie wieder anreisten und sich ewige Treue schworen. Ich hörte ihre Schwüre durch die Wand. Am liebsten mochte ich Mrs Vibrissa, die über alles den Kopf schüttelte und zusammen mit ihrem Mann den Hausputz machte und das Essen kochte. Ich hatte ihr erzählt, Q sei mein Onkel, und dass ich meine Schulferien hier verbrächte. »Du hast aber lange Schulferien! Solltest bald wieder nach Hause zurück«, mahnte sie, »das hier ist ein schlechter Einfluss.«

Ich kam und ging, wie ich Lust hatte. Ich feierte, tanzte und trug Gedichte vor, ich lief stundenlang durch den Garten. Und ich frage mich immer und immer wieder: Was will ich gerade tun?

Das weiße Pulver wurde von Christopher portioniert und lag auf dem Glastisch, um den die Anwesenden auf dem Boden saßen wie Kinder um einen Geburtstagskuchen. Q war außer Haus, gefeiert wurde trotzdem. Es war Vormittag. Ich hatte Mrs Vibrissa geholfen und als ich aus der Küche trat und die erwachsene Kindergeburtstagsparty sah, musste ich lachen. Christopher hielt sich das eine Nasenloch zu, atmete das Pulver mit Hilfe eines zusammengerollten Geldscheins ein und rieb sich dann mit gekräuselter Stirn die Nase. Ich setzte mich neben Pat auf den Teppich. Eine pompös gekleidete Frau bewegte sich in Richtung Tisch, exaltiert warf sie den Kopf in den Nacken und hätte mit ihrem Fellmantel beinahe das gesamte Pulver vom Tisch gewischt. Ein Aufschrei, dann erleichtertes Gekreisch. Dann war ich an der Reihe. Als ich meinen Kopf in Richtung Tisch neigte, sagte irgendwer: Luft anhalten. Das tat ich. Das Pulver war so fein, dass man es leicht wegpusten konnte. Es brannte unangenehm in der Nase. Und als es losging, legte ich mich auf ein Sofa am Fenster und beobachtete einen Zweig, der vor dem grauen Himmel vom Wind sanft auf und ab bewegt wurde. Ich war mit mir und ich war mutig und mein Körper verschwand. War noch da, aber durchscheinend geworden. War endlich der Geist geworden, für den ich ihn schon immer gehalten hatte. Für einen Moment glaubte ich tatsächlich, das Tor zur Freiheit gefunden zu haben, und musste das neue Territorium erkunden. Q war inzwischen zu Hause und er regte sich mächtig auf, redete sich in Rage, dabei bliesen sich seine Hängebacken gefährlich auf. Irgendwer wurde heftig angeschrien, weil »er der Kleinen dieses Zeug gegeben« hatte. Es war mir egal. Ich fühlte eine angenehme Mischung aus Intensität und Gleichgültigkeit.

Als das High nachließ, wurde ich traurig. Unendlich traurig. Ich löste mich auf in meiner Einsamkeit wie eine Brausetablette. Ich hatte kein Glas, das mich hielt, ich versickerte im Boden und war verschwunden. Q setzte sich zu mir, legte mir eine Hand auf den Nacken. »Nimm eine, das bringt ein wenig des guten Gefühls zu dir zurück.« Ich nahm eine Zigarette. Es funktionierte. »Lass das mit dem Zeug«, riet er mir. Ich wollte etwas erwidern, aber mir wurde kotzübel.

Und dann kam der Brief von Mona, in dem sie mir mitteilte, dass Humbert Humbert wie ein Wahnsinniger auf der Suche nach mir durch die Stadt unterwegs sei. Dass sie gehört habe, dass er sogar eine Zahn-OP bei einem Verwandten von Q auf sich genommen hätte, um dessen Aufenthaltsort auszuforschen. Er hatte Verdacht geschöpft. Ich verbrachte eine schlaflose Nacht und am nächsten Morgen bat ich Pat, die ein Casting in irgendeiner fremden Stadt hatte, mich mit dem Auto mitzunehmen. Ich packte meine wichtigsten Habseligkeiten in meinen Rucksack. Das Tagebuch von Humbert Humbert, das bisschen Geld, das ich noch hatte, eine Zahnbürste, ein paar Kleider, in denen ich älter wirkte, und ich zog den schwarzen Mantel an. Als ich zu Pat ins Auto stieg, war mir zum Heulen.

Ich wohnte einige Tage mit Pat in ihrem Hotelzimmer, hörte ihren Text ab und kümmerte mich um ihre Anfälle von Selbsthass und Verzweiflung, aber als sie abreisen musste, weil sie die dritte Runde des Castings nicht überstanden hatte (»Bin raus! Bin scheiße«, sagte sie hart und warf sich Gesicht voran auf das Hotelbett), endete unsere gemeinsame Zeit. »Wohin geht es für dich?«, fragte Pat, während sie einen Haufen Kleider achtlos in den Kofferraum ihres Wagens warf. »Ich bleibe bei meiner Tante! Kannst du mich da rauslassen?«, log ich. »Klar!«, sagte sie und fuhr mich auf meine Anweisung hin in der Stadt herum. Irgendwann sagte ich »Stopp«, wir drückten uns zum Abschied, ich stieg aus, Pats Wagen hupte einen letzten Gruß und schlich die Straße herunter. Ich trat in einen Hauseingang, da schien Pat beruhigt, gab Gas, fuhr um die Ecke und ich war auf mich allein gestellt. Ich stand bloß da. Betastete ein bisschen die Türklinke und hielt sehr viele Tränen, die rauswollten, mit den Kiefermuskeln fest. Wozu weinen? Ich zermalmte das Gefühl von Verlorenheit mit meinen Backenzähnen. Noch weiter weg, dachte ich, noch weiter, und an einem versifften Bahnhof kaufte ich mir ein Ticket für den nächsten Bus, der wasweißichwohin fuhr. Sehr dumm, das letzte Geld für diese Busfahrt auszugeben, mutmaßte ich. Aber ich war erleichtert, irgendein Ziel zu haben.

Ich war sehr müde. Der Bus folterte mich mit Schlafentzug: Sobald ich weggedöst war, schüttelte mich die Fahrt zurück ins Wache. Das machte mir dumpfes Herzrasen. Meine Lidränder brannten vor Müdigkeit und ich hatte einen ekelhaften Geschmack im Mund. Ich machte mir Gedanken über eine Geldquelle. Ich fühlte mich sehr einsam, aber auch weit in der Brust und frei.

Neunzehn Stunden war ich unterwegs. Zwischendurch hielt der Bus an Rastplätzen, in denen die grelle Beleuchtung für die ausgelaugten Gesichter der Reisenden ebenso erniedrigend war wie die Räudigkeit der angebotenen Speisen für ihre Mägen. Laut schimpfend schloss der Busfahrer die winzige Toilettenkabine im Bus ab, weil die Reisenden sich nicht an das gemalte Schild gehalten hatten, das einen durchgestrichenen Kackhaufen zeigte. Fäkalgeruch und draußen eine ausdruckslose Landschaft. Dann stand ich in Pats schwarzem Fellmantel am Busbahnhof und mir war scheißkalt. Ich lief einfach los, ließ mich von den Körpern der Passanten mitnehmen. Eine Geschäftsstraße, Restaurants. Stehen bleiben war ausgeschlossen, denn dann hätte ich einen Plan fassen müssen. Irgendwann bemerkte ich, dass die Gesichter der Vorbeilaufenden nicht mehr nach Geschäftigkeit und Sinnlosshopping aussahen, sondern nach trauriger Verelendung. Ich erschrak. Aber dann dachte ich: Die vorteilhafteste Gesellschaft für mich sind vermutlich Leute, die selber nicht gesehen werden wollen. Das Ausgehviertel dieser Stadt: Restaurants, Bars, auch Rotlicht, Clubs von denen die meisten nicht geöffnet waren. »Entschuldigung, welchen Wochentag haben wir?«, fragte ich ein Pärchen, das hungrig die Speisekarte eines Restaurants diskutierte. Sie sahen mich gar nicht richtig an. »Dienstag«, antwortete die Frau. Offensichtlich war die Stadt, in der ich ausgestiegen war, nicht groß genug, um an jedem Abend der Woche feiernde Menschen zu beherbergen. Hier war nichts los. Schlotternd streifte ich durch schmutzige Nebenstraßen. Irgendwann fand ich eine Bar und bestellte mir eine Cola. »Ist dir nicht gut?«, fragte die Frau, als sie die Cola vor mich stellte. »Brauche Zucker«, entgegnete ich und zog mich an einen Tisch zurück. Gierig trank ich die Cola, aber sie schmerzte im Magen und brannte mir im Hals. »Hey!«, die Barfrau stand neben mir. Ich schwieg. Ich würde sie einfach wegschweigen. Das funktionierte meistens. Ich wollte nicht, dass sie mich unter dem Deckmantel der Hilfsbereitschaft zu den Bullen brachte, die umgehend Humbert Humbert kontaktieren würden, der mich freudestrahlend als Vater in die Arme schlösse. Vielleicht muss ich von der Cola kotzen, dachte ich. Fürs Weglaufen war ich zu müde und zu hungrig. Also schwieg ich. »Hey!«, wiederholte sie, »was ist los mit dir, Kleine?« Ich nahm an, sie wusste, was los war. Sie stand jeden Tag in dieser abgefuckten Bar in einer heruntergekommenen Straße einer gesichtslosen Kleinstadt und bewirtete Leute, die hässlich waren vor Traurigkeit. »Hey! Schau mich mal an.« Sie wartete. »Hey!« »Hey! Halt die Fresse – hey!«, brachte ich aus mir heraus. Sie lachte. Das war nicht die Reaktion, die ich mir gewünscht hatte. Jemand an der Theke pöbelte rum. Sie musste los. »Warte hier«, sagte sie. Jetzt abhauen. Los! Aber meine Beine wollten nicht. Sie zappelten. Sie tanzten unter mir auf dem Fußboden. Die Barfrau war wieder da. Sie griff mich am Arm. Ich wehrte mich etwas, aber sie hatte Hände, die viele Getränke gleichzeitig halten können. »Was ist los mit dir?«, fragte sie schärfer, ohne eine Spur von Mitleid. »Es geht mir scheiße«, sagte ich. »Wie alt bist du?« »Vierzehn.« »Scheiße«, sagte sie. »Komm« – und sie zerrte mich hinter sich her durch den Gastraum auf eine Treppe zu. »Hey! Übernimm mal kurz!«, brüllte sie in eine der geöffneten Türen und dann zog sie mich eine Treppe hinauf. Öffnete eine Tür, setzte mich aufs Bett. Für eine Sekunde sah ich ihr Gesicht. Lang und gut geschnitten, volle Lippen, hellblondes Haar. Sie war eine große Frau, eine Frau wie ein Leuchtturm. »Schlaf ein bisschen. Ich kümmere mich später.« Ich sprang vom Bett auf, machte zwei Schritte zur Tür, wollte an ihr vorbei in die Freiheit schlüpfen. Ins

Nichts schlüpfen. Ich drehte mich um und blickte auf das Bett in meinem Rücken. »Schlaf ein bisschen«, wiederholte sie. Und ich legte mich einfach hin. Der raue Stoff der Bettwäsche kratze an meiner Wange, bevor mir die Augen zufielen. Die Frau verließ das Zimmer und schloss die Tür hinter sich. Ich war wie ein Herz, ein dicker Muskel, der sich mit größter Kraftanstrengung mühsam bewegt und Blut pumpt, aus dem Nichts ins Nichts, weil er keinen Körper hat. Aber der Muskel kann nichts anderes und darum pumpt er. Ich weinte sehr viel. Nass war der Stoff der Bettwäsche noch rauer. Dann schlief ich ein.

»Hey! Guten Morgen!«, und da war sie. »Ich habe dir etwas Essbares mitgebracht, obwohl du sicher nichts willst, oder?« Sie grinste. Ich schnappte mir das Tablett mit den Pfannkuchen und zog es auf meinen Schoß. »Ich heiße Sonja«, sagte sie. »Dolores«, schmatzte ich. »Wäre schön, wenn du danach runter zum Abwaschen kommst«, sagte sie.

In der winzigen Küche hinter der Theke stapelte sich das Geschirr. Mein Körper fühlte sich genauso an wie dieser löchrige, stinkende, tausendmal ausgewrungene Spüllappen, der, nass über den Hahn geworfen, beim Trocknen steif geworden war und den ich mit einem knarrenden Geräusch vom Wasserhahn ablöste, den er unfreiwillig umklammert hielt. Hier bin ich richtig, dachte ich. Ich tauchte den Lappen ins Wasser und machte mich an die Arbeit. Es dauerte Stunden. Draußen war es dunkel geworden, drinnen tranken die Leute, der Strom von dreckigen Gläsern versiegte nie. Zwischendurch schaute Sonja herein, verordnete mir eine

Pause und stellte ein Tablett mit Essen auf die einzige freie Ablagefläche.

Noch nie in meinem Leben hatte ich gearbeitet. Ich strengte mich sehr an, alles richtigzumachen und durchzuhalten. Die Stimmen und die Musik aus der Jukebox wurden lauter im Laufe der Nacht, dann leiser und schließlich hörte ich, wie Sonja die letzten Gäste verabschiedete. Dann rief sie: »Dolores, komm rüber.« Gemeinsam fegten wir den Gastraum und dann saßen wir beieinander und tranken Cola. Sonja rauchte eine Zigarette nach der anderen, sie machte die Zigarette auch dann nicht aus, wenn sie von ihrem Sandwich abbiss. Sie sah mir von der Seite beim Essen zu. »Hatte ich vergessen«, amüsierte sie sich, »wie viel ein Kind in deinem Alter isst. Hatte ich ganz vergessen.« »Du hast Kinder?«, wollte ich wissen. »Ja. Eine Tochter.« Sie fuhr sich mit der linken Hand über den Kopf, griff in ihr hellblondes Haar und zog daran. Dabei nahm ihr Gesicht einen genießerischen Ausdruck an. »Wo ist sie?«, wollte ich wissen. »Schon lang nicht mehr hier«, war die Antwort. »Und dein Mann?« »Hab ich nicht.« »Wie?« »Ich hab keinen Mann.« Sie drückte die Zigarette im Aschenbecher aus. Ich überlegte kurz, ob das ein Hinweis zum Verbleib ihres Mannes gewesen war: verbrannt, verloschen. Jetzt wollte ich es doch genauer wissen: »Ist er tot?« Sonja lachte, löste ihr Haar und band den Haarknoten neu. »Ich hatte nie EINEN Mann, ich hatte verschiedene. Manchmal hatte ich für kurze Zeit viel Kontakt mit einem bestimmten Mann, aber ich habe keinen so gern gemocht, dass ich ihn länger hätte hier haben wollen.« »Aha«, sagte ich. WAAS?, dachte ich. Irgendwie war ich nicht auf die Idee gekommen, dass eine Frau ohne Mann sein könnte und vor allem nicht ohne das Ziel, in der Zukunft einen Mann zu haben. Das verblüffte mich. Mitten in meine Überlegungen hinein sagte Sonja: »Du kannst bleiben, wenn du willst.« Dann sah sie mir drei Sekunden in die Augen, die flackerten und brannten. »Ich mag dich«, stellte sie fest.

Ich blieb.

Ich richtete mich in meinem Zimmer ein, wurde überdurchschnittlich schnell und geschickt beim Abspülen, wurde dann auch »auf die Gäste losgelassen«, wie Sonja es sagte. Zu Beginn verließ ich die Bar nur, wenn ich geschickt wurde, um Besorgungen zu machen, dann wurde mein Radius größer und größer.

Ich erwachte im Morgengrauen. Es war der Tag meines 16. Geburtstages. Ich lag auf dem Rücken und spürte mich atmen. Manchmal bekomme ich Panik, wenn ich spüre, wie mein Körper arbeitet, atmet, verdaut und wächst, ohne dass ich ihn dazu aufgefordert habe. An diesem Tag nicht. Ich erhob mich und tapste barfuß durch die graue Dämmerung zu meinem Schreibtisch. Ich machte Licht und begann mit dem Schreiben. »Liebe Mona«, schrieb ich, »Baby«, setzte ich daneben, Komma, nächste Zeile. Ich schrieb, dass ich das Verstecken vor Humbert Humbert leid sei und bat sie, mich bald zu treffen. Auf den Umschlag schrieb ich: Weiterzuleiten an ..., weil ich nicht sicher war, ob Mona überhaupt noch in Beardsley lebte. Als ich, den Briefumschlag in der Hand, die Treppe herunterkam, rief Sonja: »So früh schon wach? Warte! Warte!« Ich hielt mir den Umschlag vor die Augen, und hinter dem weißen Papier verborgen wusste ich, dass uns ein Abschied bevorstand. »Hinschauen!«, befahl Sonja. Auf der Theke stand ein riesiger Geburtstagskuchen.

Ungefähr zwei Wochen später erhielt ich eine Antwort, und ich bat Sonja, mich zum vereinbarten Treffpunkt zu fahren, der nicht Beardsley war. »Schon lange nicht mehr diese Drecksstadt«, hatte Mona geschrieben. »Du musst nicht um Erlaubnis bitten. Ich bin nicht deine Mum«, sagte Sonja ernst. Am Tag unserer gemeinsamen Abreise hängten wir ein »Geschlossen«-Schild an die Tür der Bar. Ich nahm Sonjas Hand wie ein kleines Mädchen. Wir stiegen in ihren Wagen, und als sie den Motor startete, hatte sie auch die Zündung meiner Erinnerungen betätigt. Vor uns lag eine zweitägige Fahrt über Land. Mehrmals hielten wir an und Sonja tröstete mich. Hielt mich, wiegte mich ein bisschen. Sie wollte nichts wissen, gab mir ihre Zuneigung selbstlos und bedingungslos. Zweimal war der Druck in meiner Brust so groß, dass ich, so schnell ich konnte, parallel zur Straße rannte. Sonja und der Wagen rollten im Schritttempo neben mir her. Ich war schockiert über meine mangelnde Kondition. Dann tranken wir einen Kaffee und lachten über einen ungeschickten Kellner, entschuldigten uns bei ihm und fuhren weiter. Waren wir müde, schliefen wir im Wagen, weil ich ihr gesagt hatte, dass ich Motels nicht leiden konnte, aber in der Nähe des Treffpunktes mit Mona hatte Sonja ein Zimmer für uns gemietet. Ich wagte mich hinein. Ich wollte ja auch nicht albern sein und »mich so anstellen«. Im Hotelzimmer angekommen, warf ich die Bibel aus dem Fenster. Sonja kommentierte das nicht. »Soll ich mitkommen?«, fragte sie. »Nein«, entschied ich und bereute es sofort, aber ich blieb dabei.

Mona saß hinter einem Hamburger und kaute gelangweilt an ihren Pommes, als ich den Laden betrat. Ich sah sie sofort, blieb jedoch einen Moment in der Tür stehen, um sie zu betrachten, und weil ich plötzlich sehr schüchtern war. Dann sah sie mich, warf die Fritte zwischen ihren Fingern über die Schulter und flog in meine Arme, rannte mich fast um, hob mich hoch und schüttelte mich, wie man eine Beute schüttelt, der man das Genick brechen will. Mona war Mona. Sie sah älter aus. Sie trug einen langen, glitzernden Faden als Ohrring. »Setz dich!«, sagte sie und drückte mich auf die Bank ihr gegenüber. Die Beleuchtung des Restaurants war grell und es stank nach altem Fett. »Iss!« Sie schob mir ihren Burger zu. Weil ich nichts Besseres wusste, biss ich ab und kaute. »Baby!«, stellte sie fest, »du schaust scheiße dünn aus! Und überhaupt auch scheiße.« Ich machte den Mund auf, um mich zu rechtfertigen, aber sie winkte ab, bevor ich das Stottern anfangen konnte. »Mir geht's gut«, erzählte sie, »ich studiere Hauswirtschaft und Französisch und mache dann auf Übersetzerin, ich hab 'ne eigene Bude, die mein Daddy von Frankreich aus bezahlt, und einen Boyfriend.« Sie lachte und ihr Ohrring bewegte sich wie ein langer silbriger Wurm.

Dann wurde sie plötzlich ernst. Sie griff nach meiner Hand, die drei angebissene Pommes hielt, die ich soeben in Ketchup getaucht hatte, und zog sie auf ihre

211

Tischseite hinüber. Ich ließ die Pommes fallen. Ihre Hände waren erstaunlich klein und der rote Nagellack war an vielen Stellen abgeplatzt, was bei ihr lässig aussah. Sie nahm meine Hand in ihre Hände, wo sie liegen blieb, und sah mich lange an. »Scheiße, Dolores. Ich dachte, das mit unserem Plan hat alles nicht hingehauen. Du hast dich nicht gemeldet.« »Entschuldige!«, sagte ich. »Nee, nee«, beschwichtigte sie, »nee, musst du nicht. Ich bin nicht sauer, ich hatte einfach eine Scheißangst um dich. Irgendwann bin ich bei diesem ekelhaften Quilty aufgetaucht und hab nach dir gefragt. Er hatte das ganze Haus voll mit diesen beschissenen Schauspielern und war total high und hat gesagt, du seist eine Weile da gewesen, aber dann abgehauen, wohin wusste er nicht. Ich war mir nicht sicher, ob er mich anlügt. Hat er dich irgendwo eingesperrt im Haus?« »Nein«, sagte ich. »Ich dachte, er hat dich vielleicht gekillt und im Garten verscharrt.« Sie ließ meine Hand los und nahm sich die drei Pommes, die in einer kleinen Ketchuplache auf dem Tisch lagen. Sie steckte sie in den Mund und kaute. Und wie ich sie so sitzen sah, riss etwas in mir auf. Ich wollte weinen, aber bekam nur ein bisschen Hochwasser, weil meine Augen nach dem ganzen Geheule auf der Autofahrt erschöpft waren. »Ich war ja gar nicht allein«, krächzte ich. »Natürlich nicht, Heulsuse.« Sie schluckte die Pommes herunter. Und plötzlich sagte ich: »Ich liebe dich«, und wie beim Singen faltete meine Stimme sich vor mir auf und wuchs und nahm den ganzen Raum ein, weil der Luftstrom aus meinem Inneren niemals versiegen würde. »Ich liebe dich auch, Baby!« Sie setzte sich zu mir auf die Bank und legte den Arm um mich, wie es eine große Schwester getan hätte. Wir bestellten noch einen zweiten Burger.

Wenn eine Hand auf meine harte Haut trifft, macht mich die Erkenntnis traurig, dass es zwischen mir und diesem anderen Menschen kaum Austausch gibt, dass ich ausschließlich mit mir selbst gefüllt bin und meine Gefühle in mir kreisen wie Tiere in einem zu kleinen Käfig, Tiere, die in Gefangenschaft geboren wurden und darum keine Sehnsucht haben sollten nach einer Landschaft ohne Grenzen, sie aber doch haben. Die Berührung durch Monas Hand war anders.

Ich verabschiedete mich von Sonja und versprach ihr, mich zu melden. Ich sagte ihr nicht »Danke«, weil ich wusste, dass es nicht nötig war. Ich zog in Monas »eigene Bude« und lernte ihren Boyfriend kennen, der mich vernebelt musterte und sich dann eine Selbstgedrehte ansteckte. Ich jobbte in einem Café. Ansonsten wich ich Menschen aus. Was wünschen Sie? Der Carrot Cake ist gerade aus, probieren Sie doch den Pie! Das macht dann ... Diese Art von Kommunikation war kein Problem. Wenn es persönlich wurde, stammelte ich und wurde rot. Monas Boyfriend spottete. »Fresse, Dick!«, kommandierte Mona. Als er trotzdem nicht aufhörte, schmiss sie ihn kurzerhand aus der Wohnung. Er motzte. Nachdem sie die Tür hinter ihm geschlossen hatte, trat er mit Wucht dagegen und polterte die Treppe hinunter. Mona ging zum Kühlschrank und öffnete ihn. »Tut mir leid«, sagte ich kleinlaut, denn ich war mir sicher, dass ich den beiden den Abend ruiniert hatte. »Hm?«, machte sie und wandte sich mir zu. »Tut mir leid, dass er jetzt weg ist.« »Kein Problem«, sagte sie. Panisch lauschte ich, ob nicht ein Vorwurf in ihrer Stimme zu hören wäre. Es beeindruckte mich, dass sie den Mann, mit dem sie zusammen war, einfach aus der Wohnung geworfen hatte. »Was findest du an mir?«, fragte ich. »Du bist meine Freundin«, entgegnete sie. »Warum?«, bohrte ich nach. »Weil ich dich lieb hab.« »Warum?« »Hast du dich zurückentwickelt in die ›Warum-Phase‹, kleine Dolores?«, grinste sie. Stille. »Weil du bist, wie du bist, und das gefällt mir einfach sehr«, sagte sie. Dann kochten wir einen Eintopf, der grässlich schmeckte. Zum Zubettgehen lief ein Wettbewerb: Wer kann sich möglichst umständlich aus seinen Kleidern heraus und in seinen Schlafanzug hineintanzen. Mona lachte sehr lange, während sie mir zusah; der Sieg war meiner.

Ich brauchte einen besseren Job, ich brauchte einen Abschluss, ich wollte Geld verdienen. Wir waren pleite, denn Monas Eltern hielten sie kurz. »Sie wollen mich glauben lassen, dass sie aus erzieherischen Gründen so geizig sind«, spekulierte Mona, »aber in Wahrheit sind sie Arschlöcher und geben es bloß nicht zu.« Und dann breitete Mona ihren Plan vor mir aus: »Dolores! Ähm, na ja ... Ich habe da 'ne Idee: Du schreibst einen Brief an Humbert Humbert. Du schlägst ein Treffen vor und bittest ihn um Geld. Er hat doch das Haus geerbt, das deiner Mutter gehört hat, oder? Du erzählst mir ja nichts, aber ich habe das eindeutige Gefühl, du bist in der Position, ihn zu erpressen ... Irre ich mich?« Entgeistert sah ich sie an. Ihre Augen waren stolz, ihr Mund schnippisch. Als sich unsere Blicke begegneten, fiel ihr der triumphierende Ausdruck aus dem Gesicht: »Sorry. Ich wollte nicht … Ich dachte, das wäre eine gute Idee.« Ich hatte lange keinen Wutanfall mehr bekommen, aber jetzt war es so weit. Ich wusste, dass er ungerecht war, aber ich konnte ihn nicht verhindern. Die Wut schoss heraus. Ich brüllte und ich schlug mit meinen Fäusten auf den kleinen Küchentisch, warf ihn um. Ich ging auf Mona los, die ihren Kopf mit den Armen schützte und sich zusammenrollte wie ein kleiner Igel. Ich beschimpfte sie und ich beschimpfte mich. Irgendwann ging mir die Puste aus und ich blieb einfach auf dem Küchenfußboden liegen. Mona machte keinen Versuch, mit mir zu sprechen. Dafür schätze ich sie am meisten. Sie weiß, wann sie die Klappe halten muss. Sie verhält sich mir gegenüber, als besäße sie das Handbuch »Zum richtigen Umgang mit Dolores Haze – Fakten, Tipps, Strategien«. Sie deckte mich zu und ich verbrachte die Nacht auf dem Küchenfußboden. Am nächsten Morgen aßen wir trockene Cornflakes, weil uns die Milch ausgegangen war. »Wir machen es so«, sagte ich. »Ich schreib ihm einen Brief, aber wir brauchen ein emotionales Druckmittel, wir brauchen eine wirklich gute Tarnung. Ich weiß nicht, ob er seinen Revolver noch hat. Ich weiß nicht, wie er reagieren wird.« Mona zog die Augenbrauen unter ihren Pony. »Lassen wir das.« »Nein«, sagte ich, »den lassen wir nicht!«

Ich hatte ihn seit drei Jahren nicht gesehen. Ich verfasste einen Brief:

Lieber Pappi!

Wie geht's so? Ich bin verheiratet. Ich erwarte ein Baby. Ich glaube, es wird ein großer Junge. Ich glaube, er wird zu Weihnachten kommen. Dieser Brief fällt mir schwer. Ich drehe noch durch, weil wir nicht genug haben, um unsere Schulden zu bezahlen und hier rauszukommen. Dick haben sie einen Topjob in Alaska angeboten, irgendwas ganz Spezielles in seinem Fach als Mechaniker; mehr weiß ich darüber nicht, aber die Aussichten sind wirklich total stark. Entschuldige, dass ich unsere Adresse nicht angebe, aber Du bist vielleicht immer noch sauer auf mich, und Dick soll nichts wissen. Das ist schon eine tolle Stadt hier. Vor lauter Smog sieht man die Deppen nicht. Bitte schick uns einen Scheck, Pappi. Mit drei- oder vierhundert oder sogar weniger könnten wir es schaffen, für jede Summe wär ich dankbar, Du könntest meine alten Sachen verkaufen, weil wenn wir erst mal dort sind, kommt bestimmt Knete rein. Bitte schreib mir. Ich hab viel Trauriges und Schweres durchgemacht. In guter Hoffnung.

DOLLY (Mrs Richard F. Schiller)

Mona saß mir gegenüber im Schneidersitz auf dem Bett. Während ihre Augen über das Papier wanderten, zuckten ihre Füße, als wären sie es, die läsen. »Du hast das geschrieben?«, fragte sie ungläubig. »Yes!«, sagte ich. »Ich kenn dich nicht. So redest du?« Sie sah mich an.

216

Spätestens jetzt ahnte sie, was für eine Art Beziehung ich zu Humbert Humbert gehabt hatte. Dann lachte sie. »Ganz eindeutig, Baby, schreibst du an einen alten Trottel!« Sie blickte erneut auf das Papier. »Ich muss fast kotzen, wenn ich das lese.« Sie faltete den Brief zusammen und schob ihn in den Umschlag, den ich mit dem Absender »Hauptpostlagernd Coalmont« am nächsten Tag in den Briefkasten stecken würde. »Und du glaubst, er schickt die Kohle?«, fragte Mona. Äußerlich eine Art superlässiger Cowboy, innerlich Angst: »Nein, natürlich nicht. Er wird die Adresse herausfinden, er wird dort auftauchen und er wird seinen Revolver dabeihaben.« Eine Sekunde sah Mona mich ungläubig an, dann zog sie kurz die Mundwinkel hoch, und dann las sie endlich von meinem Gesicht ab, dass das kein blöder Witz gewesen war. »Wir machen es nicht!«, entschied sie. »Wir machen es«, beharrte ich.

Zwei Tage, nachdem ich den Brief verschickt hatte, fuhren wir mit dem alten Schrotthaufen los, den Dick von seinem Kumpel geliehen hatte. Mona saß am Steuer, Dick hing neben ihr mit einer Kippe zwischen den Lippen, die er nicht einmal entfernte, als er Mona küsste und »Vielleicht war das unser letzter Kuss« sagte, wobei er grinste. Offenbar nahm er die Situation nicht ernst. Wir hatten ihm erklärt, dass er vor meinem Vater meinen Ehemann spielen müsste, damit wir auf die Mitleidstour ein bisschen Kohle von ihm bekämen. »Cool«, hatte er gesagt, »bin dabei.« Und nachdem Mona ihm erklärt hatte, dass es vielleicht gefährlich werden könnte, gab er etwas von sich, das wie »Immer noch cool!« klang und streckte sich auf der Couch aus. Zusätzlich hatte

Mona noch ihren Freund Bill um Hilfe gebeten, der in der Rolle des Familienfreundes auftreten sollte. Aus dem Fundus der Theatergruppe der Universität hatten wir einen umschnallbaren Babybauch organisiert, der an meinem dünnen Körper riesig wirkte. »Wow!«, sagte Bill, als er zu mir auf die Rückbank kletterte. »Wirkt monströs. Monströs und überzeugend.«

Je näher wir Coalmont kamen, wo die Eltern von Bill ein seit Jahren unbewohntes Haus besaßen, das wir für unsere Scharade nutzen würden, desto mehr zog ich mich zurück. Ich versuchte mutig und lebendig zu bleiben, aber ich wurde zu einem mit Haut bezogenen Knochengerüst, in dem sich ein kleines Mädchen versteckte. Der umgeschnallte Bauch wärmte mich und ich wünschte mir, Arme und Beine einzuklappen, mich um mich selbst zu wickeln und in diesem Bauch zu verschwinden. Auf ihre Nachfrage hatte ich den drei anderen erzählt, die Schwangerschaftslüge sei nötig, um bemitleidenswerter zu wirken, aber während ich von diesem alten Auto durchgeschüttelt wurde, dass mir die Organe und Gefühle durcheinanderflogen, wurde mir klar, dass der Bauch mein Schutzschild war. Ein materialisierter Beweis dafür, dass ich kein Kind mehr war, dass ich niemals wieder in meinem Leben für Humbert Humbert sexuell attraktiv sein könnte. Ich wollte ihn gleich auf den ersten Blick wissen lassen, dass der Kinderkörper, den er mit seinen großen hässlichen Händen benutzt hatte, nicht mehr existierte. Seine Beschwörungen meiner Kindlichkeit, seine Gewalt hatten meinen Körper nicht daran hindern können, erwachsen zu werden. Mein Körper hatte gewonnen. Und er gehörte mir ganz allein. Ich hatte ihn mit Drogen vergiftet und mit Tabak, weil ich es so wollte! Ich hatte ihn zu Sport gezwungen, ihn verletzt, und er hat mir vergeben. Doch mit jedem Meter, den wir uns dem Treffpunkt näherten, schmolzen diese trotzigen Behauptungen dahin. In diesem Schmelzwasser verlor hinter uns ein Wagen nach dem anderen die Kontrolle. Der Auffahrunfall des Jahrhunderts. Blech zerbarst, Feuer, eine Explosion, Personen wurden aus ihren Fahrzeugen geschleudert, abgetrennte Gliedmaßen. Ich warf einen zweiten Blick in den Rückspiegel. Die Straße war leer ...

Das Haus war eine Bruchbude in einem ziemlich schäbigen Viertel von Coalmont und wir brauchten lange, um die Spinnweben und den gröbsten Schmutz zu entfernen, um es aussehen zu lassen, als ob Dick und ich völlig abgebrannt als junges Ehepaar hier lebten. Draußen färbte ein steter Nieselregen alles in verschiedenen Schattierungen von Grau. Ich hatte den anderen gesagt, dass es eine Weile dauern könnte, bis er auftauchen würde, dass er vielleicht überhaupt nicht auftauchen würde. Warum wollte ich ihn wiedersehen? Wollte ich? Vielleicht wollte ich gewinnen, einmal gegen ihn gewinnen. Vielleicht würde ich ihm den Revolver entreißen, den er, da war ich sicher, bei sich tragen würde, so wie er ihn auf der ganzen Reise bei sich gehabt hatte. Ihn einfach niederschießen. Abdrücken und diesen Körper auf den Boden fallen sehen, seelenlos, ganz ohne Begehren, bloß Fleisch mit Knochen und Organen und seinen vier Zähnen. Wir wohnten drei Tage gemeinsam in dem Haus. Dann klingelte es. Mona hechtete aus dem oberen Stockwerk in den

Garten, sprang über den kleinen Zaun, um sich auf dem verlassenen Nachbargrundstück zu verbergen. Ich stand an der Tür, die Hand an der Klinke. Draußen schlug ein alter Hofhund an. Bellte dreimal.

Ich hebe mein Brustbein. Ich stelle mich mit beiden Füßen auf die Erde. Ich trage meine Rüstung. Ich öffne die Tür. Und ich verwandle mich in die kleine Lo. Es ist wie ein beschissener Fluch.

Mein erwachsenes Ich (siebzehn, immerhin war ich siebzehn – aus heutiger Sicht war ich ein Kind, aber ich war kein Kind mehr in seinem Sinne) ging unter, obwohl es gegen das dreckige Wasser anzuschwimmen versuchte, das mit Humbert Humberts Eintreten den Raum flutete. Er war herausgeputzt wie ein alter, ungebildeter Mann, der zu einer Opernaufführung geht. Seine Garderobe wirkte wie aus einer anderen Zeit. Seidenhemd, Weste mit schimmernden Knöpfen, Krawatte. Ich tat verblüfft. Ich war ganz die naive Lolita, die nie darauf gekommen wäre, dass er es schaffen könnte, ihre Adresse zu ermitteln. »Oh« und »na so was«, machte ich. »Ist dein Ehemann im Haus?«, war seine Frage. Ich bat ihn hinein. Er hielt Abstand, so weit es ging, um nicht mit meinem schwangeren Bauch in Berührung zu kommen. Seine Zähne mahlten, als hätte er noch ein zähes Stück Fleisch vom Mittagessen zu erledigen. »Ja. Dick ist auch da«, informierte ich ihn vorsichtshalber. Wir setzten uns auf das Sofa. Wie aus der Zeit gefallen, gefangen in einem schrecklichen »Für-immer«. Ich fragte mich, wie ich reagieren würde, wenn er vor mir auf die Knie fiele und sich entschuldigte. Ich sah den Revolver in seiner

Hosentasche, aber ich fürchtete mich nicht. Wenn ich mich in meinem Leben auf eine Sache immer verlassen konnte, dann darauf, dass mein Körper tut, was nötig ist. Und dann sagte Humbert Humbert: »Sag mir seinen Namen!« Das wollte er wissen. Das war das Einzige, was ihn interessierte, mit wem ich »durchgebrannt« war. Ich war so verletzt, dass mein Körper auf Notprogramm umschaltete: spielte das in Quilty verliebte Mädchen, erfand Geschichten über unser Zusammensein und irgendwelche abartigen Sexpraktiken. Das erfüllte alle Erwartungen Humberts in vollem Umfang. Ich spielte das ins Unglück geratene Opfer, das ihn, den lieben Onkel Humbert, verarscht und einen anderen vergeblich geliebt hatte und jetzt bei einem guten, aber dummen Kerl gelandet war, der sie schlecht versorgte. Die ganze Geschichte verselbstständigte sich. »Ach was, das ist ja alles längst Geschichte«, sagte ich kumpelhaft mit einem vorsichtig flirtigen Unterton.

Dick und Bill, die zuvor getan hatten, als gäbe es im Garten etwas zu reparieren, betraten das Wohnzimmer mit einigen Bierdosen bewaffnet. Ich werkelte in der Küche herum und servierte dann Marshmallows und Kartoffelchips, die unser Reiseproviant gewesen waren. Humbert Humbert starrte mich an, dann blickte er auf die Marshmallows. Dann sah ich, dass sich Bill, der nach einem Motorradunfall ohnehin nur noch einen Arm hatte, beim Handwerkerspielen an einem seiner ohnehin nur fünf Finger verletzt hatte und ziemlich blutete. Ich nahm ihn am Arm und ging mit ihm in die Küche, wo ich vergeblich einen Verbandskasten suchte. Bill und ich standen in der Küche und sahen uns an. Mein Atem beschleunigte sich. Bill presste seine Hand auf meinen Solarplexus und drückte mich gegen die Wand. Das half. Dann lachte ich laut und schrill, weil mir plötzlich der Gedanke kam, Humbert Humbert könne beschließen, Dick eine Kugel in den Kopf zu jagen. Wir hasteten ins Wohnzimmer. Humbert Humbert, der in seinem misslungenen Kostüm eines französischen Adligen meinen Vater spielte, versuchte mit Dick Konversation zu machen, der den Vater meines nicht vorhandenen ungeborenen Kindes spielte. Es war grotesk. Bill nickte Dick zu und sie gingen wieder hinaus.

Humbert Humbert fragte mich weiter über Q aus. Ich erzählte verschiedene Geschichten. Sexpartys, Hollywood, blablabla. Ich erzählte von Träumen, die er als die Träume eines kleinen Mädchens mit verminderter Intelligenz und erhöhter Naivität abtun konnte.

Plötzlich wurde ich sehr ruhig. Humbert Humbert würde mir nichts antun. Dieser Mann, der mich abhängig gemacht und wie seinen Besitz behandelt hatte, schätzte mich zu gering, um mich verantwortlich zu machen. Er traute meinem »Kleinmädchenhirn« keine Rachegedanken zu, nicht einmal eine eigenmächtige Entscheidung. Für ihn war klar: Hätte sein Widersacher Q mich nicht ent- und dann verführt – von allein hätte die kleine Lo es niemals fertiggebracht, ihn, Humbert Humbert, zu verlassen. Sein Gesicht war mitleidig, als er sagte: »*Lolita, es mag keinen Sinn haben, aber ich muss es sagen. Das Leben ist sehr kurz. Von hier bis zu dem alten Wagen, den du so gut kennst, sind es zwanzig, dreißig Schritte. Es ist ein sehr kurzer Weg. Geh*

*die dreißig Schritte. Jetzt. Gleich. Komm, wie du bist. Und
wir werden von nun an glücklich sein.«*

Ich fragte ihn sehr direkt, ob er wolle, dass ich mit
ihm in ein Motel ginge und legte mir dabei eine Hand
auf meinen Wattebauch. Ich wünschte es mir fast. Ich
wünschte mir, mit ihm ins Auto meiner Mutter zu steigen – allem, was von ihr geblieben war –, die Tür eines schäbigen Motels hinter uns zu schließen. Ihm die
Hose zu öffnen, dabei in seine Tasche zu greifen, ihm
den Lauf seines Revolvers zwischen seine zwei Reihen
Zahnersatz zu schieben und dann abzudrücken. Peng.
Aber er wollte nicht. Das Geld, versicherte er, könnte
ich sowieso haben. Er drückte mir eine dicke Tüte in die
Hand und versprach mir mehr, in Zukunft. Ich bedankte
mich artig. Er heulte in seine Hände hinein. Irgendwer
schüttete einen Eimer eiskalte Schuld und dann einen
Eimer Wut über mir aus und ich schlotterte und kochte
und staunte. Dann behauptete er, er habe das Haus in
Ramsdale vermietet und ein Konto mit den Einnahmen
für mich angelegt. Eine glatte Lüge. Von dem Geld sah
ich niemals etwas. Draußen vor dem Haus kaufte er mir
die alte Schrottmühle ab, in der wir hergefahren waren.
Für einen viel zu hohen Preis. »Was für ein Glück. Bald
sind wir Millionäre«, kommentierte ich. Dann fuhr er
los.

*

Ich nahm das Geld, machte einen Kurs im Maschine-
schreiben und fand einen Job als Assistentin. Tippen,
Kaffee kochen, hilfreich sein. Einen Monat später fand

ich einen Umschlag von Mona auf dem Küchentisch: »Baby, wenn du wissen willst, wie deine Geschichte ausgeht, dann lies, wenn nicht, dann schmeiß den Brief in die Tonne.« Ich wollte es wissen. Ich entnahm dem Briefumschlag einen Zeitungsartikel, in dem berichtet wurde, dass Humbert Humbert im Gefängnis war, weil er Q in seinem alten Haus aufgesucht und ihm eine Kugel in den Schädel gejagt hatte. Er war verrückt geworden. Ich war perplex. Ich hatte Mitleid. Ich saß am Tisch und faltete den Zeitungsartikel, bis meine Hände dunkel wurden von der Druckerschwärze. Ich untersuchte dieses Mitleid, das mir nicht angebracht schien. Nein, entschied ich, diese Empfindung macht mich nicht zu einem großherzigen, einem guten Menschen. Nein, diese Empfindung macht mich winzig klein. Sie ist eingeübt. Die Übung lautet: Der Schmerz eines Mannes ist mehr wert als der Schmerz eines Mädchens.

Ein halbes Jahr später heiratete Mona ihren Dick und sie zogen in eine andere Stadt.

Ich wünsche mir, dass ich nicht bewertet werde als hart und herzlos, als eine, für die man schwer Empathie empfinden kann. Ich will einfach in Ruhe gelassen werden. Ich muss mich nicht auf die Suche nach »mir selbst« begeben, nach meinem »wahren Ich«. Ich bin eine Suchbewegung, von der Welt durchdrungen, und wie die Welt jeden Morgen eine andere ist, so bin ich wandelbar in ihr.

Ich weigere mich, an ein einfaches Modell von Befreiung zu glauben.

VIERTER TEIL

Das Jetzt schiebt einen Brocken Vergangenheit, der eine relative Ewigkeit lang in meinem inneren Salzstock endgelagert war, an die Oberfläche. Scharfkantig arbeitet sich der Brocken durch mein weiches Inneres. Raus musste er. Wie einen Kanten hartes Brot würge ich ihn herauf und spucke ihn in die Welt. Genauer: in das Bett von Ernst. Ernst ist Medizinstudent. Seit einigen Minuten tastet Ernst meinen Körper ab und testet sein lateinisches Basiswissen. »Sternum«, doziert er und klopft mir zwischen die Brüste. Als Liebhaber ist Ernst interessiert, aber ungeschickt gewesen. Obwohl in puncto Geschlechtsverkehr bei ihm vermutlich keinerlei Aussicht auf Besserung durch Übung besteht, werde ich ihn ein zweites Mal treffen. Männer wieder loszuwerden, ist mir zu anstrengend. »Clavicula«, strahlt er. Ich ertrage ihre Kränkung nicht, nicht ihre Enttäuschung oder Wut. Ich ertrage es nicht, dass sie mich dann nicht mehr leiden können. Ich mag nicht als frigide bezeichnet werden, nur weil ihre Hände auf der Suche nach meinen erogenen Zonen tollpatschig gewesen sind. Ich ertrage auch ihren Liebeskummer nicht. Da ist es einfacher, wenn sie ihn gelegentlich reinstecken. Meist sind sie damit zufrieden. Postkoital gelangweilt und ausgestreckt liege ich also im Bett eines Hotelzimmers, das Ernst für uns mietet. Sorgfältig setzt er seine lateinische Benennung fort. »Umbilicus«, sagt er stolz. Ich lache und er legt den Finger in meinen Bauchnabel. Er hat kalte Fingerspitzen und ein Gesicht wie eine Planierraupe, auf dem wie ein Fremdkörper der Ausdruck kindlichen Lerneifers liegt. Wie Gesicht und Ausdruck auseinanderfallen, rührt mich. Schwere Arme hängen von seinen Schultern herab. Mit seinem Latein ist er nun zwischen meinen Beinen angekommen: »Nymphe«, sagt er, »so nennt man auch die Kleinen.« Und er zupft mir an den inneren Schamlippen. Und da ist er: der scharfkantige Brocken Vergangenheit. Es dauert lange, bis ich, auf allen Vieren hockend, ihn und das aufs Zimmer bestellte Abendessen heraufgewürgt und auf das Bett gespuckt habe. »Vomitus«, wispert Ernst und ist mit seinem Latein am Ende. Er tut mir leid. Das Laken ist ruiniert.

»Meine Nymphe. Nymphette«, höre ich Humbert Humbert in mir sagen. Er soll die Fresse halten.

Die Stadt ist laut und voller Lichter. Mein Atem riecht nach Kotze. Mein Körper schmerzt. Ich gehe nach Hause. Ich schlafe tief.

Ich habe die Augen geöffnet. Vielleicht haben sie sich auch selbst aufgeklappt. Ohne mein Zutun, wie bei einer Puppe, die man in die Senkrechte befördert: klack. Es gab keinen Übergang zwischen Schlaf und Wachen, kein Schlummern, kein Sich-Rekeln und Dösen. Ich bin wach auf eine trockene Art. Ich stehe von meiner Matratze auf, lege seinen schwarzen Taschenkalender auf den Tisch, schlage ihn irgendwo auf. Die lächerliche Lupe, die ich gekauft habe, vergrößert seine Schrift. Ich lese. Irgendwann muss ich die Lupe weglegen, weil die Worte Monstrositäten werden, die mich anspringen, anstatt sich wie zuvor meinem Blick zu entziehen.

Ich weiß nicht weiter. Ich frage mich, warum ich so dumm bin. Ich bin so dumm. Ich leide an Selbstüberschätzung! Wie konnte ich glauben, dass ich das aushalten würde, dass ich das irgendwie ...? Ich stelle mir IHN vor. Morgens nach dem Aufstehen mit diesem Mundgeruch nach verschlafenen Zigaretten. Ich will ihn ... Ich will Hände haben, die so stark sind, dass ich ihm in den Bauch greifen und seine Organe herausreißen ... Ich ... Der erste Absatz, den ich lese, lautet wie folgt:

Heute glaube ich, dass es ein großer Fehler war, in den Osten zurückzukehren und sie in jene Beardsleyer-Privatschule zu stecken, anstatt irgendwie die mexikanische Grenze zu überklettern, solange es möglich war, um dann in subtropischer Seligkeit ein paar Jährchen in Ruhe zu leben, bis ich meine kleine Kreolin in aller Sicherheit heiraten konnte, denn ich muss bekennen, dass ich je nach dem Zustand meiner Drüsen und Ganglien im Verlauf ein und desselben Tages von einem Pol des Irrsinns zum anderen wechseln konnte – von dem Gedanken, dass ich mich (...) irgendwie einer schwierigen Heranwachsenden entledigen musste, deren magisches Nymphettentum sich verflüchtigt hätte, zu der Vorstellung, dass ich sie mit Geduld und Glück dahin bringen konnte, eines nicht allzu fernen Tages eine Nymphette mit meinem erlesenen Blut in ihren Adern zu produzieren. Lolita die Zweite, (...) die acht oder neun wäre zu einer Zeit, in der ich mich noch dans la force de l'age befinden würde.

Ich lege mich zurück auf die Matratze.
  Ich lese.

Ich kann seit Tagen nicht aufstehen. Wenn ich vor die Tür gehe, ein kleines, gebeugtes Skelett mit Augenringen bis zum Kinn, dann ist mein Scheitern für alle sichtbar. Ich schaffe es nicht in den Supermarkt. Mein Kühlschrank ist leer. Schon der Gedanke, meine Wohnung zu verlassen, löst Herzklopfen aus, das ich nur in den Griff kriege, wenn ich mich unter der Bettdecke zusammenrolle. Ich wasche mich nicht. Mir fällt auf, dass ich meine Menstruation schon lange nicht mehr bekommen habe.

Ach, lasst mich allein in meinem Kleinmädchenpark, in meinem moosigen Garten. Lasst sie für alle Zeiten um mich spielen. Nie erwachsen werden.

Sein Fluch hat sich erfüllt. Ich stecke im Kind fest, im kleinen Mädchen. Beim Schreiben, so hatte ich gehofft, würden sich meine Erlebnisse vereindeutigen, um das schrumpfen, was nicht in den von mir verwendeten Worten enthalten ist. Wie wenn man Plätzchen aussticht aus einem Teig. Eine Vergangenheit aus Begriffen; ohne Wucherung, ohne Rand, ohne Widersprüchlichkeit. Ich hatte gehofft, das Mädchen Lolita zwischen den Buchseiten dieses schwarzen Taschenkalenders einklemmen und ersticken zu können. Die Hoffnung hat sich nicht erfüllt. Das Erinnern macht mich tonnenschwer. Ich stelle mir vor, wie ich mich – Schädel voran – aus dem Fenster fallen lasse. Erst als es so dunkel ist, dass ich das Straßenpflaster vom Fenster aus nicht mehr sehen kann, traue ich mich hinaus.

Ich mache, was ich seit Jahren mache, wenn mir das bisschen »Ich«, das ich mir aus der ganzen Misere rausgeklaubt habe, abhandenkommt: Ich dröhne mich zu und nehme dann einen sehr dicken Mann mit nach Hause. Schwerer, größer als ich und massig. Fett- oder Muskelmasse oder beides, es ist mir gleich. Irgendwann habe ich herausgefunden, dass es mich wirklich erregt, zu Boden gedrückt zu werden. Es macht mich atemlos.

Meist muss ich die Männer nicht bitten, sie legen sich von ganz allein auf mich, mit ihrem ganzen Gewicht. Aber der von heute Abend versteckt eine Weichheit hinter seinem Bart, und wenn ich ihn auf mich ziehe, stützt er sich mit den Armen und Beinen auf der Matratze ab. Er ist nett. Er will mich nicht zerquetschen. Ich versuche, ihm die Gliedmaßen in einem künstlichen Mich-leidenschaftlich-Winden unterm Körper wegzuziehen. Es funktioniert nicht. Und dann bitte ich ihn: »Leg dich auf mich.« Es ist die erste echte Bitte, die ich jemals im Bett an einen Mann richte. Abgesehen von oh ja und oh Gott und fick mich, steck ihn mir da oder da rein und was man so sagt, habe ich nie gesprochen im Bett. Kein wahrhaftiges Wort. »Leg dich auf mich mit deinem ganzen Gewicht.« Heiße Scham rast meinen Rücken hinauf. Es ist jene Scham, die man empfindet, wenn man um Hilfe bitten muss. »Bitte rufen Sie einen Krankenwagen.« »Bitte bringen Sie mich auf die nächste Toilette.« »Bitte halten Sie mich kurz fest.« Geht nicht! Lieber unbehandelter Herzinfarkt als bedürftig sein. Meine Bedürftigkeit ist abscheulich. Hätte ich Speichel zur Verfügung, würde ich mir ins Gesicht spucken. »Bin ich nicht zu schwer?«, fragt er. Er klingt besorgt, nicht irritiert, dass ich um etwas bitte. Den Blick auf das Laken gesenkt, schüttele ich den

Kopf. Dann legt er sich auf mich und ich werde schwer, kurzatmig und feucht.

Leben heißt beschädigt werden. Ich bin eine Invalidin, aber ich habe es doch immer geschafft, all meine Körperteile zusammenzuhalten; zumindest nach außen hin. Die Freude ist mir nicht gänzlich abhandengekommen, auch die Freude an Schwänzen nicht, obwohl die oft so langweilig sind.

Als der Mann mit der Weichheit hinter dem Bart sich höflich verabschiedet, bleibe ich liegen. Dann rolle ich mich, mit der Bettdecke umwickelt, auf den kalten Boden neben die Matratze. Ich betaste sie. Ich stelle mir vor, ich hätte eine Matratze aus Plastilin. Das Plastilin wäre um ihn herum getrocknet und jetzt könnte ich mit den Fingern die Form abtasten, die mein Körper hinterlassen hat. Könnte im Berühren des Negativs auf MICH schließen. In dieser Nacht lese ich keine Zeile.

Am nächsten Morgen gehe ich wieder ins Büro. Ich bin stolz auf mich. Ich bin immer stolz, wenn es mir gelingt, mich zu zwingen. Wenn es mir gelingt, nicht unangenehm aufzufallen. Ich wünsche Leuten »einen schönen guten Morgen«, setze mich an den Schreibtisch und wähle Monas Nummer. Der Apparat im Büro ist der einzige, zu dem ich Zugang habe. Im wunderschönen Haus, in dem Mona seit ihrer Hochzeit wohnt, gibt es mehrere Telefonapparate, trotzdem dauert es ewig, bis sie abhebt. »Dolores Haze hier«, sagt meine professionelle Telefonstimme in die Muschel. »Baby!« Sie klingt überrascht. »Bin langsam! Bin ein beschissener Walfisch«, fährt sie fort. »Aha. In Ordnung«, sage ich ins Großraumbüro hinein. »Alles okay, Dolores Haze?« So, wie sie meinen Namen betont, weiß sie: Nichts ist okay. »Wann ist es denn bei Ihnen so weit?«, erkundigt sich meine Arbeitstelefonatstimme. »Jeden Moment. Bin schon zwei Tage drüber«, antwortet Mona. »Dazu kann ich Ihnen ja nur gratulieren«, fahre ich fort und setze hinzu: »Ich melde mich zu einem geeigneteren Zeitpunkt nochmals bei Ihnen.« »Lo!«, Mona klingt eindringlich. Sie ist die Einzige, die diesen Spitznamen noch benutzt. »Wenn es scheiße ist bei dir, rede vernünftig mit mir.« »Ja. Ja. Danke. Es läuft großartig hier«, sage ich viel zu laut und mehrere Kolleginnenaugenpaare wenden sich mir neugierig zu. »Auf Wiederhören«, und ich lege auf. Ich lächle die Kolleginnen an, schlage eine Akte auf und notiere ausgedachte Zahlen.

Die Nachricht von Monas Schwangerschaft vor sechs Monaten ist ein Schock für mich gewesen, und jetzt, da Mona sich bald um dieses Baby wird kümmern müssen, weil ihr Körper das nicht mehr automatisch erledigt, empfinde ich dieses unschuldige, hilflose Ding als Bedrohung. Ich verabscheue mich dafür. In den verbleibenden Stunden des Arbeitstages meide ich die Denkbereiche meines Gehirns, die unkontrollierbare Gemütsbewegungen auslösen könnten. Ich halte mich in meiner Komfortzone auf: Ich werfe mich auf den nächstbesten Menschen mit all meiner Aufmerksamkeit.

Afterwork-Drink, Bar. »Und was jetzt?«, fragt eine Kollegin. Sonst archiviert sie Akten, jetzt kreist ihr Blick wie ein Raubvogel über den Gästen. »Lass uns rübergehen«, sage ich, zwinkere ihr zu und zeige auf den Nebentisch. »Ach nee!«, winkt sie ab und strahlt. »Komm schon!«, insistiere ich. Sie freut sich, darauf hat sie gewartet. Die Bedürfnisse der anderen gehen schon beim ersten Kennenlernen auf mich über. Die Menschen verraten sich schnell. Im Grunde wünschen sich alle, dass du ihre Bedürfnisse erkennst und zu deinen eigenen erklärst. »Wir sind eins. Wir verstehen uns blind«, seufzen sie und schmiegen sich an dich mit ihrem Geschlechtsteil oder ihrer Freundschaft. Sie lieben dich dafür, dass du ihr Spiegelbild bist. Das kommt mir entgegen: Ich habe einen leeren Körper und will geliebt werden. Heute richten sich meine inneren Magneten eben nach Stephanie aus, es hätte aber auch Kim sein können oder Robert. Stephanie zwinkert zurück und zieht ein paar Nadeln aus ihrer Bürofrisur, schüttelt die Mähne und sieht mich fragend an. »Wow!«, mache ich tonlos. Und dann zerrt sie mich an besagten Nebentisch, weil da ein Mann herumsteht, von dem sie geheiratet werden will. An diesem Abend bin ich nicht verloren. Ich bin festgemacht in Stephanies Leben.

Natürlich hatte Mona recht, als sie zu mir sagte: »Du bist gar nicht richtig da. Das ist scheiße an dir.« Aber jetzt ist Mona nicht da und die Menschen um mich herum sind zu dumm oder zu selbstbezogen, um zu erkennen, dass sie nur in einen Spiegel blicken, wenn sie mich ansehen. Bloß nicht allein sein, denke ich. Denn dann marschieren sie auf: die Geister all meiner »Vorbesitzer«. Sie sind nicht fort. Sie bleiben in meinem Kopf, patrouillieren durch meinen Leib. Es gilt, sie ausfindig zu machen und einen nach dem anderen abzustechen, denke ich. Ihr Hauptquartier aber ist außerhalb von mir. Wenn ich so weit bin, schwöre ich mir, werde ich ihnen eine Bombe des Ungehorsams ins Hauptquartier werfen, damit ihre warnenden und drohenden Worte ihnen um die Ohren fliegen. Falls die nicht längst abgerissen sind von der Explosion, die Ohren, und neben anderen Körperteilen gelandet, wo sie verfaulen. Stephanies Knie berührt mich unter dem Stehtisch. »Ja«, lache ich, »Stephanie ist direkt reinmarschiert in sein Büro und hat ihm die Meinung gesagt.« »Ach na ja – so mutig bin ich auch wieder nicht«, winkt diese ab. »Doch genauso war es! Sei nicht immer so bescheiden!« – und es gelingt Stephanie tatsächlich, auf Kommando zu erröten. Leider sieht ihr Heiratskandidat nicht sonderlich beeindruckt aus. Mut scheint keine Eigenschaft zu sein, die er an Frauen schätzt.

Zwei Tage vergehen, drei Tage ...

Ich lese die ersten Seiten von Humbert Humberts Aufzeichnungen:

Lolita, Licht meines Lebens, Feuer meiner Lenden. Meine Sünde, meine Seele. Lo-li-ta: die Zungenspitze macht drei Sprünge den Gaumen hinab und tippt bei Drei gegen die Zähne. Lo. Li. Ta.

Sie war Lo, einfach Lo am Morgen, wenn sie vier Fuß zehn groß in ihren Söckchen dastand. Sie war Lola in Hosen. Sie war Dolly in der Schule. Sie war Dolores auf amtlichen Formularen. In meinen Armen aber war sie immer Lolita.

Das Bild eines nackten Mädchens in weißen Socken mit dreckiger Sohle, das Humbert Humbert in die Arme läuft, ist lange in mir unterwegs, wie die Kugel im Flipperautomaten, der von einem Profispieler bedient wird.

Humbert Humbert schreibt:

Ich wuchs als glückliches, gesundes Kind in einer hellen Welt von illustrierten Büchern, sauberem Sand, Orangenbäumen, zutraulichen Hunden, Ausblicken auf Meer und lächelnden Gesichtern auf.

Ach fick dich doch!

Ich lese eine Ansammlung schwülstiger Worte, die ich kenne, aber nicht verstehe. Beschreiben sie einen Körper? Ich lese ein zweites und drittes Mal. Jetzt: Humbert Humbert erinnert sich an seine Jugend. Er beschreibt seine erste sexuelle Erfahrung mit Annabel, einem Mädchen seines Alters. Er gibt an, diese früh verlorene Annabel in allen kleinen Mädchen, die er in seinem Leben begafft und begrabbelt hat, gesucht zu haben. Na ja, wenn es darum geht, schlechte Taten und hässliche Charakterzüge zu rechtfertigen, zählen wir gern vergangene Leiden auf. Ich nehme mich nicht aus. Das schiebt sich schon so hin, dass man sich selbst nicht hassen muss, oder Hummi?

Draußen ist es auf ekelhafte Art nasskalt und schon mittags dunkel. Ich lese die Passage, in der er blumig den Geschlechtsverkehr mit Annabel beschreibt. Ein langes, leeres Wochenende steht mir bevor. Wie soll ich es füllen? Aufstehen und ausgehen, das Trinken anfangen oder das Ficken? Ich will mir die Zeit vertreiben, aber ich kann mich nicht bewegen. Humberts Taschenkalender auf meiner Brust wiegt eine Tonne. Über meine Gedanken legt sich das Grau des frühen Nachmittags. Ich schaue hinaus in den Himmel, auf die Häuserfassaden gegenüber, am einzigen Baum im Hof vorbei, dem die Blätter ausgegangen sind. Irgendwann meldet sich der Hunger. Ich weiß, dass ich kein Essen im Haus habe. Das letzte Sandwich hatte ich gestern Nacht. Ich blättere in meinem inneren Kochbuch und finde nichts, auf das ich Appetit hätte. Also bleibe ich liegen. Mein Magen rebelliert lautstark.

Ich rappele mich auf und verlasse die Wohnung. Jetzt ist es bereits dunkel. In den Läden auf der Geschäftsstraße laden Lichter die Menschen ein und mich aus. Der Diner ist gut besucht. Durch die Fensterfront sehe ich die Menschen reden, essen, gestikulieren. Ich betrachte das alles, wie man ein Gemälde betrachtet in einer Kunstgalerie: ehrfurchtsvoll, still und auf der Suche nach einer Botschaft. Das alles sagt mir nichts. Ich ziehe an der schweren Tür. Der Geruch von Frittierfett strömt mir entgegen. Ich stehe in der Tür, unentschlossen. Meine Körpermitte ballt sich zur Faust. »Tür zu!«, brüllt irgendwo ein Frierender. Der Maler hat mich einfach nicht reingemalt in das Bild, der Arsch. »Rein oder raus«, kommandiert der Kellner, der auf mich zutritt. »Raus«, flüstere ich und fliehe.

Vor meiner Matratze streife ich die Schuhe ab. Ich schäme mich, versuche mich vergeblich zu erinnern, ob jemand im Restaurant gewesen ist, der mich kannte. Jemand, der beobachtet hat, wie ich daran scheitere, ein Restaurant zu betreten.

Mein Magen röhrt vor Hunger, aber ich gebe nicht nach. Ich liege bloß da. Atme. Ich genieße den Schmerz. Ich genieße die Leere, die sich in meinem ganzen Körper ausbreitet. Ich bin ganz bei mir. Verblüfft stelle ich fest, dass der Hunger eine große Hilfe ist. Und ich nehme jede Hilfe dankend an. Der Hunger ist mächtig, ist wahrhaftig. Der Hunger ist verlässlich, denn er ist eine eindeutige Folge von Nicht-Nahrungsaufnahme. Er ist keines von diesen irrationalen, heftigen Gefühlen, die ich nicht leiden kann. Die passen nie zum Jetzt. Aber der Hunger – das ist was Festes, was Solides, an das man sich halten kann.

Tagelang, wochenlang. Je schlanker ich werde, je weniger Platz ich einnehme, desto mehr Komplimente bekomme ich, vor allem von Frauen. »Wie machst du das?«, fragen sie und schämen sich ihrer eigenen Schenkel. Sie entschuldigen sich für ihr Fett. Besonders im Beisein von Männern entschuldigen sie sich für ihre mangelnde Disziplin. Ich hingegen gelte nun als eine, die ihr Leben im Griff hat, weil sie ihre Bedürfnisse im Griff hat.

Mehrmals ruft Mona auf meinem Apparat im Büro an, ich lege auf. Ich kann nicht mit ihr sprechen. Eine Kollegin teilt mir stirnrunzelnd mit: »Dolores, ich soll dir ausrichten, Mona ist eine Mum geworden, und noch ein Gratistipp von mir: keine Privatgespräche!« Sie dreht sich um und ihre riesigen Schenkel tragen ihren fetten, schwabbeligen Arsch zurück an ihren Schreibtisch.

Mein Magen hat sich knurrend zurückgezogen und mich aufgegeben.

Zwischen den Altersgrenzen von neun und vierzehn gibt es Mädchen, die gewissen behexten, doppelt oder vielmal so alten Wanderern ihre wahre Natur enthüllen, sie ist nicht menschlich, sondern nymphisch (das heißt dämonisch) …

Der Bann der Nymphette.

Er hat recht, ich bin kein Mensch, ich bin ein Dämon. Das ist meine wahre Natur. Je verletzter ich bin, desto verletzender bin ich auch. Ich tue weh.

Humbert Humbert gab sich große Mühe, brav zu sein. (...) Er hatte äußersten Respekt vor gewöhnlichen Kindern, vor ihrer Reinheit und Verletzbarkeit, und unter keinen Umständen hätte er die Unschuld eines Kindes angetastet, (...) Aber wie schlug sein Herz, wenn er in der unschuldigen Schar ein Dämonkind erspähte (...).

Das Dämonkind in der unschuldigen Schar ... Und wie auf einem Foto sehe ich sie vor mir: die Schar. Kleine perfekte Mädchen und Jungen, die glucksend lachen, denn sie gehen spielen im Hof an diesem sonnigen Frühlingstag und die klare Luft füllt ihre sauberen Lungen und irgendwo in der Mitte des Fotos ist es düster. Mehrmals fährt der Betrachter des Fotos mit dem Finger über die düstere Stelle. Da ist ein dunkler Fleck auf dem Foto, glaubt er, ein Fehler bei der Bildentwicklung, aber es ist das Dämonkind, das inmitten der anderen steht und direkt in die Kamera blickt, und es gibt nicht genug Sonne auf der Welt, den kleinen Dämon zu beleuchten.

Inzwischen ähnelt meine Körperform eher der einer Mumie als einem Lebewesen. Der Dämon geht zum Mittagessen in die Kantine, erzählt den Kolleginnen von erfundenen Dinnerpartys, aber in Wahrheit ernährt er sich vom Geil-gefunden-Werden. Das Leben mit Humbert Humbert hat mich gelehrt, zu lügen, zu täuschen und zu verbergen. Weiterhin meide ich den Kontakt zu Mona. Die kleine Mumie bleibt inkognito. Niemand darf mich beim Hungern stören. Ich klammere mich an den

Hunger. Jetzt bin ich »empty«. Ich bin frei. Es ist eine Freiheit der Leere.

Ich schlage den Taschenkalender irgendwo auf und lese. Jetzt muss ich alles wissen.

(…) völlig ungestraft küssen … Ich wusste, sie würde es zulassen und sogar nach dem Vorbild von Hollywood die Augen dabei schließen. Eine Doppelportion Vanilleeis mit einem Klacks heißer Schokoladensauce – viel mehr würde es für sie nicht sein.

Es läutet an der Tür. Ich stehe vom Bett auf, wickle mich in meinen Wintermantel – es ist der, den ich von Pam bekommen habe, der mit dem schwarzen Pelzbesatz – und öffne die Tür. Da steht Mona. Sie trägt ein Sommerkleid, sie schwitzt. Es ist Juni. Unser letzter Kontakt ist Monate her. Ihr Gesicht ist schmaler geworden, ernster und schöner. Sie schaut mich einfach an. Schaut mich so an, dass ich nicht standhalte. Meine Augen flüchten und fallen auf den Kinderwagen, der hinter ihr steht. Ich warte darauf, dass sie mir verzeiht, dass sie meine Inkompetenz wegwischt mit einer Geste von Großzügigkeit und Freundschaft, wie sie es schon oft getan hat. Mona bleibt stumm. Ich mache verschiedene Geräusche, die Gesprächsansätze sein sollen. Wenn ich die Tür einfach wieder schließe, dann verliere ich Mona für immer, denke ich. »Ich erwarte keine Entschuldigung«, erbarmt sie sich schließlich zu sagen, »ich weiß, ich kann von dir gerade nichts erwarten. Aber ich weiß nicht, ob ich vergessen kann, dass du mich so allein gelassen hast, als ich dich wirklich gebraucht hätte, weil …« Ihr Herz und ihr Gesicht sind offen und ihre Enttäuschung trifft mich hart. »Können wir reinkommen?«, fragt sie. Ich mache den Weg frei. Sie greift sich den Kinderwagen und zerrt ihn hinter sich her durch meinen Flur. Sie riecht nach säuerlicher Muttermilch und ungewaschener Mähne. Sie hebt das Baby aus dem Kinderwagen. Ich sehe die beiden an, wie man ein Foto von einer Naturkatastrophe in der Zeitung betrachtet. Kaum noch etwas ist real, überall Bilder und Fotos, denke ich. Das Baby ist ... ein Baby. Mit einem Flaum auf dem Kopf. Es hat einen dünnen Strampler an. Hitze draußen. »Sie heißt Barbe«, informiert mich Mona. »Barbe?«, wundere ich mich. »Ist Französisch.« Und dann drückt sie mir das Mädchen in die Arme. »Nimm. Ich muss scheißen, und zwar seit gefühlten zehn Tagen.« Sie schließt die Badezimmertür hinter sich und lässt uns stehen.

Das Baby ist zerknautscht und rot-gelblich eingefärbt und seine Augen rollen in den Höhlen, seine Arme und Beine rudern, als wollten sie etwas greifen. Seine winzigen Zappelfinger verheddern sich in meinem Haar. Sie ziehen an der Strähne, ohne überhaupt zu bemerken, was sie tun. »Au«, flüstere ich. Das Baby macht ein hohes Geräusch. Ich fürchte, es nicht so halten zu können, wie es gehalten werden muss.

Direkt an den rudernden Fettärmchen beginnt eine Welt und in dieser Welt muss es gehalten werden. Ich stehe bloß da und konzentriere mich und spüre das Gewicht in meinen Armen tonnenschwer werden. Die Augen des Babys gleiten teilnahmslos an mir vorbei, wie man den Blick an einem Schatten vorüberziehen lässt, den ein langweiliger Gegenstand auf eine beliebige Hauswand wirft. Ich beginne zu schwitzen in meinem Wintermantel. Ich brauche beide Hände und meine ganze Existenz, um die Kleine zu halten, als hielte ich mich selbst. Rotze und Tränen laufen mir das Gesicht hinunter, aber ich habe keine Hand frei, das Geschmodder abzuwischen. Dann betätigt Mona die Spülung. Als sie zurück ist, lächelt sie ein erschöpftes Lächeln. »Ich weiß«, sagt sie mit einem Blick auf mich und nimmt mir das Kind aus den Armen. »Magst du Spaghetti? Dann musst du sie kochen!«, sagt sie, und geht in die Küche. Ich folge ihr.

Mona ist seit zwei Tagen bei mir. Sie bringt mich zu einem Arzt. Er wirkt gelangweilt und abgehetzt und bittet mich mit einer Handbewegung, auf dem Stuhl vor seinem Schreibtisch Platz zu nehmen. Ein großes hölzernes Ding und alt. Nicht der Arzt, der Schreibtisch. Moment: der Arzt auch. Er erkundigt sich nach meinem Befinden. »Ich esse und schlafe nicht«, sage ich. Er macht ein paar Untersuchungen. Er ermahnt mich. Vorwurf und Entrüstung strahlt er aus, als wäre es nicht mein Körper, den ich ruiniere, sondern als hätte ich den Rasen vor dem Rathaus zertrampelt oder die Fassade der Mall mit Graffiti beschmiert. Es wabern aber auch Mitleid und Zigarrenatem zu mir herüber. Er legt die Hände flach auf die dunkelbraune Platte des Tisches, spreizt die Finger, sein Ehering schimmert golden, und dann sagt er: »Es ist etwas Seelisches, Miss Haze.«
　　Ich hasse ihn. Seine Worte verwandeln mich in die kleine Lolita, das kleine Mädchen mit dem braunen Zopf und den schmutzigen Fingernägeln. Vom Leben

als Erwachsene hoffnungslos überfordert. Ein Opfer. Mein schmaler Körper, die gereizte Haut, die Augenringe. Ich spüre eine heftige Wut in mir aufsteigen. Wut ist nicht okay. Ich weiß das, aber ich bin unendlich hungrig und habe keine Kraft, die Wut zurück ins Dunkel meines ausgehöhlten Körpers zu schubsen. Ich zittere vor Anstrengung. Endlich gelingt es mir, ein gesellschaftskonformes Ventil zu finden für die Wut: Ich beginne zu weinen. Weine wie ein gutes Opfer. Als Frau wird mir das nachgesehen.

Er macht einige Notizen auf einem Zettel. Dieser Zettel hat jetzt Macht über mich. Er erzählt mir etwas von einem vertrauenswürdigen Kollegen, von einer Methode »Rogers«. Liegt da nicht Stolz in seinen Augen hinter den Brillengläsern? Stolz, diesem halbanwesenden Frauengespenst ein Krankheitsbild geschenkt zu haben.

Mona bringt uns alle nach Hause und zwingt mich, ein paar Sandwiches zu essen. Ich tue es nur, um sie nicht zu enttäuschen. Der Sandwichbrei liegt in meinem Magen wie eine Coladose im Wald. Wir legen uns ins Bett. Mona hält mich und sie hält die kleine Barbe im Arm und ich bewundere ihre Kraft. Ich habe nicht einmal die Kraft, mich aus dem Bild zu befreien, in das mich die Augen des Arztes hineingequetscht haben. Mein ganzes Leben erscheint mir als Folge von Bildern mit eingequetschtem »Ich«. »Wenn du mal bereit bist, Baby«, sagte Mona, »kannst du mir erzählen.« Zwei Tage später muss sie wieder fahren.

Ich halte fest an meinem Langzeitprojekt, mich ins Nichts zu hungern.

In der Praxis des »vertrauenswürdigen Kollegen«, in der ich eine Woche später um sieben Uhr morgens vor der Arbeit auftauche, weil ich eben tue, was man mir sagt, empfängt mich eine Vorzimmerdame, die mich ohne Wartezeit ins Behandlungszimmer bringt. Der Vertrauenswürdige stellte sich mir vor, drückt mir fest die Hand. So habe ich mir einen Psychodoc nicht vorgestellt. Ich nenne ihn Otto. Otto, wegen der Symmetrie und weil ich keinen Otto kenne bis jetzt. Otto ist ein zu groß gewachsenes Kind mit Schnauzbart und Patschehändchen. Das beruhigt mich. Mir gefallen männliche Männer, die sich wie Jungen verhalten. Ich, Dolores, als Körper kaum noch vorhanden, habe Humbert Humbert in die Praxis von Otto mitgebracht, so wie ich ihn an jeden Ort mitbringe. Den unsichtbaren Dritten, den Meister, für den das ganze Spiel gespielt wird. Ein Voyeur, eine Art Kampfrichter in der Arena der Untertöne, der Sätze zwischen den Zeilen. Da ich jetzt offiziell eine Gestörte bin, eine Kranke, kann ich lauter Dinge tun und sagen, die von »normalen« Menschen missbilligt werden, denke ich und fühle mich kurz frei im Eingesperrtsein. Eine psychische Störung genehmigt einiges.

Warum schreibt der »vertrauenswürdige Kollege« alles auf? Er hat einen Block und einen Füllfederhalter, mir hat er ein Taschentuch spendiert. Über Humbert Humbert werde ich nicht sprechen, kein Wort – das ist klar. Die Ungeheuer im Raum werden wütend, wenn man sie beschreibt. Humbert Humbert legt den Finger auf die Lippen und zwinkert mir scharfkantig zu.

Otto hat mittels der Beschreibung meines Lebens, die ich abgeben musste, diagnostiziert, dass ich offensichtlich vom frühen Tod meines Vaters, meines Bruders und meiner Mutter traumatisiert bin. Der Nutzen dieser Erkenntnis wird sich sicher bald, später, irgendwann in vollem Umfang erschließen.

Einmal wöchentlich für die Dauer von zwei Monaten sitze ich Otto gegenüber, dann gehe ich nicht mehr hin. Ich bin immer sprachloser geworden und zuletzt habe ich ausschließlich geschwiegen. Warum, wo ich doch Humbert Humbert, das Kinderheim und die Polizei nicht mehr zu fürchten brauche? Unsagbar ist das Unsagbare. Ich will mich nicht restlos erklären, mir selber nicht und auch nicht den anderen.

Nein. Nein. Nein. Man ist seinen Trieben nicht ausgeliefert. Man kann sich zu Tode hungern, wenn man es will. Obwohl das Essen ein lebenswichtiger Trieb ist, kann man sich dagegen entscheiden. Man kann sich dagegen entscheiden, ein Kind zu ficken, auch wenn man es will. Seinen Trieben ausgeliefert zu sein, ist eine feige Ausrede. Ausgeliefert ist man, wenn man nur eingeschränkt atmen kann, weil auf dem eigenen ein Meter dreißig großen und sehr schlanken Körper ein ausgewachsener Männerkörper von neunzig Kilo liegt. Dann ist man ausgeliefert.

Der plaudernde Mann folgt mir nach Hause. Wir haben in der Kneipe nebeneinander gesessen. Ich bin mir nicht sicher, ob ich ihn geküsst habe, aber ich vermute es. Seine Muttersprache ist Spanisch. Er erzählt mir von Hängematten. Da kennt er sich gut aus, kennt viele Modelle. Ich kann ihm kaum folgen, es ist im Grunde schon schwer für mich, dem Bürgersteig zu folgen. Seit ich nicht esse, werde ich sehr schnell betrunken. In meiner Wohnung angekommen, schließt er die Tür hinter uns, folgt mir vorsichtig durch den Flur, wundert sich, dass ich kein Bett besitze, oder vielleicht wundert er sich auch, dass ich nicht in einer Hängematte schlafe, dann legt er mich auf die Matratze. Er hält mich an den Hüften fest und leckt mich. Dann geht er nach Hause. Am nächsten Abend klingelt er. Ich lasse ihn herein, weil ich weiß, dass man den Lichtschein meiner Lampe durch das Fenster sehen kann und weil ich ihn nicht verletzen will. Ich kann mich nur vage an seine Gesichtszüge erinnern. Als er in der Tür steht, stelle ich fest, dass er einen großen Mund hat und viel lächelt. Er legt mich auf die Matratze. Freundlich betrachtet er meinen abgemagerten Körper und leckt mich mit Sorgfalt. Nicht die Spur einer Bewertung. Wir sehen uns jetzt öfter. Wir reden ein wenig, er befriedigt mich und dann geht er nach Hause. Das geht einige Wochen so. Bei jedem unserer Treffen warte ich darauf, dass er eine Gegenleistung verlangt für das ganze Lecken. Er ist wirklich gut darin. Ich nenne ihn heimlich »den Kater«. Die Gegenleistung verlangt er nie. Als ich drei Wochen später seinem erschrockenen Gesicht mitteile, dass ich mit verschiedenen Männern schlafe und ihn nicht heiraten will, weint er bitterlich. Das überrascht mich. Die einzigen Empfindungen, die ich ihm entgegenbringe, sind Gleichgültigkeit und eine Prise Misstrauen. Ich bin froh, als er die Wohnung verlässt.

Für mich gibt es nur Einsamkeit oder bedingungsloses Gehaltenwerden. So wie ich gehalten werden müsste, kann mich niemand halten. Ich habe die Hoffnung auf eine solche Liebe in die tiefsten Tiefen meines Kellers verbannt. Wenn sie die Treppe hochkommt, schlage ich ihr die Tür vor der Nase zu.

Ich sitze nackt im Schneidersitz auf der Matratze und schaue von oben auf meine Vulva, sie sieht aus, als würde sie das Laken küssen und wäre dabei eingenickt. Ich frage mich, ob »der Kater« vielleicht der erste Mann war, der mit mir ins Bett ging mit der Absicht, mich zu liebkosen, oder ob es nur das erste Mal ist, dass ich dieses Verhalten bemerke. Ich beschließe, »den Kater« irgendwo in einem weich gebliebenen Teil meiner Seele abzulegen. Ich finde keinen weichen Teil. Ich bin eine Zumutung für Menschen. Ich bin immerzu mit Überleben beschäftigt. Im Gegensatz zu anderen Frauen meines Alters habe ich nie gehofft, irgendein Zauberer mit einem Penis würde kommen und mich erlösen und mit mir eine versorgende, eine bedingungslose Gemeinschaft bilden, bis dass der Tod uns scheidet. Aber immerhin kenne ich das Konzept. Ja, auch in einem verrottenden Inneren wie meinem stehen Hollywood und das Konzept der romantischen Liebe im faden Zwielicht als letzte Bastion vor dem Nichts. Männer, die mir ihre Liebe gestanden, habe ich verletzt und vertrieben. Sich lieben lassen heißt Bedürfnisse äußern. Das habe ich nie getan. Wenn ein Mann mir versicherte, er wolle, dass es mir gut gehe, war ich misstrauisch. Einmal behauptete einer, ich sei irgendwie ›die Richtige‹ für ihn. »Warum?«, fragte ich ihn. Die Antwort konnte ich akustisch nicht mehr verstehen, weil ich schon rannte, bis er außer Sicht war. Ich bin eine Illusionistin. Ich bin immer die Richtige für die, die nach der Richtigen suchen. Für alle anderen bin ich eine andere. Manchmal habe ich sie ausgelacht, manchmal mich weggeschlichen und manchmal habe ich Liebesdramen aufgeführt, damit ich so was auch mal mache. Das war schön. Einander gegenübersitzen und über die Liebe weinen, richtig Kummer haben. Das war schön.

Ich gab Humbert Humbert Absolution. Ich musste ihm sagen, dass ich ihn geliebt habe. Ich tat es für ihn, aber ich tat es auch für mich. Wie hätte ich sonst weiterleben können? Habe ich Humbert Humbert geliebt? Habe ich meine Mutter geliebt? Keine Ahnung. Niemand weiß, was das ist: dieses diffuse, regellose Gefühl, das extrem individuell sein soll. Und privat! Privat bleiben muss. Wir haben für alles Regeln, aber Liebe definieren wir besser nicht so genau, damit sie weiter herhalten kann für all die Quälereien, die in ihrem Namen veranstaltet werden.

Meine Vulva-Identität ist keine. Ja, ich empfinde Lust. Ich werde feucht. Ich bekomme einen Orgasmus. Ich bekomme meistens einen Orgasmus, wenn ich will, denn ich weiß, wie ich meine Geschlechtsorgane bedienen muss, aber ich kann beim besten Willen nicht unterscheiden, ob das, was mich erregt, von außen oder von innen kommt. Das, was mich anzieht, und das, was ich abstoßend finde, geht ineinander über, und zwar ohne Graubereich. Mag ich es wirklich so sehr, einen Schwanz in den Mund zu nehmen, oder mag ich es nur, weil es von Männern gemocht wird? Tue ich es ihnen zu Gefallen oder aus Gewohnheit oder weil ich weiß, dass Schwänze, die man gut lutscht, schneller steif werden und Männer sich mit steifen Schwänzen männlich und gut fühlen und es eigentlich das ist, was ich will: einen Mann dazu bringen, dass er sich gut fühlt? Fühle ich mich nur gut, wenn sich jemand durch mich gut fühlt? Ist das eine verachtenswerte Form des Egoismus? Oder mag ich es einfach, einen Schwanz im Mund zu haben, wenn er schön ist oder an jemandem hängt, oder besser noch steht, den ich ertragen kann? Wie soll ich das herausfinden?

Von Hippies und anderen Leuten, die an der sexuellen Befreiung aller arbeiten, wird mir gesagt, ich solle eine sexuelle Arbeit an mir selber verrichten. Das ist die Art von Befreiung, zu der mir geraten wird. Keine sexuelle Arbeit mehr am Penis verrichten, sondern Arbeit an Muschis. Im Speziellen an meiner Muschi, die ich nicht Muschi nennen soll oder Pflaume, sondern Vulva. Als könnte ich, wenn ich nur lange genug an ihr reibe, meine Erschütterung einfach wegrubbeln. Es ist ganz allein meine Verantwortung, meinen Körper zu befreien von all seinen Übergriffserfahrungen und Schmerzen, von all dem, was in ihn eingedrungen ist. Mein Körper soll dann etwas ganz Schönes werden, etwas, das mich stolz und froh macht, etwas Gesundes und Brauchbares und Liebenswertes. Aber mein Körper ist leider einfach nur da. Im Grunde bemerke ich ihn nicht, es sei denn, es springt mir einer auf den Fuß oder der Hautausschlag juckt. Es ist nicht so, dass ich nicht versucht hätte, so einen anregenden, heilsamen Körper zu bekommen, aber ich kann so sehr in den Bauch atmen, so viele Selbstbefragungen machen, wie ich will, mein Körper wird niemals mir gehören. Ich kenne ihn sehr genau. Ich habe mir meinen Schminkspiegel zwischen die Beine gehalten. Ich war ziemlich erschüttert von der Optik, als ich die Schamlippen hin und her gewendet habe. Ich habe versucht, meiner Vulva in die Augen zu sehen: Sie hatte keine. Ich habe mir mit Hilfe des Spiegels auch mein Arschloch angesehen. Das ist sehr schrumpelig. Es hat zurückgestarrt und mir zugezwinkert.

Der einzige Sex, der mir ein Gefühl von Freiheit gibt, ist risikoreicher Sex. Die Momente, in denen ich mich am meisten mit mir identisch fühle (wenn das überhaupt ein Ziel sein sollte, was ich sehr infrage stelle), sind jene von tiefem Schmerz, von sexueller Grenzüberschreitung. Menschen verurteilen diese Art von Sex. Aber es ist nun mal so: Fairer, moralisch einwandfreier Sex befreit mich nicht vom Schmerz.

Anderen Menschen von meinen Phantasien zu erzählen, lehne ich ab. Ich will nicht bewertet und nicht bemitleidet werden. Schon gar nicht von jemandem, der das tiefe Gefühl von Frieden und Freiheit im Ausgeliefertsein nicht kennt. Wenn ich für eine lange Zeit bewegungsunfähig gemacht werde, unfähig zu Entscheidungen, wenn ich gezwungen werde, nur mit mir zu sein, dann ist das der Eingang zum Himmel. Bleibt bei eurem kleinkarierten Rumgebumse auf Augenhöhe und lasst mich in Ruhe. Könnt ihr ausschließen, dass ihr sexuell jemals etwas getan habt, was ihr nicht wolltet? Wie oft hattet ihr Sex oder habt Sex fortgesetzt, obwohl ihr es nicht wolltet, nur weil ihr es nicht ertragen konntet, den anderen zu verletzen oder zu enttäuschen? Pflichtgefühl? Ist es euch nie passiert, dass Sex aus dem Ruder gelaufen ist, dass ihr ihn bereut habt, dass die Erinnerung euch die Schamesröte ins Gesicht treibt? Habt ihr beim Geschlechtsverkehr nie dem anderen und euch selber vorgemacht, dass ihr es mögt, um wenigstens irgendwie euer Gesicht zu wahren? Oder eure Unversehrtheit?

Ist es nicht vielmehr so, dass die Grenzen fließend sind, zwischen dem, was wir vermutlich wollen, und dem, was wir vermutlich nicht wollen? Was ist mit dem, von dem wir gar nicht wussten, dass wir es wollen würden? Es ist zum Kotzen, mir noch das letzte bisschen Autonomie zu nehmen, indem man sich zu meinem Beschützer und Fürsprecher aufschwingt. Lasst das! Wollt ihr mich dadurch von meiner Vergangenheit befreien, dass ihr mich so lange beschämt, bis mir die Muschi zu Fotzenstaub zerfällt? Ihr werdet eure Freiheit nicht in mich hinein therapieren können. Ich will sie nicht, diese Freiheit, deren Grenzen ich längst überschritten habe. »Die Freiheit von« ist mir doch gar nicht mehr möglich, möglich ist nur noch die »Freiheit zu« und die beschließe ich hiermit zu behaupten: mit aller Kraft.

Ich finde seine Beschreibung der ersten Nacht unserer Flucht, die wir im »Die Verzauberten Jäger« verbrachten:
Ich hatte noch immer die feste Absicht, bei meinem Entschluss zu bleiben und ihre Reinheit zu respektieren, indem

ich nur in der Verschwiegenheit der Nacht und an einer völlig anästhesierten kleinen Nackten operierte.

und

Ich hätte wissen müssen, dass Lolita bereits bewiesen hatte, wie sehr sie sich von der unschuldigen Annabel unterschied und wie sehr das nymphische Übel, das aus jeder Pore dieses von mir für meinen geheimen Genuss präparierten Koboldkindes atmete, die Geheimhaltung unmöglich und den Genuss tödlich machen würde.

Ich drücke mir die Zeigefinger in die Ohren, weil sie schmerzen, obwohl ich ja nicht höre, sondern lese, was ich nicht fassen kann.

Frigide Damen Geschworene! (...) Es war sie, die mich verführte.

Er wusste, wie sehr ich mich vor seinem Schwanz gefürchtet hatte. Er sah es dem kleinen Mädchen an, das da auf dem Bett saß. Er hat es in sein Tagebuch geschrieben. Hier steht es. Er tat nichts als warten. Er wartete darauf, dass ein kleines Mädchen die Angst besiegen würde, das zu tun, was von ihr erwartet wurde.

Nur Stolz hinderte sie, es aufzugeben.

Schreibt er.

Stumm sitze ich vor seinen Beschreibungen, seinen Lügen, seiner verkackten, unerträglichen Poesie:

Nebel der Zärtlichkeit umfingen Berge der Sehnsucht, Berge der zärtlichen Sehnsucht, sein erwachsenes Geschlechtsteil an einem kleinen, mit Schlaftabletten sedierten Mädchen zu reiben ...

Suchte er all diese manierierten Worte, die duftigen Ausdrücke, um vor sich selbst zu verbergen, dass er Gewalt ausübte? Wie passt diese schmonzettige Verehrung von »Lolita« zusammen mit der Respektlosigkeit und Gnadenlosigkeit, mit der er mich behandelte. Offensichtlich sehr gut. Die Gewalt, die Unterdrückung sind Teil unserer Kultur wie Coca-Cola und »the pursuit of happiness«. Er hat es so gemacht wie ich: mit Worten aus der monströsen Realität etwas ausstechen und sich dann eine Geschichte daraus backen.

Ich versuche, laut vorzulesen, was ich hier schreibe. Ich will die Worte in die Welt schubsen. Meine Stimme klingt blechern und erschreckend laut.

Was mich am Leben hindert, ist, dass ich mich nicht verteidigen kann gegen eine Gewalt, die nicht nur von Humbert Humbert ausging, nein, ich hatte sie immer schon eingeatmet, als wäre sie ein Bestandteil der Luft. Es ist meinem Kopf vollkommen klar, wer der erwachsene Verantwortliche für die Situation ist, aber meinem Gefühl ist es überhaupt nicht klar.

Habe ich jemals Lust empfunden beim Geschlechtsverkehr mit Humbert Humbert? Ich muss das wissen. Ich muss sehr ehrlich zu mir sein. Ich war ein Kind. Woran hat ein Kind Lust – Erdbeereis? Ja. Und ja: Ich war ein sexuelles Wesen. Jetzt bin ich erwachsen. Ich habe Lust erlebt, oder? Was ist Lust? Feucht werden oder einen Orgasmus bekommen? Ist das Lust? Ich war schon feucht und hatte keine Lust. Zwang und Unterdrückung machen, dass ich feucht werde. Ist das Lust? Freundliches Streicheln und stundenlanges Lecken, das mich gestern erregt hat, erregt mich heute gar nicht. Der Mann, den ich heute toll finde, langweilt mich morgen. Ich flirte mit dem Mann in der Bar und werde so feucht, dass ich auf die Toilette gehen muss, um mich abzutrocknen. Angehimmelt werden erregt mich, gedemütigt werden erregt mich. Einen Mann zu erregen, erregt mich. Meine ganze Sexualität ist auf den Penis ausgerichtet. Wenn es dem Penis nicht gut geht, dann fühle ich mich schuldig. Ich bin schuld, wenn er steif wird, aber ich bin auch schuld, wenn er nicht steif wird. Ist situationsabhängig. Das wurde mir so beigebracht.

Wenn du zu viel schielst, hat Louise zu mir gesagt, bleiben dir die Augen stehen und du wirst für immer auf deine eigene Nase blicken. Ich habe geschielt, bis ich Schmerzen hatte, weil ich mutig war. Meine Augen wandern noch immer über alles in der Welt. Es ist nicht wahr, was sie einem beibringen.

Dafür, ein hohes Maß an Leidenschaft zu erleben, bin ich bereit, extrem viel zu tun – mich selbst zu verraten. Es gab Situationen, in denen ich Leidenschaft und Lust in einer hohen Intensität empfunden habe, aber mein Körper nicht so befriedigt war, wie bei einer liebevollen, gleichmäßigen und freundlichen Penetration. Wenn ich jetzt zu dem Schluss käme, dass ich einmal oder sogar mehrmals Lust empfunden habe, beim Ficken mit Humbert Humbert, würde das dann heißen, er hat mich nicht vergewaltigt?

Es war falsch, mich zu erinnern. All die Krankheiten, die mir unter der Haut schlummerten, brechen aus. Mein ganzer Körper ist mit Ekzemen bedeckt. An den Händen hat es angefangen. Es verursacht Schmerzen, den Stift zu halten. Als würde mein Körper das Schreiben verhindern wollen. Rot türmt sich die Haut um die kleinen Wunden auf, die eitern und aus dem Nichts kommen, von innen kommen, nicht von außen.

Ich habe mein Leben überlebt, beruhige ich mich. Ich bin ja hier. Immer und immer wieder lese ich:

unrettbar verdorben, keine Spur von Schamhaftigkeit

streichelte mich mit ihren zärtlichen, geheimnisvollen, unkeuschen, gleichgültigen Zwielichtaugen – wie das billigste aller billigen Hürchen

Ich bearbeite meine juckenden Ekzeme mit der Spitze eines halbstumpfen Bleistifts. Wie Schnee liegen die Reste dessen, was einmal meine Haut war, in meinem Schoß. Blut und Eiter. Wäre ich eine Schlange, die sich häutet! Aber ich werde keine neue Haut bekommen. Ich muss in der alten leben. Das Erinnern hat mir die Haut abgezogen, sie umgestülpt und mich wieder hineingesteckt. Die verhornte Schicht, meine Verpanzerung, die zuvor unter der Haut verborgen war, liegt nun obenauf, und die Welt sieht mich in meiner ganzen Hässlichkeit.

Das Viehische und das Schöne verschmolzen an einem Punkt miteinander, und ich würde gern die Grenzlinie bestimmen und habe das Gefühl, dass es mir ganz und gar misslingt. Warum?

Die Grenzlinie verlief zwischen dir und mir, Humbert Humbert. Es war mir nicht möglich, die Grenze zu halten. Seither bin ich ein von Viechern besetztes Land.

Unsere Erinnerungen haben eine so winzige Schnittmenge. Ich war ein Kind. Ich bin eine unzuverlässige Erzählerin. Ich bezweifle alles, was ich war und bin.

Ich habe versucht, jemandem von meiner Vergangenheit zu erzählen. Er wollte sich immerzu um mich

255

kümmern. Ich bin nicht sicher, ob ich mir wünschte, dass er sich noch mehr um mich kümmert, oder ob ich ihm einen Denkzettel verpassen wollte für seine unerträgliche Liebenswürdigkeit. Jedenfalls wählte ich IHN für einen kleinen Plausch über meine Vergangenheit. Ich erzählte ihm eine halbe Harmlosigkeit und sah, wie sein Gesicht nach unten sackte, einfach Richtung Tischplatte wegschmierte, als wäre er unscharf geworden oder hätte mit einem Mal alle Knochen eingebüßt. Nach dem ersten Schock verschob sich sein Gesicht Richtung Scham. Nachdem er sich einige atemlose Momente lang heftig geschämt hatte, klappte er den Mund auf und zu, ohne jedoch einen Ton von sich zu geben. Ich wusste, dass er daran dachte, wie er mich gefickt hatte, was er »Liebe machen« nannte. Ein Abendessen bekommt man nicht umsonst. Dann urteilte er. Ich konnte es deutlich sehen, Abscheu und Verurteilung. Er war unzufrieden mit sich selbst. Kämpfte mit sich, denn seine eigene Reaktion enttäuschte ihn. Er war enttäuscht von sich selbst. Stammelte einige Sätze. »Was willst du denn von mir, das ist meine Lebenserfahrung und auf die hätte ich natürlich verzichten können!«, wollte ich ihn eisig anhauchen, aber ich blieb stumm. Dann endlich verzog sich sein Gesicht zu einer mitleidigen, erniedrigenden Fratze, die ich bereits erwartet hatte. Hätte es am Tisch bessere Messer als dieses blöde, unscharfe Besteck gegeben, hätte er das wahrscheinlich nicht überlebt.

Ich will einmal eine einzige Nacht lang und den Tag darauf die sein, die ich hätte werden können, wenn es

Humbert Humbert in meinem Leben nicht gegeben hätte. Nur vierundzwanzig Stunden.

Scheiße nein. Etwas ist in mir, das unverletzbar ist. Das kleine Ich! Das kleine Ich ist mehr als der Prügelknabe des eigenen Erlebens. Das ist einfach da. Oder?, frage ich mich und mein hohler Körper wirft mir meine Worte als Echo zurück, das von den nackten Wänden abprallt. Ich muss Bilder aufhängen in meiner Wohnung, denke ich. Bilder!

Wo Macht ist, muss es doch Widerstand geben und Freiheit. Wäre ich ganz und gar sein Geschöpf gewesen und wäre ich es noch jetzt, dann hätte ich doch den schmerzhaften Verlust der Freiheit gar nicht gefühlt. Um diesen Verlust zu fühlen, muss ich doch mal frei gewesen sein.

vergrub meine väterlichen Finger von hinten tief in Los Haar, umspannte freundlich, aber fest ihren Nacken und führte meine widerstrebende Schmusekatze zu einer raschen Vereinigung vor Tisch in unser kleines Heim.

Ich korrigiere:

Ich griff ihr so in den Nacken, dass sie wusste, was gleich geschehen würde. Ich war erregt. Sie hatte keine Möglichkeit, sich zu wehren. Dann vergewaltigte ich sie in unserem Hotelzimmer. Ich tat es schnell. Dann gingen wir essen.

»Was in aller Welt stimmt nicht mit dem Kind?«, hat, wie ich lese, die Schulleiterin der Beardsley-Schule Humbert Humbert gefragt. *»Der allgemeine Eindruck ist der, dass sich Dolly (...) immer noch krankhaft wenig für Sexuelles interessiert oder genauer, dass sie ihre Neugier verdrängt, um sich ihre Unwissenheit und Selbstachtung zu erhalten.«*

Das also haben sie dort über mich gedacht und sicherlich auch in den Unterlagen notiert. Ich habe mich in dieser Schule immer bedrängt, beobachtet und kontrolliert gefühlt. Mein Körper war im Interesse der Allgemeinheit zu einer Art von Entwicklung aufgefordert. Mein Körper und mein Geist hatten Ziele zu erreichen. Ich bin erleichtert: Ich war also nicht verrückt. Die Körperkontrolle war real ... Jetzt denke ich nach über den Zusammenhang von als Frau Sex haben und Selbstachtung, danke, Mr Pratt.

Ich liege auf meiner Matratze und sammle die Dinge, die ich ständig tue, aber für die ich mich nicht bewusst entschieden habe, auf einer inneren Liste. Ich stell mir vor, dass ich in meinem Leben einfach mehr weglasse. Wenn ich Kraft habe zum Weglassen. Gerade kann ich nicht einmal zur Arbeit gehen. Das kleine Skelett bleibt im Bett. Ich telefoniere mit Mona. Frage sie, wie sie unsere Schule erlebt hat. »Beschissen!«, sagt sie. »Ich habe mich immer ungenügend gefühlt!« »Als Mensch oder als Körper?«, frage ich. »Als Körper!«, stellt sie erstaunt fest. »Wie geht es Barbe?«, frage ich. Sie erzählt mir von der Kleinen: »Schreit, hat Schorf auf dem Kopf, ich hab Schorf auf den Nippeln, Babyscheiße stinkt viel mehr, als man denkt.« In ihrem schroffen Pragmatismus höre ich ihre Liebe. Ich kenne Mona. Sie ist die Alte. Das beruhigt mich. Sie fragt, ob sie noch einmal kommen soll, ich sage »nein«, denke, »ja« wäre die bessere Antwort, aber ich habe Angst, dass sie mich wieder füttert. Ich esse nicht. Es ist mein Recht, nicht zu essen. Haltet eure dummen Fressen!

Ich habe das Recht, meinen Körper zugrunde zu richten, den ihr alle brauchbar machen wolltet für euch, den ihr beaufsichtigt habt. Ich zahle genug ein in meine Krankenversicherung. Ich bin erschrocken, dass ich es nicht zur Arbeit schaffe.

Nach einer ganztägigen Lähmung gehe ich aus. Ich gehe in eine von den schicken Bars, wo sie das Licht nie anmachen. Ich bestelle Gin mit Ananassaft. Humberts Lieblingsgetränk. Normalerweise wird mir übel, allein vom Geruch des Ananassafts, aber diesmal halte ich stand. Ich fühle mich wie eine Wrestlerin kurz vor dem Japanese Arm Drag. Glaube ich zumindest. Es sitzt ein Mann an der Bar, den ich ficken möchte. Sehr attraktiv. Ich lege es wirklich auf Geschlechtsverkehr an. Das bedeutet: Ich schaue ihn an. Das genügt. Meistens. Er reagiert nicht. Irgendwann leert er sein Glas in einem Zug, sieht mich direkt an, Augen wie Abgründe, und sagt: »Komm.« Ich gehe mit, obwohl meine Erfahrung warnt, dass die, die erst harmlos erscheinen, die schlimmsten sind. Wir gehen zu ihm. Sitzen in seiner Küche. Er fasst mich nicht an, aber er bringt mich zum Lachen, die ganze Nacht. Als es dämmert und langsam hell wird, macht er mir Frühstück. Noch nie hat mir ein Mann Frühstück gemacht. Er stellt den dampfenden Teller vor mir auf den Tisch. Ich bekomme Panik. Mein Körper schießt mir eine Fontäne von Speichel in den Mund. Ich spieße mit der Gabel einen winzigen Klumpen Rührei auf. Währenddessen hat der Frühstücksmacher schon eingeatmet, was auf seinem Teller war. »Bleib noch«, sagt er, »ich muss los«, und stürzt hinaus. Ich verstaue das Rührei und den Bacon

259

unbemerkt in meiner Handtasche, weil ich fürchte, dass er vielleicht den Müll kontrolliert. Später schütte ich es in den Abfalleimer. Es tut mir ein bisschen leid, dass ich eine Art Zuwendung einfach so entsorge. Meine Handtasche riecht nach gebratener Butter. Dann gehe ich ins Büro.

Ich denke, ich will den Mann wiedersehen, obwohl ich mir sicher bin, dass er bald mit irgendetwas Widerlichem herausrücken wird, das er mit mir tun will. Ich bin bereit.

Die Arbeit hat mich ein wenig aufgerichtet, auch wenn ich fürchte, dass mir die Kolleginnen meinen Zustand inzwischen am verschwindenden Körper ablesen können. Was zu Beginn eine tolle Figur war, ist längst eine Krankheit.

Am Abend sitze ich wieder in der Bar, bestelle den dritten Ananas-Gin. Der Geruch kotzt mich so an. Da latscht er durch die Tür. Er sieht müde aus, älter als gestern. Nimmt mich wahr, eindeutig, ganz eindeutig. Zögert. Dann kommt er auf mich zu. Kein Anzeichen von Freundlichkeit in seinem Gesicht. »Gin mit Ananas – ist das dein Lieblingsdrink?«, fragt er. Tolle Begrüßung. »Ja«, lüge ich. Er nickt und schiebt den schweren Körper hoch auf den Barhocker neben mir, als wäre er ein Sack mit Kleidung. »Nein«, versuche ich es mit der Wahrheit, »ich hasse Ananas. Es ist das Getränk von jemandem, den ich loswerden will.« Von ihm bloß ein desinteressiertes Geräusch: »Aha.« »Freut mich, dich wiederzusehen«, sage ich. »Mich auch«, seufzt er und bestellt einen Whiskey-Sour mit Kirsche. »Nein, eigentlich doch nicht«, korrigiert er sich. »Aha«, sage ich, überfordert von seiner Direktheit. Dann Stille.

Sein Drink ist fertig, er nimmt einen Schluck. »Kannst dich ja auch verpissen!«, schnauze ich ihn an. Ich bin beleidigt von seiner Stimme, die dumpf ist, lustlos und ganz anders als gestern. »Bin zu müde«, antwortet er. Einen beliebigen, einen anderen Mann hätte ich jetzt gefragt, ob ich ihm den Schwanz lutschen soll oder Ähnliches, um ihn in Bewegung zu bringen, in irgendeine Art von Bewegung, aber ich trau mich nicht. Ich schaue auf die bunten Flaschen hinter der Bar. Dann kraule ich ihm den Rücken, der sich vom Barhocker wegkrümmt. Er lässt die Stirn mit einem Knall neben seinen Drink auf den Tresen fallen und schiebt die Wirbelsäule meiner Hand entgegen. Ich habe in meinem Leben noch nie etwas anderes gekrault als Hunde und das Haar meiner Mutter. Blind tastet er mit seinen Händen über den glatten Marmor der Theke. Die sehen nach körperlicher Arbeit aus und passen eher in eine sympathische Kaschemme als in dieses Afterwork-Ambiente. Sie erreichen sein Glas. Er nimmt die Cocktailkirsche vom Rand des Glases und hält sie über seinen liegenden Kopf. Ein Angebot. Ich esse sie. Ihre überzuckerte Süße explodiert in meinem Mund, der sich seit Tagen mit Zigarettenrauch und Mundspülung gegen den ranzigen Geschmack des Hungers begnügen musste. Wir bestellen eine weitere Runde, leeren die Gläser. Ich frage mich, wann ich aufhören kann, dieses Ananas-Gin-Gesöff zu trinken. »Tschüss«, sagt er, bevor er sich vom Hocker fallen lässt, mir den Rücken zuwendet und mit mühsamen Schritten die Bar verlässt. Ich gehe in meine Wohnung, lege mich ins Bett, stelle den Wecker und schlafe sofort ein.

Ich träume: Ich finde einen hellblauen, glasklaren Stein auf der Straße, hebe ihn auf und kann nicht aufhören, ihn zu betrachten. Ich tauche in ihn ein, die Augen voran umschließt mich aquamarinblaues Wasser. Ich genieße die kühle Nässe auf meiner Haut. Für wenige Augenblicke noch kann ich sehen, wie die Welt hinter mir verschwimmt, dann ist sie fort und nichts anderes kommt in Sicht. Mir öffnen sich die Rippen zu Kiemen. Ich tauche dorthin, wo ich die Tiefe, ein Unten vermute, aber es ist alles eins, es gibt keine Richtung mehr, kein Voran und kein Zurück. Ein heftiges Glücksgefühl durchströmt mich und dann werde ich hungrig. Um mich herum weiterhin transparentblaues Nichts und ich beginne mich selbst zu fressen. Ich beiße mir in den Arm, nage Knochen ab. Ich empfinde dabei keinen Schmerz, nur Gleichgültigkeit. Das Fleisch meines linken Arms füllt mir den Magen, wird verdaut, und mein Körper produziert mir einen neuen Arm daraus, das kostet ihn viel Energie und ich werde sehr hungrig und nehme mir von meinem eigenen Fleisch und so fort.

Ich kann keine klare Haltung einnehmen. Auch keine Opferhaltung. Soll ich mich mit anderen Opfern treffen und über mein Opfersein austauschen, damit wir eine Opfergemeinschaft bilden können, mit einer Opferselbstversicherungspolice? Da werde ich sicher viele Freundinnen finden. Wir können uns immer wieder zurückholen in unsere Schmächtigkeit und uns eine Existenz daraus basteln. Ich genösse dann alle Vorteile des Opferseins, die da sind: Mitleid und Fürsorge. Ich erlitte alle Nachteile des Opferseins, die da sind: Stigmatisierung und Isolation. Wenn ich das Opfersein ganz und gar akzeptiere als den Kern meines Wesens, mich vielleicht sogar noch in einer Opferhilfe engagiere (da staunen die Menschen, dass so ein Opfer noch etwas anderes mit seinem Leben tun kann kann als leiden, nämlich tapfer sein und aushalten, was die grööößte Tugend ist!), dann können es die Leute vielleicht auch aushalten, sich mit meinem Problem zu beschäftigen. Kurz, aber nur kurz. Dann ist klar, auf welcher Seite sie sich positionieren müssen. Auf der Seite des armen Opfers natürlich. Freilich erst, nachdem man sich versichert hat, dass das arme Opfer den Missbrauch nicht provoziert hat. »Provozieren« bedeutet in diesem Fall, dass sie den eigenen Körper nicht gut genug verborgen hat vor den Blicken des Mannes.

Aber gehen wir aus von der Annahme, dass das Mädchen ein Kind war und nicht wusste, was es tat, sagen sich die Leute. Dann bildet sich vielleicht eine kleine Wut oder auch eine große bei ihnen und sie zeigen mit den Fingern auf diesen Mann, den kranken, den perversen, den grässlichen, der so etwas (Es auszusprechen wagen wir nicht, wollen wir nicht, weil Worte schmerzen. Ja! Worte schmerzen!), so ... etwas tut. Mit ausgestreckten Zeigefingern weisen sie alles von sich. Die ausgestreckten Zeigefinger sagen: So was passiert bei uns nicht. Nur bei euch. Wir werden unsere kleinen Mädchen so zurechtstutzen, äh beschützen, dass sie vor Angst schlottern und es gar nicht wagen, auf die gefährliche Straße da draußen zu gehen, wo finstere Männer herumlaufen, die natürlich niemandes Ehemann, Vater, Sohn und Kumpel sind.

Es tut mir leid, Leute, aber ich kann nicht für eure Sicherheit und moralische Überlegenheit sorgen in diesem Konflikt. Der nicht ein Konflikt ist zwischen einem Mädchen und einem psychisch kranken Mann, sondern der Konflikt zwischen einem System der Unterdrückung von Körpern, auch genannt Gesellschaft, und ihren eigenen moralischen Standards. Hier gilt es jetzt, einen Kollateralschaden (mich) in einen Einzelfall umzudeuten, damit das System am Laufen gehalten werden kann. Das System billigt die Ausbeutung von Körpern nicht, die Ausbeutung ist der Grundstein des Systems. Mrs Haze, Humbert Humbert, meine Erziehung, Mrs Pratt, Hollywoodfilme und Beilagen von Zeitungen, Kevin, Ben, Barbara, Charlie und all die anderen haben in meinen Körper Einzug gehalten, mit wehenden Fahnen sind sie einmarschiert, haben sich eingenistet. Aber ich werde den kleinen, zappelnden, den noch lebendigen Kern finden, irgendwo in den Gassen der Altstadt. Ich werde die kleine Dolores finden und sie aufpäppeln und dann kann sie alles sein. Alles. Ich will darauf bestehen: Ich kann alles sein.

Ach was!

Ich lese seine Beschreibung unseres Streits, bevor wir Beardsley verließen:

Sie sagte, ich hätte noch als Mieter im Haus ihrer Mutter mehrmals versucht, sie zu missbrauchen. Sie sagt, sie sei sicher, ich hätte ihre Mutter umgebracht.

Das habe ich gesagt. Ich kann mich nicht daran erinnern. Aber wahrscheinlich war es so. DAS HABE ICH

GESAGT! IHM gesagt. Ich bin stolz auf mich. Wahnsinnig stolz!

Ich gehe in die Bar. Ich bestelle Whiskey-Cola.

Der, den zu treffen ich gehofft habe, sitzt schon da. Zur Begrüßung greift er mein Handgelenk und platziert meine Hand auf seiner, die, Rücken nach unten, geöffnet auf dem Tisch liegt. Meine Hand sieht winzig aus und als wäre sie in ein Haus gegangen, wie sie da so auf seiner schwieligen Pranke liegt. Neugierig, ohne jede Form von Ekel, betastet er meine Ekzeme. Ich schäme mich. »Ich heiße Fred, übrigens«, sagt er. Es ist unser drittes Treffen. Meine Hand ist ein wenig verschwitzt, denke ich. Das ist mir unangenehm, aber ich will sie auch nicht zurücknehmen. Er wirkt viel lebendiger und gelassener als bei unserem letzten Treffen. »Ich hab Hunger«, sagt er. »Wollen wir Spaghetti kochen?« »Ja«, sage ich. Nein, denke ich. Ich habe in den letzten Tagen einige Äpfel und wenige Nüsse gegessen, aber der Gedanke, dass ich vor einem riesigen Teller mit Spaghetti sitzen werde, den ich unmöglich leeren kann, verursacht mir Körperschmerzen. Er behält meine Hand und baut ihr eine Höhle mit seiner. Hand in Höhle verlassen wir die Bar. Er wohnt in einer schönen, etwas düsteren Wohnung, die sehr gut eingerichtet ist, das ist mir schon bei unserem ersten Treffen aufgefallen. Jetzt streife ich durch die Wohnung, während er in der Küche hantiert und mir immer wieder Fragen zu meinen Vorlieben stellt: »Magst du Tomaten? Magst du Käse?« Ich mag nichts, also alles nicht, also alles, denke ich und bejahe jede seiner Fragen. Er tritt neben mich und dann küsst er mich

265

ungelenk aufs Ohr. Tastet sich vorsichtig heran an meinen Mund. Fred ist eine struppige Mischung aus Erfahrung und Schüchternheit, aus Souveränität und Ziellosigkeit. Geht klar, denke ich und küsse ihn. Er geht zurück in die Küche. Und dann steht er da, der Teller mit Spaghetti, und ich halte die Gabel in der Hand und er beginnt zu essen. Ich sehe mehrere Gabeln voll aufgerollter Spaghetti in seinem Mund verschwinden, höre ihn kauen, dann blickt er auf. Wischt sich mit dem Handrücken den Mund ab und sieht mich fragend an. Ihm hängt Tomatensoße im Bart, das finde ich widerlich. »Magst du nicht?«, fragt er. Ich habe Gänsehaut. »Ich habe lange nichts gegessen«, gebe ich zu meiner Überraschung zu. »Das sieht man«, erwidert er, als sei das schon oft vorgekommen, dass er jemanden aufgepäppelt hat, der in jeder Hinsicht am Verhungern ist. »Wollen wir teilen?«, schlägt er vor, schiebt meinen Teller weg und seinen in die Mitte. »Ja«, nicke ich, erschrocken von meiner eigenen Courage. Und wir essen. Ich esse nicht viel, glaube ich, er schafft das Meiste, aber ich esse, und das ist okay.

Ich habe im Modus des Zufällig-Aufschlagens mehr als die Hälfte des Tagebuchs von Humbert Humbert gelesen. Ich lese unendlich langsam, nehme die Worte wie den steilen Anstieg zu einem Gipfel, und dahinter ist Gebirge, so weit das Auge reicht.

Ja, sie hatte sich verändert! Ihr Teint war jetzt der irgendeines gewöhnlichen ungepflegten Schulmädchens, das mit schmuddeligen Fingern gemeinsam benutzte Kosmetika auf ein ungewaschenes Gesicht schmierte.

Ich erinnere mich, dass ich aufhörte, mich zu waschen, um ihn von mir fernzuhalten. Jetzt in der Rückschau verstehe ich mich, und trotzdem beschämt es mich, diese Zeilen zu lesen, weil ich – woher auch immer – die Pflicht verspüre, mich für die Männer in meiner Umgebung sauber zu halten.

Das ist nicht meine Geschichte. Sie hat nichts mit mir zu tun. Ich bin nicht Lolita. Das war ich nicht. Habe ich das getan? Habe ich mich so verhalten? Manchmal muss ich das Fenster öffnen und schreien. Das ist ziemlich albern, aber es hilft. Die Menschen in den umliegenden Wohnungen hassen mich. Treffe ich einen von ihnen auf der Straße, behaupte ich mit heiserer Stimme, dass ich nicht weiß, woher das Gebrüll kommt. Ich lasse mich in einem Doppelstockbett in einem billigen Hotel von einem Mann mit Daumen, die aussehen wie Zeigefinger, in den Arsch ficken. Es ist nicht schön, aber offensichtlich ist es nötig. Es wurde mir beigebracht, das Leben als eine Kette von Notwendigkeiten zu sehen. Nichts geschieht ohne Grund. Das Schicksal oder der liebe Gott hält einiges für dich bereit, da musst du durch, wie durch einen lieblosen Arschfick, und dann lehrt es dich was. Du brauchst nichts zu bereuen, aber du kannst dich auch nicht beklagen, denn wenn dir Scheiße passiert, wenn andere Menschen schlecht mit dir umgehen, dann ist das einfach nur irgendeine Lektion des Lebens, die du eben noch nicht kapiert hast, weil du dumm bist.

Jeder kriegt in seinem Leben auf die Fresse, jeder wird gedemütigt. Wenn du nichts hast, versuchst du zu überleben. Wenn du privilegiert bist, versuchst du, du »selbst« zu sein. Du kannst nicht erwarten, unbeschadet davonzukommen. Du kannst dich nicht absichern. Das ist dein Leben. Deins, ob du willst oder nicht.

Ich will Macht haben. Nicht Macht im Sinne von »Ich bediene die Hebel, die mir in diesem gewohnten System an die Hand gegeben werden, so, dass ich einen Vorteil davon habe«. Sondern Macht im Sinne von »Ich tue etwas, das sich nicht in das System einordnen lässt. Ich bin das Chaos«.

Fred ist ein stiller, liebevoller Raum mit Humor. Ich besuche ihn oft. Ich sehne mich nach ihm, wenn er auf Montage und viele Wochen nicht da ist, und ich habe Herzklopfen, wenn wir uns wiedersehen. Wenn ich morgens neben ihm aufwache, dann explodiert Glück in meiner Brust. Langsam setze ich das Skalpell an und klappe mich auf, Schicht für Schicht. Ich fürchte mich nicht, weil ich weiß, dass er alles, was er anhört und ansieht, nicht versteht. »Machen wir mal einen Spaziergang«, schlägt er vor, wenn ich Panik bekomme. Ich fürchte mich nicht, denn ich weiß, dass er einen Abstand hält. So habe ich Raum, mich ihm nah zu fühlen. Ich mache ihn froh, da bin ich mir sicher. Das ist mir sehr wichtig, wichtiger noch als alles andere, dass er am Ende seines Lebens, am Sterbebett, falls da einer dran sitzt an seinem ..., dass er da sagt: Da war mal eine, die hat mich glücklicher gemacht als alle anderen. Was für eine Egoscheiße! Ich stell es mir vor und fühle mich, als hätte ich etwas erreicht in meinem Leben. Er ist verschlossen und eigenbrötlerisch. Das gefällt mir. Er ist ein weicher Berg aus schlechter Laune. Ich gestehe meinem Körper zu, dass er sich ein bisschen ausbreiten darf in der Nähe von Fred und auch weil Fred gesagt hat, dass nichts an mir dran ist.

Wenn ich die Augen schließe, sehe ich sein Gesicht. Als wäre es mit leuchtender Farbe auf die Innenseite meiner Augenlider tätowiert, in die Dunkelheit hinein.

Der Sex mit Fred folgt einem Schema, von dem er selten abweicht. Er fasst mich am Po oder an den Brüsten an – das ist das Signal, dass er Geschlechtsverkehr haben will. Dann ziehen wir uns aus. Meist küssen wir uns kurz. Dann leckt er mich. Es ist in Ordnung, wie er das macht. Es ist langweilig, aber es ist in Ordnung. Das Beste dabei ist, dass er meine Vulva dabei ansabbert. So fällt nicht auf, dass ich gar nicht feucht werde, wofür ich mich schäme, darum bin ich froh, dass er das mit dem Ansabbern macht. Meist nehme ich dann seinen Schwanz in den Mund, bis er steif genug ist, dann penetriert er mich. Er ist freundlich dabei und auch um meinen Spaß besorgt. Einmal habe ich ihm, um die ganze Sache aufzupeppen, eine Phantasie ins Ohr geflüstert, die mit »gefesselt sein« zu tun hatte. Daraufhin nahm er mich von hinten. Was er oft tut. Er bewegte sich so schnell und ruppig in mir, dass ich gar nichts fühlte, außer manchmal einen Schmerz, wenn sein Penis gegen meinen Gebärmutterhals stieß. In solchen Fällen, und ich würde sie als Fickalltag beschreiben, reibe ich am oberen Teil meiner Klitoris, damit das angenehme Gefühl, das ich daraufhin habe, das unangenehme Gefühl der Penetration ausgleicht. Meist dauert dieses Ficken auch nicht so lange, weil sie ziemlich schnell kommen dabei. Es ist kein Drama. Es ist bloß langweilig. Aber in diesem Fall mit Fred rieb ich so wild ich konnte, es stellte sich kein Lustgefühl bei mir ein, also hielt ich es einfach aus und hoffte, dass es schnell vorbei sein würde. Ich habe das schon oft getan. Sehr oft. Dann kam er. Was ja eigentlich immer das Ende des Geschlechtsverkehrs mit Männern ist. Ich fühlte mich benutzt. Damit komme ich klar, aber dann nahm er mich liebevoll in den Arm und da kam ich nicht mehr klar. Er schmiegte sich so vertrauensvoll an mich, dass ich zu flennen begann. »Was ist?«, fragte er erschrocken. »Schon okay«, schluchzte ich. »Hab ich dir wehgetan?« »Ja, ein bisschen. Ist aber nicht schlimm«, versicherte ich. »Du weinst.« Auch seine Stimme klang weinerlich. »Das tut mir leid«, krächzte er, »ich dachte ... ich wusste nicht« – und er rutschte von mir weg, als wäre mein Körper ein Feuer, das ihn eben noch gewärmt hatte, ihn jetzt aber verbrannte. »Ich hab dir nie wehgetan!«, behauptete er. »Es ist nicht deine Schuld«, erklärte ich ihm schnell, weil ich die emotionale Kälte, die plötzlich zwischen uns war, nicht ertragen konnte und auch seinen Schrecken nicht. »Ich bin nur wütend auf mich selbst, weil ich nicht Stopp gesagt habe.« Fred zog sich ins Badezimmer zurück. »Das ist mir noch nie passiert!«, sagte er vorwurfsvoll. Er war vollkommen überfordert damit, dass ihm aufgrund seiner körperlichen Überlegenheit mir gegenüber vielleicht eine Verantwortung zukam, dass es etwas gab, das er falsch machen konnte. Dass er unsensibel gewesen war, erschütterte sein Selbstbild des Beschützers fragiler Weiblichkeit. Das wird er mir nicht verzeihen, denke ich.

Einer meiner Langzeitliebhaber lädt mich zu einer Urlaubsreise ein. Es gelingt mir nicht, die Urlaubsreise abzusagen. Ich habe keine Kraft, Leute zu enttäuschen. Dann packe ich eben einfach den Koffer.

Wir sitzen den ganzen Tag in einer Strandbar im Halbschatten und halten den Pegel.

Es ist unglaublich heiß hier und unmöglich, etwas anderes zu tun, als sich ins Meer zu tauchen und dann mit einer Zeitschrift in der Hand zu warten, bis die Sonne die kühlenden Wassertropfen von der Haut gesogen hat, um erneut schwimmen zu gehen. Auf dem Weg vom Meer zu dem Cocktail, den mein Liebhaber für mich nachbestellt, sobald er zur Neige geht, bemerke ich, dass mich jemand beobachtet. Ein junger Mann, ein Junge eigentlich, dunkle Augen, schwarze Locken, lange, gebräunte Glieder, starrt mich an. Mein Körper schaltet in den Modus »verführerisch« um. Er tut das automatisch. Das ist manchmal sehr hinderlich. Heute nicht. Der Junge steht im Türrahmen der Strandbar und raucht eine selbstgedrehte Zigarette. Er trägt eine Schürze. Als unsere Blicke sich treffen, errötet er und sinkt in sich zusammen. Vermutlich arbeitet er hier, denke ich. Vielleicht hat er einen Ferienjob oder er ist Student. Der Tag vergeht und immer wieder starrt mich der Junge an, wird anschließend von seiner eigenen Schüchternheit gefangen genommen und flüchtet. Er wirkt sehnsüchtig, neugierig und beschämt zugleich. Seine Scham und seine Unschuld erregen mich. Ich mache meinen Liebhaber auf den Jungen aufmerksam. Er lacht. Er fragt, ob mich der Junge nervt. Ich schüttle den Kopf. Wir phantasieren ein wenig herum über den

Jungen und fragen uns, ob er schon Sex hatte. »Nein«, behauptet Peter, »so wie der schaut, hat er vielleicht geküsst, vielleicht ein bisschen gefummelt.« »Was glaubst du, wie alt er ist?«, will ich wissen. »Puh«, macht er und nippt an seinem Drink, »neunzehn?!« »Machen wir es wie immer!«, schlägt Peter vor. Ich nicke. Unser Vorgehen ab diesem Zeitpunkt folgt Regeln. Ich werde mich in Peters Phantasie bewegen und es geil finden. Er zahlt und verlässt unseren Tisch, spaziert davon über den Strand. Es dauert nicht lange, da taucht der Junge neben mir auf, wischt die umliegenden Tische ab und betrachtet mich aus den Augenwinkeln. »Wie alt bist du?«, frage ich. Er ist an einen Stuhl am Nebentisch gelehnt. »Alt genug«, sagt er. Und ich höre mich selbst »alt genug« sagen und sitze plötzlich wieder im Wagen neben Q. Mir ist übel und ich muss mir für einen Moment die Faust in den Magen drücken. »Alles klar, Lady?«, fragt der Junge und es wirkt gar nicht schüchtern, wie er mich besorgt an der Schulter berührt und aus der Vergangenheit an den Strand zurückholt. Vielleicht habe ich mir seine Schüchternheit nur erdichtet, denke ich. »Hast du Zeit für einen Spaziergang?«, frage ich. »Klar, das Lokal gehört meiner Familie, ich kann jederzeit Pause machen.« Ich stehe auf und laufe auf dem festen Teil des Sandes, der vom Meer überspült wird, in Richtung des Bungalows, in dem wir untergekommen sind. Er folgt mir. Ich sehe seine großen Füße neben mir im Sand. Er ist schlank und sehnig. Gar nicht mein Typ, denke ich. Auf der Terrasse küssen wir uns. Er riecht nach Schweiß, aber nicht unangenehm und ein bisschen nach Küche, schon unangenehm, und er ist extrem nervös. Sein Herz rast. Er ist ein ungeschickter Küsser. Seine Hände liegen unbeholfen auf meinem Rücken. Ich greife ihm zwischen die Beine. Er hat bereits eine Erektion, was mich sehr freut. Richtig fröhlich macht mich das. Vorteil der Jugend, denke ich. Ob er mit reinkommen will? Er nickt und verschleiert seine Unsicherheit mit tolpatschigen Küssen. Ich ziehe ihn aus und dann mich. Er betrachtet mich wie eine Erscheinung. Ich fühle mich schön. Ich habe lange Beine. Viele Männer mögen das, habe ich gehört. Ich vergesse meine Magerkeit. Ich genieße seinen Blick und frage mich, wie viele Frauen er schon nackt gesehen hat. Ich stelle mir vor, dass ich die Erste bin. In der Phantasie, die mich und meinen Liebhaber in der Strandbar sitzend so erregt hat und jetzt real werden soll, habe ich die erfahrene, wilde, reife Frau gespielt, die dem Jungen unter Beobachtung Peters eine neue Welt eröffnet. Jetzt aber bin ich selber unsicher. Stehe dort nackt und vor mir dieser schmale Körper mit leicht nach innen gewölbter Brust und einer Erektion, die ins Zimmer ragt. Jetzt bin ich »die Bestimmerin«. Ich weiß, mein Liebhaber ist im Nebenzimmer und wartet auf den Moment, wo er den Raum betreten wird, das gibt mir Sicherheit. Ich nehme den Schwanz des Jungen in den Mund. Er taumelt kurz zurück und diesmal bin ich sicher, dass das noch niemand für ihn getan hat. Ich sitze auf ihm und sehe sein Gesicht, als die Tür aufgeht und mein Liebhaber das Zimmer betritt. Der Junge bekommt einen riesigen Schreck, hebt mich an, um unter mir hervor zu flüchten. »Leid, es tut mir leid«, stammelt er. Ich brauche einige Zeit, um ihm klarzumachen, dass dieser Mann Bescheid weiß und nichts anderes möchte, als uns zu betrachten. Während der gesamten Situation nimmt seine Erektion kein bisschen ab, stelle ich lächelnd fest, und ich empfinde Zärtlichkeit für seine Jugend und dann Respekt. Ich frage, ob alles okay ist. »Ja«, sagt er, »ja.« Und obwohl Peter mir mit dem Zucken seines Kopfes bedeutet, dass er meine Nachfrage missbilligt, stelle ich klar: »Du kannst gehen, wenn du willst.« »Nein«, entscheidet der Junge und die Flügel seiner schmalen Nase beben. Ich starre in sein Gesicht und ich wünsche mir nichts sehnlicher, als zu spüren, was er empfindet. Ohne Rest, ohne Geheimnis. »Dann gehst du!«, sage ich und drehe mich zu meinem Liebhaber um. Peter bleibt unbewegt, nur seine Hand massiert weiter seinen eigenen Schritt. Ich sehe seine Augen über unsere nackten Körper gleiten. »Geh!«, wiederhole ich. Er tut es nicht. Er tut es nicht, weil er mich gar nicht gehört hat. Er hört nicht, was er nicht fassen kann. Ich gehe auf ihn zu, stelle mich in seinen Blick. Ich warte, bis er mir in die Augen schaut. »Du gehst jetzt!«, sage ich. »Was?« Er ist nicht erstaunt, er ist ungläubig. »Was?«, fragt er erneut. »Ich möchte, dass du gehst«, wiederhole ich. Er lacht. Nicht, um mich auszulachen, sondern weil er ausschließt, dass ich meinen könnte, was ich sage. »Geh!« Peter grübelt, dann leuchtet in seinem Gesicht die Erkenntnis auf: »Es ist ein Spiel!«, schnurrt er. »Sexy!« »Es ist mein Ernst«, antworte ich trocken. Er zwinkert mir zu und verlässt den Bungalow. Draußen stellt er sich vor das Fenster und starrt gierig hinein. Vor seinem ungläubigen Gesicht ziehe ich die Gardine zu.

Der Junge und ich sind allein. Ich habe heftiges Herzklopfen vor Aufregung. Ich fühle mich unendlich verletzbar ohne Peters Blick. Dass ich nicht weiß, wie man das macht, wovon ich glaubte, es schon dutzende Male getan zu haben, erschreckt mich. Zugleich weiß ich, dass ich nichts lieber will, als mit diesem Jungen zu schlafen. Wir sind sehr vorsichtig. Ich frage ihn laut und mich leise, ob sich das gut anfühlt. Von draußen schlägt Peter mit der Faust gegen die Tür. Es ist, als lägen wir in der Mitte eines Gewitters in einem Zelt aus Sorgfalt. Der Junge kommt mehrmals. Auch ich komme. Wir kichern und lauschen an der Tür. Als es still geworden ist vor dem Bungalow, schlüpft er hinaus. Durch den Spalt in der Tür küssen wir uns zum Abschied, dann verschwindet er.

Ich finde Peter vor seinem dritten Drink in der Bar. Er droht mir mit sofortiger Abreise. Er erinnert mich daran, dass ich nur auf seinen Wunsch und durch seine finanzielle Gunst an diesem Urlaubsort bin. »Das warst du mir schuldig. Wir reisen ab!«, schreit er. »Ich bleibe!«, informiere ich ihn. Die Miete des Bungalows für weitere drei Tage frisst einen überraschend großen Teil meiner Ersparnisse. Wahrscheinlich habe ich genau für diesen Tag gespart.

In der Nacht liege ich in meinem eigenen, frisch gemieteten Bungalow. Ich schlafe kaum. Eine Zuversicht ganz tief in mir hält mich wach. Auch der Gedanke, dass ich dem Jungen vielleicht Gewalt angetan, ihn überfordert habe, beschäftigt mich. Am nächsten Abend steht er auf meiner Terrasse. Ich bin höflich, aber ich lade ihn nicht zu mir ein. Er macht ein trauriges Gesicht. Ich bin erleichtert, aber nicht völlig.

Ich bin zurück. Das Tagebuch liegt auf dem Schreibtisch wie das Tor zu einer anderen Welt. Ich muss nur auf den Stuhl steigen und mit dem Kopf voran hineintauchen – schon wird die Dunkelheit mich verschlucken. Aber mir wird dort nichts passieren, denke ich. Für diese Welt hab ich den Kompass.

Fred sitzt mit zornigem Gesicht an seinem Küchentisch. Als ich ihn zur Begrüßung berühre, bewegt er sich nicht. Er riecht nach Wut. Mein Atem wird kürzer. Meine Verzweiflung schaltet sich an, wie ein Motor. Ich setzte mich ihm gegenüber und erzähle mit Plauderstimme vom Urlaub. »Was ist denn?«, frage ich heiser und fröhlich. »Wo warst du?« »Na im Urlaub!«, flöte ich. Fred und ich haben keinerlei Verabredung getroffen in Bezug auf unser Miteinander, aber jetzt wird mir klar, dass Exklusivität erwartet wird, wenn man miteinander schläft und einander liebt. Ich habe die Verabredung verletzt. Ich habe ihn gekränkt. Er brüllt nicht, aber er klingt gefährlich. Ich werde panisch. Ich bin das Kind. Fred steht auf und durchschreitet den Raum wie ein ruheloser Löwe seinen Käfig. Ich werde sterben, ich werde verhungern, wenn es mir nicht gelingt, diese Situation zu befrieden, wenn ich es nicht schaffe, durch egal welche Art von Unterwerfung die Gunst von Fred zurückzuerlangen. »Wir haben uns nichts versprochen!«, rechtfertige ich mich kleinlaut. Er knallt mir die Urlaubskarte auf den Tisch, die ich ihm schon am ersten Tag geschickt habe, damit sie vor mir ankommt. Ich will, dass es aufhört. Ich versuche herauszufinden, was er von mir erwartet. Ich spüre, dass da noch etwas anderes ist, etwas

Drittes, das nichts mit meinem Urlaub zu tun hat. Ich bin bereit zu allem. Ich werde Verfehlungen zugeben, die ich nicht begangen habe, jede Strafe akzeptieren. Ich bin bereit, mich selbst zu verraten, ohne zu zögern, weil mir ja das Selbst in jenem Moment verschwindet, wo ich nicht mehr gemocht werde. Gerade mag er mich nicht. Er hat die Glühbirne ausgeschaltet, die auf mich gerichtet ist, und jetzt verschwinde ich in der absoluten Dunkelheit der Missachtung. Ich finde, dass er im Unrecht ist, jetzt wo er schreit. Dann schweigt er ein Schweigen der tausend Gefühle, die er nicht benennen kann. Dieses Schweigen ist mein Tod. Ich bin bereit, jede Erdenkliche zu sein. Er wird sich darauf einlassen, sage ich mir, um mich zu beruhigen, genau wie die anderen: Männer, denen es nicht auffällt, dass es nicht ein »Du« ist, das sie lieben, sondern nur ihre Wunschvorstellung. Es wird unheimlich viel Energie kosten, der Wunschvorstellung zu entsprechen. Nach einigen Monaten werde ich erschöpft sein. Ich werde mich von Fred entfernen und den Partner wechseln. Zudem beginnt nach einer längeren Zeitspanne der Selbsterniedrigung meist der Hass. Im Grunde hasse ich meine eigene Schwäche, allerdings bin ich mit einer starken Selbsterhaltungskraft gesegnet, und es gelingt mir, den Hass auf mein Gegenüber zu richten. Ich werde den eifersüchtigen Fred als Schuldigen benennen. Er, werde ich mir sagen, ist der Aggressor.

»Stopp!«, schreie ich. Fred sieht mich an: »Ich will nicht, dass du einer von den anderen wirst.« Er sieht mich an, reibt sich den Kopf und rudert mit den Armen. Er ist verblüfft. Ich auch: Lange habe ich geglaubt, ich sei krank und davon besessen, mit Selbstverleugnung und -erniedrigung fürs Geliebtwerden bezahlen zu müssen, weil ich gestört bin durch den Missbrauch, den ich erlebt habe. Nach vielen Gesprächen mit Freundinnen und Freundinnen von Freundinnen, die ihr Zusammenleben mit Männern ähnlich beschrieben, ging ich davon aus, dass auch diese Frauen irgendeine Form von Missbrauch erlebt haben. Gleichgesinnte, Gleichgestörte und Kranke freunden sich eben an, dachte ich. Irgendwann habe ich erkannt: Frauen sind es gewohnt, ihre Autonomie einzutauschen gegen »Beziehung mit einem Mann«. Das ist das System, in dem wir leben. Das wird von uns erwartet. Und mit »Wir« meine ich uns alle. Und jetzt hab ich es einfach anders gemacht. Und ich lebe noch und Fred ist noch da: »So bist du«, stellt er fest. »Hm«, macht er und wieder »Hm«. Und dann hält er mich lange fest, so wie nur Fred mich halten kann.

Ich lese Humberts Tagebucheintrag zu dem Missbrauch im Wald, bei dem wir beobachtet wurden. *Die Operation war vorüber, ganz vorüber und sie weinte in meinen Armen*, schreibt er. Ich blättere viele Seiten weiter und lese nach, wie ich dieselbe Situation beschrieben habe. Die Sonne scheint auf mich. Ich betrachte meine Hände, die im Gegensatz zum Rest meines Körpers irgendwie nicht mitgemacht haben beim Frauwerden: Sie sind winzig und kindlich. Ich hole eine Rasierklinge aus dem Badezimmer und reibe mit ihrer Spitze vorsichtig über die von ihm geschriebenen Worte. Ich komme mir ein bisschen albern und ein bisschen mächtig vor.

Wir sind keine Sexteufel! Wir vergewaltigen nicht, wie wackere Soldaten es tun. Wir sind unglückliche, sanfte Gentlemen mit Hundeaugen, gut genug integriert, u...
Verschwindet unter meiner Rasierklinge.

Die Zuversicht hält nicht. Wir sitzen am Tisch, es ist dunkel, wir rauchen eine Zigarette nach der anderen. Die Luft ist schwer zu atmen, aber Fred will das Fenster nicht öffnen. Vielleicht wünscht er sich insgeheim, dass wir an Rauchvergiftung sterben. Romantisch ineinander verkeilt in der Leichenstarre blicken unsere toten Augen sich leer an. Leichter wär's. Fred raucht so schön.

Ist unser Zauber nicht bloß mit einer fettigen Staubschicht von Sprachlosigkeit, Angst und Phantasielosigkeit überzogen? Die Art von Staubschicht, die entsteht, wenn man nicht lüftet und ständig irgendwas anbrät. Da klebt der Staubwedel fest. Da hilft Essigessenz.

Oder täusche ich mich in ihm, in seinem Gesicht, in allem. Die Straße, auf der wir gemeinsam gehen, fällt hinter uns Stein für Stein ins Nichts. Das Nichts hat schon immer unter ihr gegähnt. Er schweigt alle Zuversicht kaputt und auch das Vertrauen. Ich werde draufgehen. Verzweiflung schüttelt mich durch. Er bleibt unbewegt. Er hat Angst. Er ist einer von den Guten und jetzt habe ich ihm Angst gemacht. Ich bin keine von den Guten.

Ich muss ihn loswerden, seine Realität, seine Perspektive, denn ich will entscheiden können.

»Liebst du mich?«, frage ich. Das ist hinterhältig, weil ich die Antwort kenne. »Ich weiß es nicht«, antwortet er und wiegt unglücklich den Kopf. Bevor hier alles zerbröckelt ist, habe ich ihn immer für ehrlich gehalten, auch wenn er selten von sich erzählt hat, also glaube ich ihm und da reißt es mir plötzlich am Herzen, diesem Organ, das ich immer bloß für eine alte Pumpe gehalten habe. Dann geht er, denn dem ist nichts hinzuzufügen.

Seit er aus der Tür ist, empfinde ich eine Leere, die nicht Folge seiner Abwesenheit ist. Er ist ja nicht weg. Ich bin angefüllt mit seinen Gedanken, seinen Worten, der Art, wie er Anekdoten erzählt, wie er sich ärgert, wenn ihm etwas misslingt, sodass ich beinahe glaube, ich sei er. Fred ist in meinen Körper gewandert und mein Mund benutzt jetzt seine Worte. Ich bin sein Sarg. Ich fühle mich blank und weiß und geschmacklos. Ab heute werde ich nicht mehr missgelaunt zur Arbeit gehen, weil er mich gleich nach dem Erwachen aufgeladen hat mit seinem Missmut. Ich werde einfach so bei der Arbeit sein, ganz ohne eine Tagesform. »Tagesform« – auch so ein Wort, das ihm gehört. Ich öffne die Tür und lausche in den Flur hinein. Keine Schritte auf der Treppe, kein Atem, nicht das Knarren des alten Geländers. Ich setze mich auf die Fußmatte, die überall im Haus dieselbe sein muss, das habe ich im Mietvertrag unterzeichnet. Ist mir doch scheißegal, was für eine Fußmatte ich habe, dachte ich. Jetzt aber fühle ich mich bevormundet. Er ist gegangen. Ich weine heftig, ich beobachte mich dabei vom oberen Ende der Treppe aus. Ich sehe ziemlich mickrig aus. Warum heult die so?, frage ich mich. Sie war es doch, die ihn weggeschickt hat, weil sie spürte, dass er schon gegangen war.

Ich heule. Ich war mir sicher, wir hören nicht auf. Es ist eben nichts gewiss. Das ist scheiße. Mein Inneres liegt mir auf der Haut und das ist rotglühend und brennt wunderschön und ich weiß, ich bin da, so sehr da, wie vielleicht noch niemals in meinem Leben. Dass meine Zukunft jetzt eine andere ist, als ich angenommen habe, ist nicht so schlimm. Ich habe geliebt. Ich kann das. Und auch wenn Fred raus ist aus der Tür, hat er die neue Welt dagelassen.

Ich bin geil seit ungefähr neun Tagen. Die ganze Zeit. Ich habe in meinen Kalender geschaut, ob es vielleicht zyklusbedingt ist, so wie ich in meinen Kalender schaue, wenn es mir besonders dreckig geht und ich nah am Wasser gebaut bin, wenn die Welt mich tyrannisiert, weil ich sie nicht von mir fernhalten kann. Der monatliche Blues und die Geilheit. Wer hat mir das beigebracht? Bin ich wirklich so ein von Hormonen und Gesellschaft gesteuertes Bündel Gewebe, Knochen, Zähne und Haare? Ich bekomme meine Tage unregelmäßig, ich ernähre mich zu schlecht. Ich will essen, plötzlich. Dinge, die gut schmecken.

Ich finde mich schön, ohne Grund. Ich werde feucht schon bei dem Gedanken, dass ich mich selbst anfasse oder den schlanken Nacken von diesem Typen, der da einige Meter entfernt von mir sitzt und manchmal herüberstarrt. An der Supermarktkasse weht mir ein herber Geruch in die Nase. Hinter mir zwei Bauarbeiter in Blaumännern. Riecht ziemlich ungewaschen, denkt mein Gehirn, geil, stellt mein Körper fest und ich beobachte, wie sich ihre Körper unter den Blaumännern

bewegen und stelle mir vor, wie ihre Hände Bohrma-
schinen halten und Beton umrühren. Alles erregt mich.
Das raschelnde Laub und das Berühren von sehr glatten Flächen. Ich spüre die pochende Wärme im Schritt,
weil ich die Beine übereinander geschlagen habe, weil
ich sehe, wie sich die schmale Brust der Frau, die mir in
der Bahn gegenübersitzt, in einem tiefen Seufzer hebt
und senkt. Ich kaufe mir einen großen Spiegel. Mit ver-
renktem Hals betrachte ich meinen eigenen Arsch und
sehe seine Knochigkeit nicht. Was hat das ausgelöst?
Warum glaube ich, dass irgendwer oder irgendwas diese
Geilheit ausgelöst haben muss? Warum muss da etwas
von außen auf mich einwirken? Vielleicht ist sie das: die
Doloreslust. Gehört mir. Gehört alles mir. Hat es immer.

Es ist sechs Uhr früh. Es ist noch dunkel, weil Winter.
In knapp zwei Stunden muss ich bei der Arbeit sein.
Ich schreibe in den Kalender, obwohl ich nicht sicher
bin, ob das hier hineingehört. Das Licht habe ich ausgemacht, damit ich mich nicht in der Scheibe spiegele.
Die weißen Seiten des Kalenders treffe ich trotzdem
mit meinem Stift. Noch anderthalb Stunden, bis ich im
Büro sein muss. Das Essen habe ich, seit ich es nicht
mehr mit Fred teilen kann, erneut auf das Überlebens-
minimum beschränkt. Aber Anziehen wäre gut. Leider
kann ich mich gerade nicht kontrolliert bewegen. Ich
habe Schüttelfrost vor Angst: Ich bin schwanger. Es ist
klar, dass ich das, was vielleicht in einigen Monaten
ein Mensch sein könnte, zerschnippeln und absaugen
lassen will, wegvergiften und rausbluten. Daran gibt
es keinen Zweifel. Ich frage mich nur, warum ich so

Schiss habe. Ist es Mitleid mit einem Zellklumpen? Sicher nicht. Ich weiß, dass es unmöglich für mich ist, ein Kind zu lieben. Ich bin mir da sicher. Oder? Ich denke an Barbe und daran, dass sie jetzt lächeln kann. Von einem Tag auf den anderen hat sie es gelernt. Warum sollte ich ein Wesen in diese Welt setzen, das sein Leben lang darunter leidet, von seiner Mutter nicht geliebt worden zu sein? Mir ist klar, dass man als Mutter alles Mögliche falsch macht, jede Mutter tut das, aber auf ein Mindestmaß an Liebe sollte sich jedes Kind verlassen können. Liebe und das Kind irgendwie ernähren und durchbringen. Das sind die Grundvoraussetzungen, denke ich. Aber das kann ich leider nicht bieten und darum beschwöre ich da in der Dunkelheit und Stille des frühen Morgens sitzend meinen Körper, dass er dieses Kind wegmacht, dass er es einfach raushaut aus der Gebärmutterschleimhaut, bevor ich es, nach neunmonatiger harter Arbeit meines Körpers an diesem Lebewesen, zufällig vom Balkon fallen lassen muss.

Quatsch ist das natürlich. Ich lass es wegmachen. Erst hab ich es reinmachen lassen, jetzt lass ich es wegmachen. Beides ist mein Recht seit dem 22. Januar 1973, mein gutes. Roe vs. Wade. Heftige Dankbarkeit gerade gegenüber Sarah Weddington und Linda Coffee, ohne sie zu kennen, und dann Zweifel: Hat dieses Kind ein Recht darauf, geboren zu werden? Darf ich das wirklich entscheiden? Während ich so handlungsunfähig dasitze, spüre ich förmlich, wie dieses Ding in mir wächst. Jetzt, denke ich mir, wird es von meinem Körper versorgt, es zehrt von meinem Fleisch. Hab ja eh nicht viel davon, das Leben hat mich schon aufgezehrt, da muss nicht auch noch ein Kind den letzten Rest von mir wegfressen. Nein. Ich muss in Bewegung kommen. Ich muss mich anziehen, zur Arbeit gehen und einen Arzt aufsuchen. Ich muss schnell das Nötige tun, bevor es sich richtig einnistet. Vielleicht, denke ich kurz, irre ich mich. Nein, ich habe riesige Brüste seit Wochen und Übelkeit. Ich bin schwanger. Wenn schon die Welt versucht, mich zu verarschen, sollte ich es wenigstens nicht selber auch noch tun. Ich reiße mich hoch und gehe zu meinem Kleiderschrank, mache Licht und stehe einen Moment vor dem Spiegel. Ein kleines Gerippe mit großen Möpsen starrt mich erschrocken an. Die Möpse sind ganz geil, denke ich. Ich ziehe mich an, muss aber den BH weglassen, weil sie da nicht mehr reinpassen. Ich bin hart. Ich habe sie bekommen, die Hornhaut, die ich mir gewünscht habe, nur an der ganz falschen Stelle.

Dann fahre ich ins Büro. Jeder, denke ich, jeder muss es mir ansehen. Sehe ich nicht eigentlich ganz anders aus seit ein paar Wochen? Nicht nur die Möpse, sondern auch das Gesicht, die Haut, alles? Dieses Wesen, das mit meinem Blutkreislauf verbunden ist, hat bereits heimlich die Macht übernommen. Jedes Mal, wenn mir jemand länger ins Gesicht schaut, erschrecke ich und fühle mich ertappt. Zu Unrecht natürlich, alle benutzen mein Gesicht für ihre eigenen Gedanken, niemand betrachtet es wirklich. Ich könnte eine Attentäterin sein, eine Kindsmörderin, niemand würde es bemerken. Das beruhigt. Für den nächsten Tag habe ich einen Termin beim Arzt ausgemacht. Es ist ein Arzt, von dem ich weiß, dass er mir keine Vorschriften in den Weg legen wird. Die Nummer seiner Praxis wird in geheimem Austausch von Frau zu Frau weitergegeben.

»Worum geht es?«, werde ich am Telefon gefragt, das ich wieder unerlaubt benutze. Ich lasse den Blick durch das Büro gleiten. Halte die Hand über die Sprechmuschel und wispere »Schwangerschaft«. »Herzlichen Glückwunsch«, sagt die Stimme. »Ihnen auch«, sage ich. »Fünfzehn Uhr? Morgen?« Ich bestätige und lege auf. In der Nacht wünsche ich mir, mein Blut zu vergiften, um dieses Kind loszuwerden. Ich liege ganz still auf dem Bett und wünsche es mir aus vollem Herzen. Ich verbringe den Rest der Nacht in der Bar und lasse mich von einem Mann ficken, den ich schon länger kenne und manchmal auch mit ins Bett nehme. Während er mich leckt, denke ich an den kleinen Parasiten. Ich imaginiere mich in den Kreißsaal, wo Hebammen meinen riesigen Bauch umstehen, nebenan erwartet schon die Wiege das Neugeborene, und dann wölbt sich plötzlich etwas von innen gegen meine pralle Haut und mein Bauch reißt auf und aus mir heraus kriecht ein schreckliches Wesen, hässlich, ganz ohne menschliche Züge schaut es die Umstehenden an, die sich kreischend Verstecke suchen, dann krabbelt es hinauf und wispert ein Geräusch in mein Ohr, von dem ich weiß, dass es »Mama« heißen soll, und während ich langsam verblute, verschwindet das Wesen in der Dunkelheit. Jetzt empfinde ich zum ersten Mal Zärtlichkeit für das, was da in mir wächst. Ich lege mir die Hand auf den Bauch und versuche mir vorzustellen, wie es drinnen aussieht. Weil ich ziemlich heftig zittere, bitte ich den Mann, das Fenster zu schließen, durch das die kalte Winterluft hereinströmt. Er ist enttäuscht. Er hielt das Zittern für Lust. Ich verabschiede ihn und lege mich unter die Decke. Ich muss, denke ich kurz vor dem Einschlafen, unbedingt verhindern, dass die Hormone, die mein Körper produziert, mich manipulieren und ich es am Ende doch haben will. Und kurz bevor mein Bewusstsein ins Nichts sinkt: Im Grunde ist es mir wurscht. Es ist mir wurscht, ob da ein Kind aus mir rauskommt oder ich an Aids sterbe oder hundert Jahre alt werde. Wurscht. Aber am nächsten Morgen überwiegt das Verantwortungsgefühl und ich schreibe mir einen Zettel, den ich von innen an meine Schlafzimmertür klebe: »Lass dich nicht von deinen Hormonen verarschen.« Nach kurzer Überlegung füge ich noch einen weiteren hinzu: »Es ist nicht alles egal.«

Aber ich werde verarscht: Niemals in meinem Leben habe ich mich so unbesiegbar und unsicher zugleich gefühlt wie jetzt in dem Bewusstsein, dass ein zweites Leben in mir ist. Ich bin lebendig und mein Körper ist eine Zauberin. Das macht mich über die Maßen glücklich. Das macht mein Herz weit, die Lungen kräftig und mich mutig. Ich bin ja gar nicht allein.

Ich kann das nicht: Diese unglaublich anstrengende emotionale Arbeit leisten, die es bedeutet, ein Kind großzuziehen. Fühle mich gedemütigt von der eigenen Unfähigkeit.

Der Arzt ist gelassen. Als ich anfange, ihm etwas erklären zu wollen, winkt er gelangweilt ab: »Heben Sie sich das für später auf.« Später muss ich ein Gespräch mit einem Mann und einer Frau vom Sozialprogramm führen. Der Raum, in dem sie mit im Schoß gefalteten

Händen auf mich warten, droht mir mit hübschen Möbeln, Blumen stehen auf dem Tisch, Familienfotos an der Wand: So ein kuscheliges Zuhause wie dieses wirst du niemals haben, wenn du das Kind in deinem Bauch ermordest. Ich muss diese Schwindel-Familie dazu bringen, einen Zettel zu unterschreiben, damit ich eine Abtreibung in Anspruch nehmen darf. Auch ich habe einen Zettel dabei, auf dem bescheinigt mir Otto, der Psychodoc, dass ich einen Mangel an mentaler Stabilität habe. Ich denke an Jane Roe, die eigentlich ganz anders hieß, und frage mich, ob ich arm und verzweifelt genug bin, um eine Schwangerschaft zu beenden, und ob ich ein schlechter Mensch bin. Die versteinerten Mienen der Schwindler, die da vor mir sitzen, zumindest bestätigen letzteres überdeutlich. Plötzlich sage ich:»Ich wurde vergewaltigt. Ich kann das Kind nicht bekommen.« Das ändert alles. Schlagartig. Wahnsinn. Ich klopfe mir innerlich auf die Schulter, während ich gleichzeitig erschrocken bin, über diese Worte aus meinem Mund, die ich noch niemals gebraucht habe. Die Schwindler mögen lieber nichts mehr hören, unterschreiben den Zettel und bitten mich hinaus aus ihrem erpresserischen»Familien-Idyll«. Wahnsinn, denke ich, Wahnsinn, wenn dir als Frau sexuelle Gewalt angetan wurde, dann bist du bei Babymord schlagartig moralisch auf der richtigen Seite. Du hast dann ein Recht, über deinen Körper zu verfügen, quasi als Ausgleich dafür, dass zuvor über deinen Körper verfügt wurde.

Jetzt liege ich in einem hinten geöffneten Arztkittel auf einer Liege im Hinterzimmer einer Arztpraxis und soll mich kurz erholen, bevor ich »von einem meiner Lieben« abgeholt werde, was ich natürlich nicht werde, aber behaupten muss, damit ich nach Hause kann. Ich habe eine überdimensionale Monatsbinde in der Unterhose, mit der ich laufe wie mit einer Windel. Das weckt Erinnerungen, denen ich den Tod wünsche. So sehr blutet es allerdings nicht. Besser wäre es, wenn ich die Binde auf den Augen hätte, denk ich, weil Tränen aus mir herauslaufen, wie bei einer Allergie. Ich verstehe das nicht, ehrlich gesagt: Ich wollte und will dieses Kind nicht. Ich bereue nicht, was ich habe machen lassen. Es wäre die absolute Hölle für mich, in einigen Monaten Mutter zu werden. Ich glaube sogar, dass ich das nicht überleben würde, und trotzdem weine ich. Meine Brust ist eng und tut mir weh, auch meine Möpse schmerzen. Sie haben sich ganz umsonst aufgepustet und bereit gemacht. Wenn sie wieder in den unschwangeren Zustand zurückgehen, werden sie sicher schlaffer sein als zuvor. Ich glaube, ich habe eine Art Heimweh gerade. Oder vielleicht den ersten echten Liebeskummer meines Lebens. Ich gebe dem Kleinen einen Namen und ich verspreche ihm, dass es wiederkommen darf, wenn mein Körper bereit und entgiftet ist von allem, was ihm passiert ist. Als Ungeborenes sollte man ein Recht darauf haben, sich nicht den ganzen Scheiß reinziehen zu müssen, den Mutti erlebt hat, bloß weil man neun Monate einen Blutkreislauf teilt.

Ich bin jetzt wieder Herrin über meinen Körper. Er isst und trinkt nichts, was ich nicht will. Er bewegt sich genau so, wie ich es ihm sage. Aufgrund einer Verletzung am Arm sehe ich zum ersten Mal ein Röntgenbild meines Inneren. Ich bin schockiert. Schwarz auf Grau auf Weiß führt es mir vor Augen, dass es in mir auch etwas gibt, das nicht meinem Willen unterworfen ist. Das verunsichert mich. Ich beginne, das Innere meines Körpers (so gut es eben von außen geht) zu erforschen. Ich messe meine Temperatur, höre meinen Herzschlag ab, untersuche meinen Zervixschleim, um immer genau zu wissen, in welcher Phase des Zyklus ich mich befinde. Ich lasse mein Blut vom Arzt untersuchen. Ich habe einen kleinen Mundspiegel, mit dem ich nach dem Zähneputzen jeden Zahn einzeln betrachte. Das rote, fleischige Innere meiner Kehle fasziniert mich sehr und ich habe gelernt, das Gaumensegel zu spannen. Selbstverständlich untersuche ich auch meinen Kot sowie das Menstruationsblut. Es ist nicht mein Ziel, besonders gesund zu leben, es ist nicht einmal mein Ziel, überhaupt zu leben, aber wenn ich's schon tue, dann will ich alles, was geschieht, genau miterleben.

Ich lese Humberts Tagebuch und lösche mit der Rasierklinge die Worte aus, die mich verletzt haben. Von denen ich jetzt ganz klar spüren kann, dass sie mich verletzt haben. Ich bin verletzbar. Das ist okay. Ich arbeite den Schmerz ab, um Nährboden zu sein für etwas Gutes. Ich bin inzwischen recht sicher, dass ich niemals ein Kind bekommen werde, aber trotzdem bin ich ein Boden, auf dem die Zukunft wächst.

Ich habe nichts. Keine Fotos von meiner Mutter, wie sie mich als dickes Baby im Arm hält, wie ich eingeschult werde oder meinen kleinen Bruder herumtrage. Keine alten Kinderzeichnungen, keine Schulzeugnisse, keine

Spielzeuge, kein Babymützchen, keinen Flaum von Baby-
haar, der mal an meinem Kopf war. Ich habe gehört, andere haben so was. Mir liegt kein Beweis meines früheren
Lebens vor. Es gibt nicht einmal einen Beweis, dass ich
Eltern hatte. Sie sind meiner aktiven Erinnerung mit der
Zeit weggebröckelt. Ich bin nicht sicher, ob dieser klägliche Rest von einer Frau, die durch mein Inneres geistert,
auch nur entfernte Ähnlichkeit mit meiner Mutter hat.
Geblieben ist von ihr nicht die Erinnerung an einen Menschen, sondern nur die Erinnerung an ein schmerzhaftes
Vermissen. Ein nicht zu befriedigendes Verlangen, be-
dingungslos geliebt zu werden.

Ich habe mir ein Fotoalbum gemalt. Als Mona es
fand, hat sie geweint. Ich hatte Lachen erwartet, weil
ich so schlecht zeichne. Aber Mona sitzt da und heult
herum. Ätzend. Eigentlich mag ich weinende Menschen.
Nur jammernde hasse ich, jammernde Menschen machen mich aggressiv. Weinende sind schön, aber jetzt
ist Mona leider gar nicht schön. Das Album ist ziemlich
dick und ich habe viel Zeit gebraucht für die schlechten
Zeichnungen. Ich habe mit Bleistift und Tusche gemalt.
Begonnen habe ich bei meiner Geburt: ein Krankenhausbett, darin meine Mutter. Sie hat einen schiefen
Mund und schielt ein wenig, was darauf zurückzuführen
ist, dass ich im Malen so ungeschickt bin, was der naive Betrachter aber auch als Folge einer schweren Geburt
deuten kann. Sie hält mich im Arm. Ich bin bloß eine
hautfarbene Wurst in einem weißen Laken. Neben dem
Krankenhausbett ein großer Strauß bunter Blumen auf
einem Tisch. Im Grunde ist er das leuchtende Zentrum
des Bildes. Im düsteren Hintergrund steht ein Schemen,

der meinen Vater andeuten soll. Einige Seiten später habe ich mich an einem Hochzeitsbild meiner Eltern versucht. Ich habe extra einen Katalog für Brautmoden besorgt und akribisch die Körper eines Modellbrautpaares kopiert. Das Gesicht meiner Mutter hat ein wenig Kontur. Das Gesicht meines Vaters entzieht sich so sehr meiner Erinnerung, dass ich ihm nach mehreren fehlgeschlagenen Versuchen einen Brautschleier verpassen musste. Das mutet feministisch an. Mona hat noch nicht viele Bilder betrachtet und sie heult und ich will ihr das Buch entreißen, stattdessen setzte ich mich neben sie und küsse sie auf die Schläfe. Dann blättere ich auf die nächste Seite um. »Mein erster Geburtstag!«, sage ich und zeige auf die schlecht gezeichnete Torte mit der brennenden Kerze, die meine Mutter für mich auspustet. »Louise hat sie für mich gebacken«, erkläre ich. »Meine Mutter hat mir das immer erzählt, wenn wir das Album angesehen haben.«

Unser Haus in Ramsdale, das nach dem Tod meiner Mutter ihrem Ehemann Humbert Humbert zugesprochen wurde, steht nicht mehr. Zumindest hat er mir das erzählt: »Verkauft, mein Nymphchen, um unsere Reise zu finanzieren. Inzwischen wurde es abgerissen.« Klar, denke ich, wenn etwas ganz zerfallen ist, dann lohnt sich der Wiederaufbau einfach nicht. Aber was, wenn Humbert Humbert mich belogen hat?

Nach einer durchwachten Nacht auf einer durchgelegenen Matratze wälze ich mich aus dem muffig riechenden Bett. Weil ich, sobald ich die Lobby eines billigen Kleinstadthotels betrete, nie weiß, wie mein Körper reagieren wird, bin ich am Stadtrand von Ramsdale in einer privaten Pension abgestiegen. Pensionen mit Familienanschluss hat Humbert Humbert immer gemieden. Es war früher Abend, als ich den Wagen parkte und auf die Tür mit dem Schild »Zimmer zu vermieten« zuging. »Für eine Nacht, vielleicht für zwei«, sagte ich in das enttäuschte Gesicht der Frau. »Nur?«, kommentierte sie und bewegte die Finger, die viele Ringe schmückten. Sie erzeugten einen schönen Klang, wenn sie aneinanderstießen. »Werden Sie mit uns essen?« Die Frau fixierte mich für einen Augenblick, als ich den Kopf schüttelte. Vielleicht hoben sich ihre Augenbrauen ein wenig, hinter denen sie ganz sicher dachte: Abendessen hätte dieser Hungerhaken mehr als nötig.

Jetzt, im gnadenlosen Licht eines beliebigen Mittwochmorgens, sieht das Zimmer noch schäbiger aus als gestern Abend. Ich sitze auf dem Bett und schaue auf meine nackten Füße. Ins Auto steigen, denke ich, den Wagen starten und dann Flucht. Warum die Bilder der Vergangenheit, die ich ohnehin nicht loswerde, mit der Realität eines Ortes abgleichen, der auch älter geworden ist und anders: Ramsdale. Warum nur nehme ich überhaupt an, dass mein »Ich« irgendetwas mit den Erlebnissen meiner Vergangenheit zu tun hat? Warum kann ich nicht einfach eine sein, die eine andere eben nicht geworden ist? Ich muss aufhören mit diesen verdammten Kausalketten: Vernachlässigung plus emotionale Erpressung plus Verlust plus Missbrauch plus, plus, plus ... ist gleich die Katastrophe, die ich bin!

Ich gehe ins Bad. Gemeinschaftsbad für die drei Zimmer, die im oberen Stockwerk dieses Hauses von Sue und ihrer Familie vermietet werden. Sue klappert mit den Töpfen. Ein schönes Geräusch. Der Holzboden unter meinen Füßen knarrt, sofort bietet mir Sues Stimme Frühstück an. »Wenigstens Kaffee?«, ruft sie. Im Spiegel über dem Waschbecken sehe ich so alt aus, dass ich erschrecke. Wann ist das passiert? Über Nacht? Vielleicht ist meine Jugend ausgelaufen und in die durchgelegene Matratze gesickert. Ich habe noch nie alt ausgesehen, erschöpft ja, abgemagert ja, todunglücklich, ausgefranst und verquält ja, aber »alt« niemals. Ich möchte mich hinlegen und schlafen. Einfach liegen bleiben, für immer dösen mit diesem muffigen Geruch des alten, immer etwas feuchten Bettzeugs in der Nase. Ich hab doch wirklich schon Schlimmeres durchgehalten, sage ich mir. Sage es mir immer, wenn ich einfach klein beigeben will. Dummerweise wird das aktuelle Schlimme nicht leichter durch noch schlimmeres Schlimme in der Vergangenheit. Das Leben härtet nicht ab. Es macht porös.

Ich ziehe mich an und bezahle Sue für eine weitere Nacht, obwohl ich nicht damit rechne, zurückzukehren, dann trinke ich einen Kaffee und esse unter ihrer Aufsicht ein Sandwich. Sue ist übergewichtig. Sie betrachtet jede meiner Bewegungen genau. Ihr Kiefer zuckt, wenn ich in das Sandwich beiße, sie muss mehrmals schlucken, um ihren Speichelfluss zu kontrollieren. Sie genießt jeden meiner Bissen, als wäre es ihr eigener, und ich bin sicher, dass sie, obwohl sie offensichtlich Diät hält, auch diejenige sein wird, die von meinen Bisschen einige Pfund zunehmen wird. Zweimal bejahe ich die Frage, ob es schmecke. »Was tun Sie hier in

Ramsdale? Erstes Mal?«, will sie wissen. Ich entscheide mich für die Gegenfrage: Ob sie schon lange hier lebt? Ja. Und ob ihre Familie schon immer in Ramsdale war? Ebenfalls: ja. Einige Häuser in der Straße sind in Familienbesitz. Ich verzichte auf die Frage, ob sie sich an eine Geschichte erinnert, die vor vielen Jahren passiert ist: Mutter geht drauf bei einem Autounfall, minderjährige Tochter verschwindet mit deren frisch angetrautem Ehemann, für immer, spurlos. Dann nehme ich meinen Mantel und trete vor die Tür. Kleinstadt. Wohngebiet. Es könnte überall sein. Es ist überall. Ich laufe los.

Häuser mit Vorgärten, Vorgärten mit Briefkästen und Autos. Es herrscht ganz normaler Mittwochsbetrieb. Ich weiß unsere Adresse, weiß sie, wie ein Kind eine Adresse auswendig lernt, ohne die Bedeutung zu verstehen, eine Ansammlung von Worten, die aufgesagt werden müssen, wenn man danach gefragt wird. Ich frage zwei Passantinnen, dann biege ich in unsere Straße ein. Ich erkenne die Häuser. Ich weiß, ich nähere mich unserem Haus. Bin ich sicher, dass ich die Häuser kenne? Es gibt Geschichten, die mir als Kind erzählt wurden, die in meinem Kopf als eigene Erlebnisse abgespeichert sind. Reinen Gewissens würde ich schwören, sie erlebt zu haben. Ich war auf der gelben Straße unterwegs in die Smaragdstadt! Manche meiner tatsächlichen Erlebnisse sind Geschichten geworden. Manche Erlebnisse sind dahin. Das Haus ist weg. Ich laufe mehrmals an dem Grundstück vorbei, das ich für unseres halte. Das Haus ist weg. Humbert Humbert scheint mir die Wahrheit gesagt zu haben. Da steht ein neues, ein anderes Haus. Die Kastanie, an deren Ast Humbert Humbert die Schaukel aufgehängt hat: weg. Zersägt zu Brennholz. Ich habe die Hände am Zaun, der auch ein anderer ist. Ich lauere auf ein Gefühl, eine Regung. Es kommt nichts. Eine Frau beobachtet mich aus dem Küchenfenster und wundert sich über den ungebetenen Gast am Gartenzaun. Ich folge weiter der Straße. Ein Wagen gibt lautstark Gas. Ich blicke auf und dann sehe ich das Haus mit der Nummer 324. Das ist es. Davor die Kastanie, ohne Schaukel. Es sieht aus, wie ich es in Erinnerung habe. Niemand hat sich darum gekümmert. Jemand ist eingezogen und hat Stühle auf die Veranda gestellt. Immerhin ist es sauberer als damals. Meine Mutter ist ebenso verschwunden wie der Müll, den sie überall hinterließ.

Ich gehe vorbei, lasse das Haus links liegen und betrete den Garten von der Seite, wo das Haus keine Fenster hat, betrete ihn durch das Loch im Zaun, das niemand geflickt hat. Ich bin so mager, ich kann mich hindurchschieben, wie ich es als Kind getan habe. Ich halte mich nah an der Mauer, damit mich niemand sieht. Das Haus ist weiß verputzt. Der Putz legt sich als weißer Staub auf den Ärmel meines Mantels. Der Mantel ist vielleicht ruiniert, denke ich. Ich setzte mich auf die Veranda. Dorthin, wo ich mit Humbert Humbert gesessen und die Glasscherbe mit den Zehen aufgehoben habe. Mein Körper ist unendlich traurig, auf eine trotzige, selbstmitleidige Art. Ich lass ihn. Mein Kopf ist ganz klar.

Für nichts, was ich in meinem Leben tun will, brauche ich eine Erlaubnis.

Dann ist es plötzlich ganz sinnlos, hier herumzusitzen. Die ganze Situation verlangt Pathos, denke ich. Jetzt muss es ja eigentlich vorbei sein mit mir. Aber es ist nicht vorbei. Ich bekomme keinen Herzinfarkt, keine plötzliche Hirnblutung, meine Gebärmutter explodiert nicht, ich heule und schreie nicht, ich scheiße nicht, ich blute aus keiner inneren oder äußeren Verletzung, ich sitze bloß und dann stehe ich auf und gehe.

Ich weiß nicht, ob der Friedhof von Ramsdale sich verändert hat in den letzten 25 Jahren, denn ich bin niemals dort gewesen, keine Besuche mit echter Trauer, keine geheuchelte Traurigkeit. Mein Vater wurde in Pisky begraben. Ich war dabei. Ich laufe die Grabsteine ab, auf der Suche nach dem Namen meiner Mutter. Erschrecke, halte inne, weil mir klar wird, dass ich kein Grab von »Charlotte Haze« finden werde, dass sie als Humbert Humberts Ehefrau gestorben ist. Ich setze meine Suche fort. Doch selbst wenn ich den Grabstein fände und Mamas eingravierten Namen mit den Fingern abtasten würde wie eine Blinde, könnte ich nicht ganz sicher sein. Ich wünschte, ich hätte gesehen, wie man ihren Körper zu Asche gemacht und die Asche im Boden versenkt hat. Auf dem Friedhof geht ein kühler Wind.

Das Grab meiner Mutter ist nicht auffindbar. Ich beschließe, den Friedhof zu verlassen und im Amt nach ihrer Sterbeurkunde zu fragen. Man händigt mir einen Umschlag aus, den ich sofort aufreiße. Ich starre auf das Blatt Papier, ohne seinen Inhalt zu begreifen, und schiebe die Sterbeurkunde meiner Mutter zurück in den Umschlag. Jetzt liegt er vor mir auf dem Tresen. Neben dem Whiskey, den ich bestellt habe. »On the rocks«, weil es so toll klingt. Es sind nicht viele Leute da. Sie hocken beieinander und reden. Schön für sie, denke ich und bin irgendwie wütend auf diese teigigen, uninteressanten Gesichter, die Belangloses reden. Ich möchte aufstehen, zu einem der Tische gehen und hineingreifen in den dicksten Teigklumpen, der ein Gesicht ist, möchte hineinbeißen. Der Whiskey fühlt sich gut an im Mund. Ich öffne nochmals den Umschlag. Der Zettel, den er enthält, bezeugt den Tod meiner Mutter. Ich sehe es. Ich kann es lesen. Sie ist seit so vielen Jahren tot. Da ist es wieder, das Magenfeuer, das mütterliche, das ich von früher kenne. Ich schütte zwei Schlucke Whiskey auf den Schmerz. Und dann schluchzt es plötzlich aus mir heraus. Ich öffne den Mund und mache einen Laut wie ein verwundetes Tier. War das wirklich ich? Mein Gesicht ist nass. Ich steige vom Barhocker herunter, halte mich mit beiden Händen am Tresen fest. Ich muss plötzlich heftig kacken. »Soll ich nen Krankenwagen rufen?«, fragt der Barmann besorgt und zieht mir das Whiskeyglas weg. »Ich mach das schon«, sagt eine erstaunlich hohe Stimme einer erstaunlich großen Frau, die neben mich getreten ist. »Sie müssen sich nicht schämen. Atmen Sie«, weist sie mich an. »Ich schäme mich nicht«, sabbere, rotze, brülle ich heraus und spüre ihre Hand, wie sie meinen Bauch abtastet. »Sie ist ja gar nicht schwanger«, sagt sie enttäuscht und geht kopfschüttelnd zu ihrem Platz zurück. Mein Schmerz ist wie eine Brandung. Der Barmann schenkt nach. Ich schleppe mich zur Toilette und alles, was in meinen Gedärmen jemals unterwegs war, scheppert in die Schüssel. Dann gehe ich zurück an den Tresen. Immer und immer wieder kommen Wellen von ... Ja, von was? Ist das Trauer? Habe ich wirklich gehofft, meine Mutter wiedersehen zu können, mit ihr zu sprechen? Sie hätte nichts verstanden – und verstanden zu werden wäre das Einzige gewesen, was ich mir von ihr gewünscht hätte. Ich weiß, dass meine Mutter meine Sicht auf die Welt nicht hätte gelten lassen. Als Kind habe ich keinen Sieg erringen können und auch als Erwachsene wäre es unmöglich. Vielleicht ist das gar keine Trauer, vielleicht lasse ich gerade das Bedürfnis los, gewinnen zu wollen.

Ich bin ziemlich besoffen, als der Barmann mir ein weiteres Glas verweigert und mich bittet zu zahlen. Ich lege ein paar Scheine auf den Tisch und muss mich am Tresen festhalten wie an der Reling eines schwankenden Schiffes, um nicht zu stürzen. »Wo schlafen Sie?«, fragt er. »Sue«, lalle ich. Er greift zum Telefon und wenig später wuchtet mich Sue kommentar- und mitleidlos, erfrischend pragmatisch auf die Rückbank ihres Wagens. Nur während sie meine Zimmertür aufschließt, sagt sie: »Sie hätten aber wirklich mit uns essen können.«

Egal wie kräftig man schaukelt, kurz bevor man zu fliegen glaubt, kurz vor der Freiheit, werden die Stricke, an denen man sich festhält, schlaff, und es reißt einen unsanft Richtung Erde zurück. Es liegt nicht an der Schaukel, die Louise für mich gekauft hat und die am stärksten Ast des Baumes in unserem Garten hing, ich habe auch andere Schaukeln ausprobiert. Und wenn man sich nicht festhält mit all seiner Kraft, dann rutscht man ab vom Schaukelbrett und landet schmerzhaft dort, von wo man sich abgestoßen hat. Immer und immer wieder landet man dort, wo man hingehört: Mutterboden.

Ich wage mich an die Seiten, die ich bisher gemieden habe:

Ich bin eine leidenschaftliche und einsame Frau und Sie sind die Liebe meines Lebens.

War das Taktik, Mama, dass du diese Zeilen an Humbert Humbert geschrieben hast in diesem Brief, der von Louise überbracht wurde, als du mich ins Sommercamp gefahren hast? War es, weil du glaubtest, es stünde dir besser, verheiratet zu sein? Oder weil unser Geld langsam zu Ende ging? Waren die Worte, die du ihm schriebst, Ausdruck eines flüchtigen Moments der Gier auf seinen Körper? Ich hoffe, dass es nicht die Wahrheit gewesen ist, Mama. Ich wünsche dir nachträglich, dass du Humbert Humbert nicht so sehr geliebt hast. Und was soll das heißen, »die Liebe meines Lebens«? Waren das wirklich deine Worte? Oder ist dieser aus seinem Gedächtnis niedergeschriebene Wortlaut deines Briefs, in dem du dich vor Humbert Humbert kleinmachst, dich zu seinen Füßen räkelst wie eine Idiotin, die erlöst werden will, bloß SEIN eitles Hirngespinst? Ich wünsch es mir, Mama. Ich wünsch mir, dass du nicht dich selbst erniedrigt hast, bevor er dich erniedrigte. Sein erster Blick auf dich:

ein dünner Aufguss von Marlene Dietrich

Meine erste Regung war Abscheu und der Wunsch auszurücken …

die Idee, (…), eine reife Witwe (sagen wir Charlotte Haze) ohne irgendwelche Angehörigen auf der weiten grauen Welt zu heiraten, einzig, um mit ihrem Kind (Lo, Lola, Lolita) nach Belieben verfahren zu können.

Mama!

Sein Blick ist voll Verachtung, angeekelt und herabwürdigend. Wie er dein Liebeswerben schildert, wie er den Geschlechtsverkehr schildert, dein anbiederndes Verhalten. Wie dumm und unerträglich er dich findet, wie plump. Wie seine Ehe mit dir bloß Umweg war, um an mich heranzukommen. Er erheiratete sich einen Zugriff. Wie er sich zu jedem Kontakt mit dir überwinden musste, während du an eine glückliche Zukunft glaubtest.

Mama.

Das tut mir weh.

Es tut mir so weh, wie er über dich urteilt.

Warum warst du so dumm, Mama, warum bist du so blind gewesen und so bar jeder Menschenkenntnis, so eine beschissene Lügnerin, eine Selbstbetrügerin?

Hast du wirklich vor ihm so schlecht über mich gesprochen, wie er schreibt?

Ich habe es geschafft, erwachsen zu werden. Ich weiß, auch das würde mir deine Anerkennung nicht sichern. Aber Mama, mein Erwachsensein macht, dass ich deiner Anerkennung nicht mehr bedarf, weil ich dich begreife. Ich begreife dein lächerliches Verhalten. Ich sehe dich in deinem frisierten und manikürten Gefängnis. Ich verstehe nun, dass du vor diesem Mann zur Zwergin werden musstest, weil du aus Erfahrung wusstest, dass du als Frau zu wählen hattest zwischen Zwergin sein oder Einsamkeit. Ich kann sie nehmen, die Zwergin, ich kann sie halten, wenn du willst. Du hattest keine Phantasie für eine andere Charlotte Haze. Du hast dich sehr bemüht, die Charlotte aus den Märchen zu sein, die dir erzählt wurden. Niemand hat dir Phantasie beigebracht. Du wusstest nicht, was du sonst hättest sein können.

Dein Leben war eine Nummernrevue des narzisstischen Selbsthasses in verschiedenen Kostümen.

Mama, ich habe dich niemals kennengelernt. Auch du hast dich nicht kennengelernt. Alles, was du warst, war eine Echokammer der Erwartungen von anderen.

Ich bin sehr traurig, Mama.

Ich verzeihe dir, Mama, wie kalt du vor Humbert Humbert über mich gesprochen hast.

Wenn ich mit meiner nagelneuen, lebensgroßen Frau hantierte, sagte ich mir immer wieder, dass ich Lolita biologisch gar nicht näher kommen könne; dass Lotte in Lolitas Alter ein ebenso begehrenswertes Schulmädchen gewesen sei wie ihre Tochter jetzt und wie es auch Lolitas Tochter eines Tages sein würde.

Humbert Humbert hat recht. Es geht nicht um die Gewalt eines Mannes gegen ein Mädchen. Es geht um die Gewalt von Männern gegen Generationen von Frauen. Von Männern, denen selbst Gewalt angetan wurde. Die um all die Empathie gebracht wurden, die sie hätten empfinden können.

»Lolita«, das bin nicht ich. Ich war es nicht. »Lolita« ist durch alle Zeiten gegangen. »Lolita«, das sind viele, wir sind es und wir werden es auch in Zukunft sein, wenn wir so weitermachen wie bisher.

Die Worte, mit denen ich zu beschreiben versuche, haben keine Macht und sie rinnen mir aus dem Kopf wie Sand aus einer Sanduhr. Worte, die mich sonst gerettet haben, helfen mir diesmal nicht.

Seine Worte aber erscheinen mir machtvoll. In seinen abwertenden Worten über dich liegt ebenso viel

Verachtung wie in der schwärmerischen Schwachmatenprosa, diesem kläglichen Erguss, den seine Betrachtung meines Körpers hervorbrachte. Humbert Humbert verachtet Frauen. Er hält sich für wertvoller. Er glaubt, die Welt mit all den weiblichen Körpern liegt vor seinen behaarten widerlichen Händen und er kann zugreifen, denn die Welt ist geschaffen, ihn zu nähren, zu pflegen und ihn zu befriedigen und wir sind ein Teil der Welt. Es nützt nichts, Mama, sein Verhalten persönlich zu nehmen, weil keine von uns eine Person war in seinen Augen. Es nützt nichts, der Erniedrigung von außen mit Selbstkasteiung zu begegnen. Auch wenn du »Perfektion« erreicht hättest, Mama, hätten die Tyrannei und der Selbsthass nicht aufgehört, denn sie sind ein Mechanismus zur gesellschaftlichen Regulierung und Kontrolle von Frauen. Ich erkenne mich in dir, Mama, und das ist die Hölle. Eine generationenüberspannende Kette von Feigheit und Unterwürfigkeit, in die du auch mich einzureihen versucht hast. Du hast mir beigebracht, in dieser Welt zu überleben, nicht aber, sie zu verändern. Es nützt nichts, um die begrenzte Teilhabe an einem System zu wetteifern, das einfach scheiße ist. Ich sage dir, was nützt: Raus aus dem Dreck!

Mama!

Immer noch arbeite ich mich durch seinen Dreck, durch den Schlamm der Verachtung, den er auf dich wirft und ich fürchte nichts mehr, als dass Humbert Humbert dich aus der Welt geschafft hat, um mit mir allein zu sein. Sag mir, bitte ich dich in der Nacht, in der ich nicht schlafen kann, sag mir bitte, ob er dich erschlagen hat. Wahrscheinlich wirst du es nicht wissen, Mama, denn wenn er dich erschlagen hat, so war es sicher hinterrücks. Ich schleiche durch seine Phantasien von Betäubungsmitteln, die er an dir testete, Mama, um sie bei mir anzuwenden, und durch seine Erpressungen wie durch einen nächtlichen Wald, in dem Menschen wildern. Ich schleiche. Nie habe ich so langsam gelesen. Potenzmittel, die er einnimmt, um mit dir schlafen zu können, Mama, weil du einen Frauenkörper hast, nicht den Körper eines Kindes.

Humbert Humbert plante deinen Mord, Mama, um mich zu vergewaltigen.

Sie schwamm neben mir, eine vertrauensvolle, tollpatschige Robbe (...)

immer noch konnte ich es nicht über mich bringen, das arme, glitschige, großleibige Geschöpf zu ersäufen. Euer Ausflug am See. Zum Morden war er zu feige. Warst du skrupellos genug, deine ungeliebte Tochter an ihn zu verkaufen und dich aus dem Staub zu machen?

Ich halte das Tagebuch am Einband und schüttle die Seiten in Richtung Schreibtisch aus. Mein Herz rast. Plötzlich begreife ich, was ich betrachtet habe, als ich mit dem Schreiben begann. Das zusammengefaltete Pergament fällt auf den Schreibtisch. Ich breite es aus. Ich bin viel weniger vorsichtig als beim letzten Mal, als ich noch die Visualisierung eines Planes von Humbert Humbert hinter den bunten Pfeilen und Linien vermutete. »Mrs H.«, symbolisiert von einem Kreuz. Dieses Diagramm zeigt den Weg des Körpers meiner Mutter in den Tod, den Weg des Wagens von Mr Beale, der sie überfuhr. All die abgebildeten Frauenfiguren sollen den Körper meiner Mutter darstellen, als der noch gelebt hat bis hin zu seinem Ende als Leiche X, Mrs H.

Nachdem du, die du deinem Ehemann Humbert Humbert zu Recht misstraut hast, eben jenes Tagebuch, das ich jetzt in Händen halte, in der Schreibtischschublade gefunden hast ... Ich bin froh, dass mir dein Gesichtsausdruck erspart geblieben ist, als du gelesen hast, was ich nun lese. Du hast es also gewusst, Mama. Hast ihn konfrontiert, ihn verlassen. Hast drei dicke Briefe geschrieben, von deren Inhalt ich nichts weiß und nie wissen werde, denn Humbert Humbert hat die Briefe zerrissen, wenn man seinen Ausführungen glauben darf. Getaumelt bist du auf dem Weg zum Briefkasten, warst verwirrt, gedemütigt, aufgelöst und wütend, wütend wohl auch auf mich, denn das ist nicht Dolores, die du in den Zeilen gefunden hast, die Humbert Humbert schrieb, es ist auch nicht die kleine Lo, es ist Lolita, die Ausgeburt der Phantasie eines schrecklichen Mannes, der sich selbst als Liebender bezeichnete, die du in diesen Zeilen fandest, aber das wusstest du nicht, nicht wahr, Mama? Du fühltest dich doppelt verraten, als dich das Auto erfasste und deinen Körper demolierte, bis er so verstümmelt war, dass man ihn unter einer Wolldecke verstecken musste, weil der Anblick unerträglich war. Das Letzte, was das Leben für Mrs H. bereithielt, war ein Verrat.

Ich weiß jetzt, Freiheit ist nicht das Entkommen aus der inneren und äußeren Gefangenschaft. Sie liegt in der Haltung, mit der man die Gefangenschaft akzeptiert.

Es nützt nichts, wenn ich mir wünsche, eine andere zu sein, auch nicht, eine andere zu werden, oder in meine Zukunft geschaut zu haben, bevor ich Humbert Humbert traf. Die Zeit mit ihm wird mich für den Rest meines Lebens beeinflussen. Niemand wird mich retten, nichts wird mich verwandeln. Es wird nicht wieder gut und kommt auch nicht in Ordnung. Aber ich habe aufgehört, Freiheit als absoluten Wert zu begreifen. Ich messe den Grad meiner Freiheit nicht mehr in den Kategorien, die mir beigebracht wurden. Und es geht nicht länger nur um persönliche Freiheit. Ich habe begonnen, mich »frei« zu behaupten. Ich suche nicht den steinigen Weg zur Freiheit. Ich bin unterwegs in ein schwereloses Universum. In eine Zukunft, in der sich Leid nicht vermeiden lässt – aber auch die Freude nicht.

Mein Besuch in Ramsdale ist zwei Jahre her.

Ich habe ein kleines Ferienhäuschen gemietet. Sonneninsel. »Sollen wir mitkommen, Baby?«, hat Mona tausendmal gefragt. »Dann feiern wir gemeinsam Barbes sechsten Geburtstag.« »Nicht nötig«, war meine Antwort. Den inzwischen verstümmelten Taschenkalender und die Rasierklinge habe ich im Gepäck. Das immer und immer wieder bearbeitete Papier fühlt sich an wie aus einer anderen Zeit. Eine alte Schrift, die man irgendwo ausgegraben hat und nun zu lesen und zu begreifen versucht. Hieroglyphen, die von etwas erzählen, das ein Märchen sein kann oder eine wahre Begebenheit. Sie werden JETZT gelesen und morgen ist ein neuer Tag.

Das Meer bestimmt, wann ich atmen darf. Es schlägt über mir zusammen. Ich muss mich nicht retten. Vielleicht muss ich nicht einmal »ich« sein, vielleicht bin ich ein Ort. Ein Ort des Begreifens, ein Ort der Gewalt und der Stille, ein Ort der Vereinigung und der Verunreinigung. Dolores ist eine Suchbewegung, eine Hoffnungsträgerin der Hoffnungslosigkeit, ich bin eine, die in alle Richtungen ausfranst, unbequem und schwer greifbar und darum tröstlich.

Um mich ist Wasser. Ich habe keine andere Wahl als radikale Hingabe. Es ist keine Zeit für menschliche Hybris, keine Zeit, gedemütigt zu sein. Es ist Zeit »zu sein«. Ich mache das ziemlich gut. Und ich habe Vertrauen, denn die Welle hebt mich, wenn ich Luft holen muss. Tosen des Meeres, der unruhige Himmel, Luft fällt in mich. Dann bin ich wieder unter Wasser und mache Schwimmbewegungen, mit ganzer Kraft. Ich bin hier seit einer Ewigkeit. Ich versuche nicht, das Meer zu bezwingen. Ich bin das Meer.

Ein Blick zum Strand sagt mir, dass ich nicht vorwärtsgekommen bin. Ich drehe den Körper. Und Welle um Welle arbeite ich hart, um dorthin zu kommen, wo ich ergriffen und an den Strand gespült werde. Wir sind nicht mehr als ein Seetang, eine Qualle oder eine leere Coladose. Das ist erleichternd. Wir sind unendlich fragil und unendlich egal. Die Erde wird noch da sein, wenn wir Menschen die Grenzen unserer Anpassungsfähigkeit längst erreicht haben und fort sind. Ich bin vor der Welle, dann habe ich Sand unter den Händen und Knien. Ich versuche aufzustehen, aber meine Beine sind wie aus Gummi. Ich krieche auf allen Vieren zu meinem Handtuch. Dann sitze ich da und schaue hinaus aufs Meer, dorthin wo die Erde sich krümmt. Ich bin porös, durch mich pfeift der Wind und da ist kein Unterschied zwischen dem Sand, dem Handtuch und meinem Fleisch. Ich bin zu allem fähig. Auch zum Glück.